KRALLEN RAUS

KILLERKATZEN BUCH 7

SKYE MACKINNON

Übersetzt von
ANNETTE KURZ

Peryton Press

Es ist Zeit für das letzte Miau.

Ihr Leben lang hat Kat ums Überleben gekämpft. Für
ihre Freiheit.
Jetzt reicht es ihr. Sie will nur noch Frieden. Auch wenn
dies bedeutet, dass sie alles aufs Spiel setzen muss, was
ihr lieb und teuer ist.

DIE KILLERKATZEN SERIE

1. Miau
2. Kratz
3. Schnurr
4. Fauch
5. Beiß zu
6. Friss mich
7. Krallen raus

Für Evi.
Danke für fast 30 Jahre Freundschaft.
Wenn du eine Katze wärst, würde ich dich sofort adoptieren.

ANMERKUNG DER AUTORIN

Wie ihr schon durch die anderen Bücher in dieser Serie wisst, spielt auch diese Geschichte in einer Welt, die der unseren sehr ähnlich ist, aber auch einige entscheidende Unterschiede aufweist. Die Technik hat sich anders entwickelt – es gibt zwar einige Geräte, die wir auch kennen, wie z. B. Fernseher, aber keine Handys, Autos oder das Internet. Übrigens auch keine Schusswaffen.

✺ ✺ ✺ ✺ ✺

Zum Schluss noch der Hinweis auf Skyes Newsletter, wenn ihr über Nachrichten und Neuerscheinungen informiert bleiben wollt: skyemackinnon.de

PROLOG

LADY LARA

Ich starre die Münze auf meinem Schreibtisch an. Aus Bronze, mit einem Quadrat in der Mitte, dass durch einen scharfen, senkrechten Schnitt in zwei Hälften geteilt ist. Es ist nicht die erste Münze der Fangs, die ich sehe und wird sicher nicht die letzte sein. Die Fangs werden immer aktiver. Sobald ich einen entdeckt und vor Gericht gebracht habe, nehmen andere seine Stelle ein.

Diese Leute sind überall. Kat hat mir einmal erzählt, dass sie daran beteiligt waren, Wandler-Kinder in ihrer Heimatstadt zu töten. Das ist nur ein Beispiel für ihre grausame, pervertierte Ideologie. Die meisten von ihnen sind Sirenen –ganz sicher die Anführer -, aber einige Menschen stehen auch in ihren Diensten. Ich kann mir nicht erklären, wieso ein Mensch für eine Organisation arbeitet, deren erklärtes Ziel es ist, die Macht über uns zu übernehmen, aber die Aussicht, selbst in eine einflussreichere Position zu kommen, lässt viele Leute schreckliche Dinge tun.

Ich nehme die Münze und drehe sie in meinen Händen. Sie ist schwerer als sie aussieht. Sie wurde auf dem Leichnam einer jungen Frau gefunden. Man hat mir ein Bild ihres blutverschmierten Körpers gezeigt. Sie sah wie ein Mensch aus, aber das bedeutet nichts. Wenn Wandler nicht zufällig in ihrer Tiergestalt getötet werden, sehen ihre Körper genauso aus wie die eines reinen Menschen. Kats Freund Ryker ist die einzige Ausnahme. Seine goldfarbenen Augen verraten ihn, aber da er als Katze aufgewachsen ist und zunächst nicht einmal wusste, dass er sich wandeln kann, ist das verständlich.

Die tote Frau ist nicht nur wegen der Münze etwas Besonderes, sondern auch, weil sie in einer Gasse hinter dem Rathaus gefunden wurde. Im Gegensatz zu anderen Gegenden von Attenburg ist dies eigentlich ein sicherer Ort, gut geschützt und von Polizei bewacht. Dort geschehen keine Morde. Bis jetzt. Dies ist der zweite Todesfall in dieser Woche, der in der Nähe meines Büros entdeckt wurde.

Das ist eine Botschaft, da bin ich mir sicher. Die Fangs fordern mich heraus. Der frühere Bürgermeister hat gerne weggeschaut und ich vermute, er hat sich auch bestechen lassen, aber ich bin nicht wie er. Ich folge den Regeln, auch wenn das bedeutet, mich gegen einige der mächtigsten Leute im Land zu stellen.

Seufzend wähle ich die Nummer des M.I.A.U. Hauptquartiers. Man trifft dort selten jemanden an, besonders seit Kat vermisst wird, aber vielleicht habe ich Glück. Davon könnte ich momentan eine gehörige Portion gebrauchen.

»Ja?«, antwortet eine müde männliche Stimme. Benjamin, wenn ich nicht falsch liege. Ich habe alle Mitglieder von M.I.A.U. seit Kats Abwesenheit ganz gut kennengelernt. Ich habe versucht, sie bei der Suche zu unterstützen, aber bis vor wenigen Tagen schien Kat wie vom Erdboden verschluckt zu sein. Jetzt haben sie sie gefunden, aber ich weiß nicht, wann sie nach Attenburg zurückkehren wird.

»Hier ist die Bürgermeisterin. Ist Lilly da?«

»Nee, ich bin alleine. Kann ich was tun?«

Er gähnt, versucht nicht einmal, seine Erschöpfung zu verbergen. Ich glaube, sie stehen alle kurz vor dem Zusammenbruch. Kat ist schon vor einigen Monaten verschwunden, und sie haben nicht nur ständig versucht, sie zu finden, sondern auch hart gearbeitet, um den Betrieb aufrecht zu erhalten. Ich habe versucht, ihnen so viele bezahlte Aufträge wie möglich zukommen zu lassen, muss aber aufpassen, dass ich nicht zu voreingenommen erscheine. Theoretisch müsste ich für alles eine Ausschreibung machen, aber bei kleineren Dingen verzichte ich darauf. Und allem, was meine persönliche Sicherheit betrifft. Jetzt sollte ich wohl den Personenschutz für mich aufstocken, nachdem man diese tote Frau gefunden hat.

»Sind euch erhöhte Fang-Aktivitäten aufgefallen?«, frage ich Benjamin.

Er schluckt hörbar. »Nein. Wieso?«

»Es hat zwei Morde gegeben. Ganz sicher die Taten der Fangs, sie haben ihre Bronze-Münzen hinterlassen. Sagt mir Bescheid, wenn ihr was hört. Ich möchte nicht, dass sie sich in meiner Stadt wieder häuslich einrichten.«

»Natürlich, Lady Lara. Glauben Sie, dass die mit dem Siron in Verbindung stehen, der Kat entführt hat?«

»Ich fange an zu glauben, dass alles irgendwie miteinander in Zusammenhang steht. Gibt es Neuigkeiten von Kat?«

»Nein, sie müssen noch auf dem Weg hierher sein. Dürfte aber nicht mehr lange dauern. Das letzte, was ich gehört hab, war, dass sie in einem abgelegenen Dorf auf besseres Wetter gewartet haben. Ich melde mich, sobald sie zurück ist.«

Ich werfe die Münze in die Höhe, um mich von meinen Sorgen abzulenken. »Bitte tu das. Und haltet Ausschau nach allem, was irgendwie mit den Fangs in Zusammenhang stehen könnte.«

Ich beende das Gespräch und lehne mich zurück, die Finger fest um die schwere Münze gelegt. Ich habe das Gefühl, es wird bald etwas passieren, eine gespenstische Vorahnung, die mich erschauern lässt. Mit Ausnahme von Kats Verschwinden waren die vergangenen Monate eher ruhig. Vielleicht zu ruhig. Ich hoffe sehr, dass dies nicht die Ruhe vor dem Sturm ist. Aber ich ahne, dass diese Hoffnung enttäuscht werden wird.

Ich muss wachsam und auf alles vorbereit sein.

KAPITEL 1

Blut läuft an meinen Beinen hinab. Es fließt auf dem Boden in einer Pfütze zusammen. Und Blutspritzer bedecken mein Gesicht.

Ist mir egal. Alles, was zählt, sind die Schmerzen. Ich werde von innen heraus auseinandergerissen. Ich stehe auf allen vieren, keuche, versuche, nicht das Bewusstsein zu verlieren. Um mich herum tobt der Kampf. Ich wünschte, ich könnte mithelfen, aber ich bin momentan außer Gefecht gesetzt. Und hoffe nur, dass meine Männer der Übermacht standhalten können.

Ich schreie auf, als eine neue Welle rotglühender Schmerzen durch meinen Bauch zieht. Würde mich nicht wundern, wenn meine Babys versuchten, sich mit Hilfe ihrer Krallen nach draußen vorzuarbeiten, ohne den normalen Geburtsvorgang abzuwarten. War das

Delaneys Plan? Mich durch diese Geburt umzubringen? Selbst wenn nicht, würde er mir wohl keine Träne nachweinen.

Meine innere Katze ist schon dicht unter der Oberfläche und drängt mich zu einer Wandlung. Ich weiß nicht, was das für die Jungen in meinem Innern bedeuten würde. Sie könnten verletzt werden, und auch wenn sie mir größere Schmerzen verursachen, als ich je erlitten habe, will ich doch nicht, dass ihnen etwas geschieht. Ich werde sie erst nach der Geburt in die Ecke stellen für ihr schlechtes Betragen. Abgemacht.

Griffon ruft irgendetwas in einiger Entfernung. Ich sehe auf, aber er ist hinter einer Wand aus zuckenden Gliedmaßen und verspritztem Blut verborgen. Um mich herum herrscht das Chaos, nein, es ist ein Gemetzel. Es ist ein Kampf auf Leben und Tod, jeder der Beteiligten ist willens, den Gegner zu töten. Ich kann Delaney nirgends erkennen. Könnte mir vorstellen, dass er sich vom Kampf zurückgezogen hat und seine Mutanten die Drecksarbeit machen lässt, während er zuschaut. Er sieht nicht wie ein Kämpfer aus; ist ein Politiker, ein schleimiger, manipulativer Siron.

Die nächste Welle der Wehen lässt mich auf dem Boden zusammenbrechen. Ich möchte mich zusammenrollen, aber mein riesiger Bauch ist im Weg. Warum machen Frauen so etwas freiwillig? Dies wird das erste und einzige Mal sein, dass ich eine Geburt über mich ergehen lasse. Ich werde meine Männer zur Sterilisation drängen, sobald dies vorbei ist.

Früher bei der Meute habe ich einmal gesehen, wie

eine Frau ein Baby gebar. Sie war eine der Wandlerinnen, die größere Freiheiten genoss als wir mit Halsband versehenen Kinder. Sie hatten ihr eine Hebamme besorgt und ich sollte ihr assistieren. Ich weiß nicht, warum ich ausgesucht wurde. Es gab viel fügsamere Kinder als mich. Die Stimme der Hebamme hatte ich noch im Hinterkopf. *In den Schmerz hineinatmen. Du bist stärker, als du denkst.*

Ich könnte sie dafür jetzt umbringen, jedenfalls diese Erinnerung. Diese Frau hatte sicher nie vier krallenbewehrte Wesen in ihrer Gebärmutter. Ich stelle mir vor, wie sie mein Inneres zerreißen und erschauere. Aber ich habe keine Zeit, allzu lange bei diesem Bild zu verweilen. Die Welle bricht wieder über mir zusammen. Die Wehen kommen jetzt in immer kürzeren Abständen. Es kann nicht mehr lange dauern. Je schneller es vorbei ist, desto besser.

»Kat!« ruft Sophie von irgendwo hinter mir. »Pass auf!«

Ich wende mich um, viel langsamer als normal, aber gerade noch rechtzeitig um zu sehen, wie ein Riese sich auf mich wirft. Er hat eine Axt hoch erhoben, die länger ist als ich. Ich rolle mich auf die Seite, versuche, aufzuspringen, finde aber mein Gleichgewicht wegen meiner Riesenbeule nicht. Ich stolpere und lande wieder auf allen vieren, bin aber glücklicherweise dem Axthieb ausgewichen. Ich werfe mich nach vorn, bekomme seine Knöchel zu fassen und ziehe mit aller Kraft an ihnen. Er bewegt sich nicht. Verdammt.

Meine Gebärmutter beschert mir just in diesem

Moment eine weitere Wehe, und ich heule auf vor Schmerzen. Dem Mutanten macht das nichts aus. Er holt erneut aus, wirbelt die Axt in meine Richtung –

Etwas Kleines trifft ihn von der Seite und er gerät ins Straucheln. Die Schneide der Axt trifft meine Schulter, ist aber nur ein Kratzer. Allemal besser als geköpft zu werden.

Er knurrt, als ein kleines Messer im Sonnenlicht glänzt, bevor es sich in seinen Nacken senkt. Genauer: Bevor Sophie es in seinen Nacken rammt. Sie hängt auf ihm wie ein Äffchen, und er starrt sie überrascht an, bevor er nach hinten über fällt. Sie springt von ihm herunter, bevor er auf dem Boden landet und zieht lässig das Messer heraus. Es ist eines von denen, die die Köchin uns gegeben hat. Falls ich dieser Frau je wieder begegnen sollte, werde ich sie umarmen. Und ihr einen ganzen Sack voll Geld schenken.

Ich will mich bei Sophie bedanken, aber eine weitere Wehe reißt durch mich hindurch und lässt meine Sicht verschwimmen. Lange halte ich das nicht mehr aus. Als der Schmerz etwas nachlässt, schaue ich an meinen Beinen hinab. Meine Oberschenkel sind blutverschmiert. Da stimmt was nicht.

»Wir gewinnen!«, ruft Sophie. »Was soll ich machen?«

»Wo ist Delaney?«, grunze ich, gerade, als die nächste Welle kommt. Ich kneife die Augen zusammen und beschwöre die Erinnerung an die Hebamme herauf. *Wenn du meinst pressen zu müssen, dann presse. Und Hecheln nicht vergessen.*

Nein, mir ist nicht nach Pressen. Am liebsten würde ich alle um mich herum umbringen, nur um diese Schmerzen vergessen zu können.

»Schneid sie aus mir heraus«, stöhne ich.

»Ich weiß nicht, ob das richtig ist«, antwortet Sophie und versteht offenbar nicht, dass ich das nicht ernst meine. Oder doch? Inzwischen ist mir ziemlich egal, wie diese Kreaturen meinen Körper verlassen, Hauptsache, sie kommen raus.

Sie hebt das Messer. »Das ist sowieso nicht scharf genug. Soll ich meinen Vater holen? Vielleicht kann er dir helfen?«

Ich starre sie an. »Nein, ich will nicht, dass er mir hilft. Ich will, dass er stirbt.«

Sie blinzelt. Das dürfte sie eigentlich nicht überraschen. »Gut. Ich tu's.«

Sie rennt fort, bevor ich sie daran hindern kann. Ich stöhne, komme nicht auf die Füße. Ich muss zu ihr, bevor sie einen Fehler macht. Sie ist nicht stark genug, sich ihm entgegenzustellen. Und ich will nicht, dass auch sie zum Killer wird.

Etwas Scharfes schiebt sich gegen meinen Muttermund. Bitte, keine Krallen. Ich habe keine Ahnung, wie meine Babys aussehen werden, ob sie in menschlicher oder tierischer Gestalt geboren werden, hoffe aber inständig, dass keine Krallen im Spiel sind. Ich weiß, dass Katzenjunge ihre Krallen als Neugeborene noch nicht einziehen können, wenn ich also Pech habe – und davon hatte ich in letzter Zeit genug – wird meine Vagina zerfetzt werden.

Ich werde Delaney umbringen, sobald meine Gebärmutter wieder mir gehört. Ich wünschte, ich könnte ihn dieselben Schmerzen spüren lassen, die ich gerade erleide, aber dafür sind Männer ja nicht gebaut. Wen überrascht das schon! Sie wären wahrscheinlich an meiner Stelle schon tot.

Ich wünschte, das wäre ich auch. Ich schreie, während es mich zerreißt.

»Atme, Kat, atme.«

Griffon ist plötzlich an meiner Seite. Die Schmerzen haben meine Sinne abstumpfen lassen, ich habe ihn nicht kommen hören. Dass er hier ist und nicht mehr kämpft, ist ein gutes Zeichen.

»Ich atme wieder, wenn sie draußen sind«, stöhne ich. »Zieh sie nur irgendwie raus.«

»So funktioniert das nicht. Leg dich auf den Rücken, ich sehe mal nach, wie weit du bist.«

»Geht nicht. Auf allen vieren kann ich's besser aushalten.«

»Ist OK. Ich erinnere mich dunkel aus dem Studium, dass die Gebärende immer das Sagen hat.«

»Darauf kannst du Gift nehmen. Und nicht nur während der Geburt.«

Er kichert, als die nächste Welle über mir zusammenschlägt.

Als ich wieder auftauche, keuche ich »Was ist mit den anderen?« Die Schmerzen sind immer noch da, brennen in mir, aber etwas weniger als während einer Wehe.

»Ryker und Lennox kümmern sich um die letzten Mutanten. Sophie habe ich nirgends gesehen.«

»Sie ist hinter Delaney her. Geh und halt sie auf. Ich...«

Der Satz endet in einem Schrei.

»Atme.«

Wenn er dieses Wort noch einmal sagt, steche ich ihn ab.

»Kümmere dich um Sophie. Bitte!«

Er streichelt meinen Rücken, vermischt mein Blut mit seinem Schweiß, dann nickt er und läuft fort. Ich bin froh, dass er auf mich hört. Jetzt, wo ich wieder alleine bin, kann ich die Beherrschung verlieren und wieder ganz unkontrolliert vor Schmerzen schreien so viel ich will. Muss nicht so tun, als sei es weniger schrecklich als es wirklich ist.

Mit jeder Wehe werde ich schwächer. Mein Körper hat sich von der Gefangenschaft noch nicht erholt, und das merke ich jetzt. Der Drang, mich zu wandeln, ist so stark, aber ich weiß, dass das keine gute Idee ist. Ich kann nur hoffen, dass es bald vorbei ist.

Ich kann mich kaum noch auf allen vieren halten. Vielleicht sollte ich mich doch auf den Rücken legen, aber allein der Gedanke daran führt zu einem Schweißausbruch.

Wieder eine Wehe, und die Welt dreht sich um mich. Ich habe Sodbrennen, bin schwindelig. Weiß nicht mehr, wo oben und unten ist. Ich drehe mich, versuche der Schwerkraft zu folgen und ende auf der

Seite liegend. Meine ich jedenfalls, alles ist so verwirrend.

Ich spreize die Beine weit auseinander, als etwas von innen drückt, und dann geht alles sehr schnell. Unter größeren Schmerzen als ich je für möglich gehalten hätte, schlüpft ein schleimiges, schweres Ding aus mir heraus, direkt in Lennox wartende Hände. Ich schreie nicht mehr. Ich treibe dahin, nehme kaum wahr, was um mich geschieht. Ich fühle mich wie ein Passant, der die Szene von Ferne beobachtet. Ryker nimmt das zweite Baby in Empfang. Sie sind gerade rechtzeitig zu mir zurückgekehrt. Und dann kommt Griffon, sagt mir irgendetwas, das ich nicht hören kann und schneidet fachgerecht die Nabelschnüre durch.

Noch einmal baut sich der Druck in meinem Inneren auf. Noch zwei. Sie scheinen darum zu kämpfen, wer als erstes raus darf, dem stechenden Schmerz nach zu urteilen.

Sophie kommt mit Handtüchern angerannt; sie muss sie aus dem Gasthaus haben, wo wir vorher gewesen sind. Griffon hilft dem dritten Baby auf die Welt. Ich schaue unbeteiligt auf das blutige Wesen. Ich sollte wahrscheinlich irgendetwas fühlen für die drei kleinen Parasiten, die die Männer in den Armen halten. Tue ich aber nicht. Ich bin zu taub, könnte sofort einschlafen.

Das letzte kommt beinahe zu schnell herausgeglitten, wie auf einer Rutschbahn, die seine Geschwister vorbereitet haben. In meinem Innern muss es fürchterlich aussehen. Und an meine Vagina darf ich gar nicht denken. Eine Muschi mit zerstörter Muschi.

Jetzt, wo sie alle draußen sind, ebbt der Schmerz ab; ich schließe die Augen und lasse mich in die sanften Arme tiefer Bewusstlosigkeit sinken.

KAPITEL 2

Die nächsten fünf Tage vergehen wie hinter einer Art Schleier. Ich liege auf einer Decke, die meine Männer über mehreren Strohballen ausgebreitet haben, und wünschte, ich wäre endlich wieder zu Hause. Das Fuhrwerk, das sie aus dem Gasthaus mitgenommen haben, lässt uns langsamer vorwärtskommen als zu Pferde, aber ich könnte unmöglich reiten. Noch immer rinnt Blut an meinen Beinen entlang, die Männer müssen alle paar Stunden die Handtücher wechseln. Wenn ich kein Wandler wäre, würde ich schon nicht mehr leben. Mein Körper hat seine Selbstheilungskräfte aktiviert, die aber Mühe haben, den Schaden zu beseitigen, den die Babys angerichtet haben.

Sophie und Griffon sind an meiner Seite, während Lennox den Wagen lenkt. Ryker reitet voraus und hält nach Verfolgern Ausschau.

Delaney ist entkommen. Einerseits freut mich das, bedeutet es doch, dass ich ihn später noch töten kann; andererseits macht es alles komplizierter. Wir schweben immer noch in Gefahr. Ich wette, das waren nicht seine einzigen Mutanten-Soldaten. Er wird weitere holen und uns mit ihnen verfolgen. Und ich kann mich oder meine Familie nicht einmal verteidigen.

Am Tag nach der Geburt schoss bei mir die Milch ein und aus meinen Brüsten tropfte es. Ich war erleichtert darüber, aber auch erschrocken. Und jetzt nach weiteren vier Tagen sehen meine Brustwarzen aus, als wären sie von wilden Tieren zermalmt worden. Was der Wahrheit recht nahe kommt.

Da ich noch immer zu schwach bin, die Babys zu halten, legen Griffon und Sophie sie an, damit sie mich quälen können. Weder Menschen- noch Katzenkinder sollten mit Zähnen geboren werden, aber mein Wurf hat diese Botschaft nie erhalten. Auf den ersten Blick sehen sie wie Menschenbabys aus, aber auf den zweiten wird klar, dass mehr in ihnen steckt. Zwei haben goldfarbene Augen wie mein Panther und winzige Fangzähne. Sie sehen vollkommen identisch aus – fairerweise muss ich aber gestehen, dass für mich alle Babys gleich aussehen. Es ist also zu früh um zu sagen, ob das auch noch der Fall sein wird, wenn sie älter sind. Das dritte Baby weist am ganzen Körper ein weiches Fellchen auf, es sieht wie ein Äffchen aus. Und das letzte schließlich, das einzige männliche, sieht von vorne ganz normal aus – bis man es umdreht und hinten den Schwanz sieht. Ja, mein Baby hat einen Katzenschwanz.

Wir haben ihnen noch keine Namen gegeben. Das ist alles zu schnell gegangen, war zu überwältigend. Im Moment machen sie nichts anderes als essen, schlafen und schreien. Wenn sie nicht meine Brustwarzen foltern und mich wie kleine Vampire aussaugen, schlafen sie entweder an meiner Seite oder liegen wohl behütet in Tüchern, die die Männer sich um die Brust geschlungen haben.

Sogar in meinem umnebelten Zustand fällt mir auf, wie heiß meine Männer mit den Babys vor der Brust aussehen. Alle Drei haben die Kleinen sofort in ihr Herz geschlossen und die liebevollen Blicke, die sie auf sie werfen, machen mich beinahe neidisch. Sophie behandelt meine Nachkommenschaft eher aus der Sicht einer älteren Schwester als der einer Tante. Und fairerweise muss ich gestehen, dass sie ihnen vom Alter her näher ist als ich, das ist also in Ordnung.

Ich weiß noch nicht, was ich fühle, wenn ich sie ansehe. Es ist nicht die Art von Liebe, die ich für meine Männer empfinde. Auch nicht das, was ich für Sophie fühle, obwohl ich das auch nicht so richtig einordnen kann. Aber wenn ich mir vorstelle, ihnen könnte etwas zustoßen, dann schmerzt mich das fast so sehr wie ihre Geburt. Dann jucken meine Finger, als wollten jeden Augenblick meine Krallen durchbrechen. Ja, ich würde sie mit Zähnen und Klauen verteidigen. Bedeutet das, dass ich sie liebe?

Ich habe die Hoffnung, dass alles klarer wird, wenn

wir erst zu Hause sind. Ich kann es kaum erwarten, wieder in meiner Hängematte zu liegen. Und meine Schwester, Lilly und die anderen wiederzusehen. Es ist zu lange her. Ich brauche eine Pause, Zeit mit ihnen, bevor ich meinen Rachefeldzug planen kann. Sie werden es büßen müssen, Delaney, seine Frau, jedes Sirenenwesen, das mir in die Finger kommt.

Der Karren knarrt und quietscht, als wir über unebenen, steinigen Untergrund fahren. Lennox schaut sich entschuldigend um, aber er kann schließlich nichts für den Zustand der Straßen. Der wird besser sein, wenn wir in die Nähe von Attenburg kommen. Hier haben die ortsansässigen Bauern kein Geld, um die Wege instand zu halten, und die Regierung wird daran auch kein großes Interesse haben. Zum Glück führt Lady Lara ihren Haushalt mit Umsicht und hat viel dafür getan, die Haupthandelsrouten durch die Stadt zu verbessern.

Mir fehlen die Gespräche mit ihr. Kurz vor dieser Selbst-Entführung – nein, *Entführung*, ich muss aufhören, es als irgendetwas anderes zu betrachten – hatte ich mich gerade wieder mit ihr versöhnt. Ich wollte wieder für sie arbeiten, aber diesmal nicht als Bodyguard, sondern Beraterin. Ich weiß nicht einmal, ob ich darin besonders gut wäre, aber ich mag ja Herausforderungen. Außerdem macht es einfach Spaß, mit Lady Lara zu arbeiten. Sie ist intelligent, steht mit beiden Beinen fest auf dem Boden und ist zuverlässig. Und dazu hat sie tief im Innern so einen hinterlistigen, unangepassten Zug, den ich zunächst nicht an ihr vermutet hätte. Ich hätte nie gedacht, dass wir uns insgeheim so ähnlich wären, bis ich herausfand, dass sie plante, die besten Diebe der Stadt von Monsterfischen auffressen zu lassen. Obwohl ich in der Durchführung wahrscheinlich erfolgreicher gewesen wäre als sie es letztendlich war.

»Wollen wir was spielen?«, fragt Sophie viel fröhlicher, als mir zumute ist. »Ich sehe was, was du nicht siehst?«

Ich lasse den Blick über die trostlose Landschaft schweifen. Felder, ab und zu ein Baum, viel Schlamm. Dicke graue Regenwolken verheißen nichts Gutes. Sonst gibt es hier nichts. Wir sind die einzigen Farbkleckse in dieser grauen Einöde.

»Es muss doch ein besseres Spiel geben als das«, seufze ich. »Gib mir mal diese gelbe Blume, dann zeig ich's dir.«

Beim letzten Halt hat Sophie einen ganzen Strauß Blumen gepflückt. Ich kenne ihren Namen nicht; das wüsste ich nur, wenn sie giftig wären und deshalb für einen Auftragskiller von Bedeutung.

»Töten«, ich reiße ein Blütenblatt ab und lasse es auf den Boden des Wagens schweben. »Verstümmeln«. Nächstes Blütenblatt. »Töten. Verstümmeln. Töten. Verstümmeln.«

Ich grinse Sophie an, aber sie scheint nicht zu verstehen, dass dieses Spiel Spaß macht.

»Denkst du an jemand Bestimmten, wenn du das tust?«, fragt sie.

Ich nicke. »Ja. Dann macht es viel mehr Spaß.«

»Wer ist es?«

Soll ich ihr sagen, dass es ihr Vater ist? Sie steht zwar nicht mehr unter seiner Kontrolle, aber ich bezweifle, dass sie wirklich schon bereit wäre, meine Folterpläne für ihn zu hören, wie ich ihn ganz langsam Glied für Glied auseinander nehmen werde.

»Jemand, der mir wehgetan hat«, sage ich stattdessen. »Und auch Leuten, die mir wichtig sind.«

»Dann ist das ja in Ordnung«, antwortet sie und klingt wieder viel älter als sie an Jahren ist. »Ich kann dir helfen.«

Einerseits bin ich stolz auf sie, andererseits auch ein bisschen traurig. Genau wie die Zwillinge war sie viel mehr Gewalt ausgesetzt, als Kinder je erfahren sollten. Es ist mir gelungen, den Zwillingen zu einem neuen Leben zu verhelfen, hoffentlich werde ich das auch für sie erreichen. Ich will nicht, dass sie zu einem gewissenlosen Killer wird. Sie hat eine sanfte, gutmütige Seite, die ich in den vergangenen Tagen verstärkt an ihr festgestellt habe. Die Art, wie sie ihre Nichten und den kleinen Neffen hält, spricht für ein liebevolles Herz, das ich nicht brechen sehen möchte.

Sie nimmt eine Blume mit blauen Blütenblättern, die nach außen einen dunkelvioletten Rand haben und murmelt »töten, verstümmeln«.

»Und an wen denkst du dabei?«, frage ich mit amüsiertem Grinsen.

»Mick, einen der Männer, die unser Haus bewacht haben. Er war nicht nett zu mir.«

»Gut so. Wir werden ihm einen Besuch abstatten, wart's nur ab. Ich werde ihn für dich töten.«

»Oder ihn verstümmeln«, gibt sie zu bedenken. »Ich bin noch nicht fertig mit Abzählen.«

Ich sehe ihr geduldig zu, wie sie ein Blütenblatt nach dem anderen ausreißt und schließlich triumphierend »töten« ausruft. Meine Blume hat dasselbe Ergebnis geliefert. Sieht so aus, als bliebe der Tod auch in naher Zukunft mein ständiger Begleiter.

»Ich würde dafür ein ganzes Blumenfeld brauchen«, sagt Griffon laut über das Rattern des Fuhrwerks hinweg und nimmt meine Hand. »Meine persönliche Liste ist in den vergangenen Monaten sehr viel länger geworden. Da gab's so viele Leute, die mir nicht sagen wollten, was sie wussten. Manche habe ich schon beseitigt, aber ich hatte nicht immer die nötige Zeit.«

Eines Tages werde ich sie bitten, mir in allen Einzelheiten zu erzählen, was sich zugetragen hat, während sie nach mir suchten. Aber jetzt noch nicht. Meine Hormone spielen noch verrückt, und ich würde sicher zu emotional reagieren. Das will ich nicht riskieren.

»Ist das für dich da hinten bequem genug?«, fragt Lennox und dreht sich zu mir um. Er macht das mindestens einmal in der Stunde. Das ist süß aber auch ziemlich nervig.

»Der Wagen ist noch genauso holprig wie vor zwei Stunden«, bemerke ich trocken. »Aber so ist das nun mal. Kommen wir morgen in Attenburg an?«

Er nickt. »Wenn diese Wolken nicht auf uns

runterregnen, dann ja. Sonst brauchen wir einen Tag länger. Der Boden ist noch von den Regengüssen der letzten Woche aufgeweicht, und wenn da noch mehr Wasser hinzukommt, wird das ein einziges Schlammbad werden.«

Ich wünschte, ich könnte reiten, aber das ist in meinem derzeitigen Zustand nur ein dummer Wunschtraum. Ich sollte froh sein, dass wir diesen Wagen haben; das fällt einem aber schwer, wenn der ganze Körper wehtut, besonders die Brüste. Jetzt verstehe ich, warum manche Mütter ihre Kinder nicht stillen. Wenn ich Milch und Flaschen hätte, wer weiß, vielleicht würde ich es auch nicht tun, besonders bei Vierlingen. Ich bezweifle, dass ich genug Milch haben werde, besonders, wenn sie weiter wachsen und mehr davon brauchen.

Ich sehne Attenburg herbei. Ich werde Bethany beauftragen, Ersatz-Muttermilch für die Babys herzustellen. Jemand, der Gifte produziert, die von innen heraus die menschliche Haut zum Schmelzen bringen, kann auch Nahrung für winzige Wandler erfinden.

Falls sie tatsächlich Wandler sind. Bisher haben sie alle ihre menschliche Gestalt behalten, aber von uns hat ja auch keiner Erfahrung mit Baby-Wandlern. Die Kinder, die man zur Meute gebracht hat, waren normalerweise mindestens drei oder vier Jahre alt. In dem Alter haben sie sich manchmal zufällig gewandelt, weshalb man jedem auch sofort bei Ankunft ein Halsband umgelegt hat, egal, wie alt sie waren. Ich habe keine Ahnung, ob meine Babys sich wandeln können und kann auch keinen fragen. Genau wie Lennox – wir sind beide Waisen.

Sophie kann sich nicht daran erinnern, wann sie sich zum ersten Mal gewandelt hat, ist also auch keine Hilfe. Wenn wir erst in Attenburg sind, können wir Lennox' früheren Chef, Herrn Moon, anrufen, der vielleicht eine Antwort darauf weiß. Einer in seinem Team aus Werwölfen muss doch wissen, wann Wandler-Babys zum ersten Mal die Gestalt wechseln. Ich hoffe nur, dass es nicht passiert, während sie mir gerade an der Brust hängen. Das wäre schmerzhaft. Es reicht schon, dass zwei der Mädchen Eckzähne haben. Ich sehe an mir hinab. Unter dem Hemd bin ich kein schöner Anblick.

»Mir ist langweilig«, stöhnt Sophie. »Können wir nicht ,ich sehe was' spielen?«

Ich verdrehe die Augen. Wird wohl nichts mit einem Mittagsschlaf.

KAPITEL 3

Ich blute wieder, als wir nach Attenburg hineinrollen. Ich versuche, wach zu bleiben, auch wenn mir das Blut wieder zwischen den Beinen hinunterläuft, aber nur die Aufregung, endlich wieder zu Hause zu sein, lässt mich bei Bewusstsein bleiben. Griffon und Ryker sind beide auf dem Fuhrwerk bei mir, während Sophie neben Lennox sitzt. Er lässt sie die Pferde lenken, ist aber bereit einzugreifen und die Zügel zu übernehmen, wenn sie sich wieder ablenken lässt.

»Dauert nicht mehr lange«, murmelt Griffon und legt eine kühle Hand auf meine Stirn. »Sobald wir wieder zu Hause sind, kann ich dir richtig helfen.«

Ich drücke ihm die Hand. »Du hast alles getan, was du tun konntest.«

Er verzieht das Gesicht, antwortet aber nicht. Egal

wie oft ich ihm versichere, dass keiner unter diesen Umständen und mit solch beschränkten Mitteln mehr hätte tun können, gibt er sich immer noch die Schuld dafür, dass er mich nicht heilen konnte. Das ist dumm, was ich ihm auch klar gesagt habe. Auf diesem Fuhrwerk gibt es nur begrenzt Platz für Selbstmitleid, und den habe ich für mich reserviert. Schließlich darf ich mich darin suhlen, wo mir doch meine zahnbewehrten Babys die Brüste zerbeißen.

Zum Glück schlafen sie jetzt. Ich habe sie vor einer Stunde gestillt, was sie müde genug macht, uns eine kleine Ruhepause zu gönnen. Sie liegen zusammengerollt in ihrem Körbchen. Der kleine Junge lutscht am Daumen einer seiner Schwestern. Ich lächele sie hingebungsvoll an, bevor ich die Decke wieder über den Korb ziehe, um sie vor möglichen Blicken von Passanten zu verstecken. Auf den ersten Blick sehen sie wie Menschenbabys aus, aber ich will nicht, dass jemand auf den zweiten Blick Fangzähne, Schwanz und Fell an ihnen bemerkt.

Wir kommen jetzt langsamer voran, denn die Straßen sind hier viel voller als vorher die einsamen Feldwege, an die wir uns so gewöhnt hatten. Überall sind Menschen um uns herum, gehen ihren Geschäften nach, aber die meisten beachten uns gar nicht. Unseres ist nur ein Fuhrwerk von vielen, die nach Attenburg hineinfahren. Die meisten der anderen wollen zum Markt, wir aber nicht. Unser Haus liegt am Stadtrand, aber leider nicht in der Richtung, aus der wir kommen.

Wir hätten um die Stadt herum fahren müssen, haben uns dann aber entschieden, den Weg durch die Stadtmitte zu nehmen, weil wir hofften, so schneller vorwärts zu kommen.

Am Morgen sind wir in einem kleinen Dorf vorbeigekommen, von wo Griffon Lilly anrufen konnte und ihr unsere baldige Ankunft angekündigt hat. Ich weiß nicht, was genau er ihr erzählt hat, aber ich wette, sie steht mit einem Medizinvorrat bereit, um mich endlich wieder auf die Beine zu bringen.

Eine neue Welle von Schmerzen rast durch meinen Bauch, und ich halte ihn mit meinen Händen und versuche, mich nicht von ihnen unterkriegen zu lassen. Die Beule ist wenigstens weg, und ich kann meine Füße wieder sehen. Meine inneren Verletzungen sind noch nicht verheilt, die äußeren dagegen schnell, da ist von der Schwangerschaft nichts mehr zu erkennen. Mein Bauch ist äußerlich wieder schön fest, nichts ist schlaff oder ausgeleiert. Gut, aber wenn ich die Beule gegen Nicht-mehr-Bluten eintauschen könnte, würde ich sofort ersteres wählen. So eitel bin ich dann doch nicht.

»In dem Haus dort haben wir gewohnt«, ruft Sophie plötzlich und deutet auf eine große Villa. Sie muss Delaney gehören. Ich wechsle einen grimmigen Blick mit meinen Männern, und sie nicken bestätigend. Sobald es mir besser geht, werden wir uns diesen Ort vornehmen und ihn abfackeln. Alles, was Delaney einen Vorteil verschaffen könnte, muss beseitigt werden. Von nun an werde ich nicht mehr abwarten, bis er hinter mir her ist. Ich werde in die Offensive gehen und werde nicht ruhen, bis jede dieser üblen Sirenen in unserem Land besiegt wurde.

Wir fahren schweigend weiter. Als wir die Hauptstraßen verlassen und in engere Gassen einbiegen, übernimmt Lennox die Zügel von Sophie. Sie beschwert sich ein wenig, respektiert ihn aber zu sehr, als dass sie es zu einem Trotzanfall kommen lassen würde. Irgendwie zeigt sie meinen Männern gegenüber sowieso viel mehr Respekt als bei mir, was vielleicht an all dem Mist liegt, den Delaney und seine Frau ihr über mich erzählt haben.

Ich schaue mich um, als würde ich zum ersten Mal in die Stadt einfahren. Es fühlt sich an wie eine Ewigkeit, dass ich sie zuletzt gesehen habe. Es hat sich seither so viel verändert. Ich bin auch nicht mehr dieselbe.

Als wir endlich unser Haus erreichen, seufze ich erleichtert auf. Der Schmerz pulsiert inzwischen regelmäßig, und das Tuch zwischen meinen Beinen ist mit Blut durchtränkt. Ich glaube nicht, dass ich auf eigenen Füßen in unser Haus hineingehen kann. Der Gedanke, da hineingetragen zu werden, ist mir furchtbar peinlich. Ich hasse es, so schwach zu sein, auch wenn mir die Männer ständig versichern, wie gern sie für mich da sind. Das muss in ihnen gewisse Behüter-Instinkte befriedigen, besonders bei Lennox. Sein innerer Wolf hat mich als seine Gefährtin auserkoren, und es ist einzig Lennox' besonnener Einstellung zu verdanken, dass er es akzeptiert hat, mich mit anderen teilen zu müssen. Der Wolf allein hätte dem nie zugestimmt, aber zum Glück hat es Lennox als Wandler gelernt, seine animalischen Instinkte zu beherrschen. Dafür muss ich wohl der Meute dankbar sein.

Die Tür fliegt auf, sobald wir vor dem M.I.A.U. Hauptquartier anhalten und Lilly kommt herausgestürzt, gefolgt von Bethany und Benjamin. Sie haben offensichtlich auf uns gewartet.

»Kat!«, schreit Lilly und – schneller, als ich es bei einem beinahe hundertprozentigen Menschen für möglich gehalten hätte – springt sie auf den Wagen, an meine Seite, und sieht sorgenvoll auf mich hinab. »Wie geht's dir?«

Ich versuche zu lächeln, bringe aber wahrscheinlich nur eine angespannte Grimasse zustande. »Wird schon wieder.«

Sie zieht die Augenbrauen hoch, sichtlich nicht überzeugt, und wendet sich an Griffon. »Ich habe den Leichenraum in einen Operationssaal umgebaut und alles vorbereitet, wie du's wolltest. Die Bürgermeisterin hat einen Arzt geschickt, der anscheinend den Mund halten kann. Und Bethany hat einige Tränke und Salben vorbereitet, die hilfreich sein könnten.«

Er lächelt sie dankbar an. Ein merkwürdig saurer Geschmack macht sich in meinem Mund breit. Er sollte sie nicht so ansehen. Moment mal, bin ich etwa eifersüchtig? Muss der Blutverlust sein, der da meine Gefühle durcheinander wirbelt.

Sie tragen mich wie einen Invaliden ins Haus,

während Benjamin vorauseilt und alle Türen öffnet. Ich muss lachen, als wir runter in die Leichenhallte gehen. Hätte nie gedacht, dass ich auch mal hier landen würde. Zumindest nicht zu meinen Lebzeiten.

»Ist was?«, fragt Griffon voll niedlicher Sorge.

»Leichenhalle«, sage ich nur. »Etwas makaber.«

Er verdreht die Augen. »Nur du kannst so was komisch finden.«

Hinter uns hören wir Ryker kichern. »Nicht nur sie. Du musst schon zugeben, dass es komisch ist, sie in die Leichenhalle zu bringen, um sie dort wieder gesund zu machen. Ist nicht wirklich normal.«

»Seit wann sind wir denn normal?«, spottet Lennox. »Das wäre eine Beleidigung.«

Dort unten legen sie mich auf den metallenen Seziertisch, auf dem sonst unsere Leichen liegen. Oh Freude. Ich hoffe nur, sie sind sich darüber im Klaren, dass ich im Gegensatz zu den Toten noch etwas spüre und eine Narkose brauche, wenn sie mich operieren wollen. Griffon hat nur gesagt, er wüsste nicht, was zu tun sei, bis er mich nicht ordentlich untersucht hätte.

Eine kleine drahtige Frau steht in einer Ecke und starrt uns mit großen Augen an. Das muss die Ärztin sein, die uns die Bürgermeisterin besorgt hat.

Während Griffon mit ihr redet, kümmern sich die beiden anderen rührend um mich, versuchen, es mir auf dem kalten Tisch so bequem wie möglich zu machen. Eine Matratze unter mir wäre schön gewesen, aber wohl nicht sehr hygienisch. Ich werde das auch ohne sie überstehen... hoffe ich.

Bethany nimmt verschiedene Fläschchen vom Regal und stellt sie auf einen Wagen. Dazu noch Lilly an der Tür – damit ist der Raum beinahe überfüllt. Griffon muss das genauso gesehen haben.

»Jeder, der nicht unbedingt hier sein muss – raus!«

Keiner verlässt seinen Platz.

Er seufzt. »Stimmt, ihr seid alle wichtig, aber nicht alle von euch müssen gerade jetzt hier sein. Lilly, könntest du nicht Sophie mit den Babys helfen und sie ein bisschen herumführen? Lennox, ruf' bitte die Bürgermeisterin an und sage ihr, dass wir wieder da sind. Ryker, wir könnten alle was zu essen gebrauchen, wenn das hier vorbei ist.«

»Ich habe das Kinderzimmer schon gerichtet«, sagt Lilly fröhlich. »Einschließlich zweier Kratzbäume«.

Sie tänzelt von dannen, offensichtlich in Vorfreude darauf, mit den Babys spielen zu können.

Lennox wirft Griffon einen ärgerlichen Blick zu, drückt dann aber einen Kuss auf meine Stirn und geht hinaus, gefolgt von Ryker, der mich auf die Lippen küsst. Sobald ich mich wieder ohne Blutverlust bewegen kann, werde ich ihnen zeigen, wie sehr es mir zuwider war, von ihnen wie ein Baby behandelt zu werden. Mir fallen da Handschellen und Peitschen ein, und ich grinse böse.

»Das ist Doktor Lavalle«, stellt Griffon die Frau vor. Sie lächelt mich dünn an, aber dieses Lächeln erreicht ihre Augen nicht. »Sie wird eine Ultraschalluntersuchung vornehmen, und ich gebe dir etwas gegen die Schmerzen. Wenn wir operieren müssen, werden wir dir eine Narkose geben, aber jetzt sedieren wir dich nur leicht, damit du nicht so viel spürst.«

Sie beginnen mit der Prozedur, und ich lasse alles über mich ergehen. Bethany, die ihre Vorbereitungen beendet hat, stellt sich ans Kopfende des Tischs und sieht grinsend auf mich hinab.

»Toll, dass du wieder da bist. Es war so langweilig ohne doch.«

»Freut mich, dass ich was gegen deine Langeweile tun kann«, bemerke ich trocken. »Ist denn hier nichts Interessantes passiert, während ich weg war?«

»Rykers Katzen haben Flöckchen, das Rehkitz, gezähmt. Sie benutzen sie als Reittier und stellen alles Mögliche mit ihr an. Ich bin mir sicher, sie können miteinander reden, auch wenn Ryker meint, das sei unmöglich.«

»Ich dachte, das Reh wäre mittlerweile fort.«

Bethany lacht. »Dann wäre Benjamin wohl mit ihr gegangen. Er liebt Flöckchen noch mehr als die Katzen. Die Beiden sind unzertrennlich. Sie schläft auf seinem Bett und folgt ihm überall hin – wenn die Katzen sie nicht gerade für ihre bösen Pläne entführt haben.«

Das muss ich unbedingt sehen. Ich hatte das Rehkitz, das ich gerettet habe, beinahe vergessen. Das ist alles so lange her. Ich nahm an, Benjamin würde es wieder in die Freiheit entlassen, wenn es groß genug wäre, hatte mich aber wohl getäuscht. Das hätte ich wissen müssen. Benjamin liebt Tiere. Irgendwie süß.

Wahrscheinlich fühlt er sich deshalb auch M.I.A.U. so verbunden. Anfangs dachte ich, er würde uns verlassen, sobald er genug Geld verdient hätte, aber er ist geblieben, immer noch Teil unseres kleinen Teams. Nun ja, gar nicht mehr so kleinen – wenn wir weiter so wachsen, muss ich am Ende noch Steuern zahlen. Aber nein. Das wird nicht geschehen. So sehr ich Lady Lara mag, aber ich bin Auftragskiller, und Verbrecher zahlen keine Steuern, das ist nun mal die Regel. Vielleicht könnte ich der Stadt eine Statue stiften oder etwas ähnlich Blödes, als Ausgleich sozusagen. Vielleicht ein Tierheim für die streunenden Katzen, um die sich Ryker nicht persönlich kümmern kann.

»Wir müssen operieren«, sagt Doktor Lavalle mit ernster Stimme. »Es ist ein Wunder, dass Sie noch am Leben sind.«

Ich weiß nicht, wie viel sie über mich weiß, bin also lieber still.

»Wie lange wird das dauern?«, fragt Bethany.

»Schwer zu sagen, ohne die Sache vorher von innen gesehen zu haben. Mindestens drei Stunden, je nachdem, wie fähig dieser junge Mann hier ist.«

Sie deutet mit dem Kopf in Richtung Griffon. Er wirkt etwas gekränkt, protestiert aber nicht. Es stimmt zwar, dass er sein Medizinstudium nicht abgeschlossen hat, dafür hat er aber eine Menge praktischer Erfahrung. Ich bezweifle, dass ich die Geburt ohne seine Hilfe überlebt hätte.

Ich schließe die Augen und versuche, mich zu

entspannen. Die Schmerzen erleichtern das nicht gerade, aber die werden ja hoffentlich bald vorbei sein.

»Dann fangt lieber an«, murmele ich durch die Zähne. »Und wenn ich nicht wieder aufwache, wird euch mein Geist ein Leben lang verfolgen.«

KAPITEL 4

EINEN MONAT DANACH

»Du kannst deine Tochter *unmöglich* Katzenminze nennen«, stöhnt Lilly und verdreht die Augen. »Sie wird dir das nie verzeihen.«

»Ist doch ein ganz normaler Name. Die Sekretärin von Lady Lara heißt Akelei. Wenn Menschen ihre Kinder nach Pflanzen benennen können, darf ich das auch.«

»Und was ist mit den anderen? Muskat? Mandelblüte? Löwenmäulchen?«

»Löwenmäulchen gefällt mir«, sage ich mit Unschuldsmine, aber ich sehe ein, was sie mir sagen will.

Heute feiern wir die Namensgebung für die Kleinen. Bisher habe ich sie Schwänzchen, Vampir,

Beißer und Pelzchen genannt, bin mir aber im Klaren, dass es dabei nicht bleiben kann, auch wenn ich das ganz niedlich finde. Bisher verhalten sich die vier noch wie normale menschliche Babys, wenn man mal von den Fangzähnen absieht und ihren sich außergewöhnlich schnell entwickelnden motorischen Fähigkeiten. Schwänzchen wickelt seinen winzigen Schwanz um meinen Arm, wenn ich ihn trage, was mich an ein Äffchen erinnert. Er kann ihn schon erstaunlich geschickt einsetzen. Die Kleinen wachsen genauso langsam wie menschliche Babys, können aber schon alleine sitzen und sich auf den Bauch drehen. Bald werden sie mit dem Krabbeln anfangen, dann wird das Chaos komplett sein.

»Vielleicht sollten wir aber bei Namen mit einem »K« bleiben«, schlägt Lilly vor. »Klara, Kevin, Karin und Kamille.«

»Kamille ist auch eine Pflanze, außerdem essbar. Ich dachte, so etwas wolltest du ausschließen.«

»Na dann Kerstin. Das sind wenigstens normale Namen.«

»Und langweilige«, seufze ich.

Ich hatte diese Unterhaltung schon mit den Männern, und wir haben eine endlose Liste an Namen produziert, aber es war nicht ein einziger dabei, der sich für mich passend anhörte. Sie brauchen Namen, die zeigen, dass sie etwas Besonderes sind.

»Wut«, sage ich gedankenverloren. »Rache. Zorn. Gerechtigkeit.«

»Das meinst du nicht ernst!«

Ich sehe sie strafend an. »Doch.«

»Du hast drei Männer, die könnten doch jeder einem Mädchen einen Namen geben und du selbst dem Jungen. Auf diese Weise kannst du ihnen noch mehr zeigen, wie sehr sie in die Betreuung einbezogen sind«.

Ich verdrehe die Augen. »An manchen Tagen habe ich den Eindruck, die Drei sind in das Leben der Babys viel mehr einbezogen als ich. So wie jetzt – ich sitze mit dir hier, während Ryker und Griffon mit den Kleinen spielen. Und Lennox informiert sich über Wandler-Babys. Und sogar Bethany beteiligt sich und versucht, meine Muttermilch künstlich herzustellen.«

»Und Benjamin ist weggegangen, um fürs Kinderzimmer was zu besorgen«, unterbricht Lilly. »Wir versuchen alle nur zu helfen. Du hast vier Babys; das kannst du nicht alleine schaffen. Außerdem hast du dich nicht einmal freiwillig entschieden, überhaupt schwanger zu werden.«

Ich zucke zusammen. Das höre ich nicht gern. Ich würde zu gern vergessen, wie meine Nachkommenschaft zustande kam. Ich will mich nur auf die Gegenwart und ihre Zukunft konzentrieren. Die Vergangenheit soll ruhen. An der lässt sich nichts mehr ändern.

»Was kauft er denn noch?«, frage ich. »Das Zimmer ist doch schon so voll.«

Lilly zuckt mit den Schultern. »Keine Ahnung. Vielleicht ein neues Mobile, nachdem Schwänzchen das erste runtergezogen hat und die anderen es kaputtgemacht haben.«

Ich muss beim Gedanken daran lachen, wie die vier umgeben von Fetzen dasaßen und mich stolz anschauten und auch noch dafür gelobt werden wollten, dass sie ihr Mobile geschreddert hatten. Menschliche Babys hätten das kaum fertiggebracht. Bis jetzt hat noch keines von ihnen Klauen, aber das wird wohl nicht so bleiben. Vampir bewegt ihre Hände schon so, als seien ihre Fingernägel in Wirklichkeit länger als es derzeit den Anschein hat.

In meiner Schwangerschaft hat Griffon seine Sirenen-Sinne eingesetzt um herauszufinden, zu welcher Spezies meine Babys gehören würden. Er kam zu dem Schluss, zwei von ihnen seien Katzen-Wandler und die beiden anderen Sirenen mit Wandler-Genen, das eine mit Wolfsanteilen, das andere mit nicht zu identifizierenden animalischen Erbanlagen.

Ich glaube so langsam, er hat sich geirrt. Sie könnten alle Katzen-Wandler sein. Vampir und Beißer haben katzenartige Fangzähne und Schwänzchen macht auch einen katzenhaften Eindruck. Pelzchens Behaarung könnte verschiedenen Tieren zugeordnet werden, aber sie verhält sich genauso wie die anderen. Jetzt nach ihrer Geburt frage ich mich immer mehr, wer wohl ihr Vater ist. Sind sie das Ergebnis eines genetischen Experiments? Was, wenn Delaney der biologische Vater ist? Was, wenn er mir seinen Samen eingepflanzt hat, als ich seine Gefangene war?

Ich erschauere bei dem Gedanken und balle die Hände zu Fäusten. Die Vorstellung mit dem wissenschaftlichen Experiment ist für mich besser zu verarbeiten als die Alternative. Schließlich hat man zeit meines Lebens an mir experimentiert, das bin ich gewöhnt.

Sobald ich Delaney in die Finger bekomme, werde ich eine Blutprobe nehmen und einen Vaterschaftstest machen lassen. Ich muss Gewissheit haben, auch wenn ich noch nicht weiß, wie ich mit der Wahrheit umgehen werde. Aber ganz egal, ich werde den Kindern nie erzählen, wie sie entstanden sind. Ich will, dass sie sich erwünscht und geliebt fühlen, als hätte ich geplant, sie zu bekommen.

Ich spüre Rykers Anwesenheit kurz bevor er ins Zimmer gestürmt kommt.

»Jemand hat die Villa betreten«, verkündet er mit kaum verhohlener Erregung. »Meine Katzen haben zwei Leute hineingehen sehen. Das könnte Delaney sein.«

Ich bin sofort auf den Beinen, spüre den Blutdurst in mir. Auf diesen Moment haben wir gewartet. Das Haus ohne Bewohner abzufackeln schien mir nicht in Ordnung. Außerdem musste ich mich erst wieder erholen, aber jetzt bin ich wieder vollständig genesen, und das ist die perfekte Gelegenheit für einen Test, ob ich noch so gut bin wie früher. Abgesehen von einigen nächtlichen Spaziergängen über die Dächer der Stadt und einem klitzekleinen Mord bin ich noch nicht wieder tätig gewesen. Ich bin mir sicher, dass unser Haus unter Beobachtung steht und wollte nicht, dass Delaneys Spitzel wissen, dass ich noch lebe – und dabei bin, wieder die alte Form zu erreichen. Zwei Wochen habe ich gebraucht, um an Gewicht und Muskelmasse zuzunehmen, die anderen zwei Wochen waren mit saugenden Babys und langweiligem Verwaltungskram ausgefüllt. Aber jetzt juckt es mich, wieder aktiv zu werden und mit anderen Körperflüssigkeiten als denen in vollen Babywindeln zu tun zu haben.

Lilly steht auf und lächelt nachsichtig. »Ich kümmere mich um die Babys, geh nur und amüsier' dich. Soll ich Lennox und Griffon Bescheid sagen, dass sie auch dorthin kommen sollen?«

»Lennox ist schon informiert«, sagt Ryker mit kaum verhohlener Ungeduld. »Er kommt, sobald du oder einer der anderen das Babysitten übernimmt.«

Ich bin schon auf dem Weg nach draußen, greife mir im Vorbeigehen Waffen von der Garderobe an der Tür. Die haben wir in einen Mini-Waffenschrank umgewandelt, wo jeder für Notfälle seine Lieblingswaffen vorfindet. Wir haben einen ganzen Raum voll mit unseren ,Spielzeugen', von Messern über Armbrüste bis zu Rauchbomben, aber jetzt ist keine Zeit, ihn aufzusuchen. Ich habe schon ein Messer in jedem der Stiefel stecken, außerdem meine geliebten Giftpfeile im Hemdkragen. Ohne die gehe ich nicht aus dem Haus. Ich musste dafür sorgen, dass sie die Babys nicht stechen können, wenn sie unbeholfen danach greifen, aber habe das Problem mit winzigen Plastikhüllen gelöst, die kaum größer sind als jeweils ein Streichholz.

»Wandeln wir uns?«, frage ich Ryker, als er zu mir aufschließt.

»Nein, mir ist heute nach Aufschlitzen.« Er grinst gemeingefährlich. Während meiner Abwesenheit hat er mit den anderen trainiert und ist an den Waffen besser geworden. Für jemanden, der vor einem Jahr noch nicht einmal aufrecht gehen konnte, hat er hervorragende Fortschritte gemacht. Durch sein früheres Leben als Katze verfügt er über einen ausgezeichneten Gleichgewichtssinn und ebensolche Reaktionsgeschwindigkeit. Er sagt immer, er wolle sich Handschuhe anfertigen, die an den Fingerspitzen Klingen wie Klauen haben, hat das aber noch nicht in die Tat umgesetzt.

Wir rennen los, nehmen die Seitenstraßen und machen einige Umwege, um nicht von Menschen gesehen zu werden. Es ist noch hell am Tage, und ich möchte keine Aufmerksamkeit erregen, bevor wir die Villa erreicht haben. Wenn wir erst einmal dort sind, nehme ich solche Rücksichten nicht mehr. Ich kann es kaum erwarten, meine Klingen in etwas Fleischiges zu stoßen.

Als wir das Haus erreichen, bin ich ziemlich außer Atem, weit mehr, als ich es sein sollte. Ich hatte gedacht, der Erholungsprozess sei schon weiter fortgeschritten, habe mich aber wohl getäuscht. Ich muss erst wieder Kondition aufbauen. Das wird mir zum Glück ein guter Grund sein, wieder mehr aus dem Haus zu kommen, auch wenn sich die anderen Sorgen machen, ich könnte gesehen werden. Nach dem heutigen Tag wird Delaney sowieso wissen, dass ich am Leben bin. Ich hoffe, er ist hier - bereit zum Ableben.

Drei Katzen erwarten uns in einer Sackgasse hinter der Villa. Ich erkenne keine von ihnen, fühle mich aber sofort zu der weiblichen schwarzen mit den schönen goldenen Augen hingezogen. Sie ist eine Mini- Ausgabe meiner selbst. Mir ist klar, dass manche Menschen abergläubisch schwarze Katzen meiden, aber das liegt nur daran, dass wir solche tollen Kreaturen sind. Sie haben Angst vor uns. Jede Wette, selbst dieses kleine Kätzchen könnte einem Menschen schwer zu schaffen machen, wenn es nur wollte.

»Hat jemand das Gebäude verlassen, seit ihr uns alarmiert habt?«, fragt Ryker.

Die größte der Drei, eine elegante Sphynx-Katze, der ein bisschen Fell gut zu Gesicht stünde, schüttelt den Kopf. Ryker hat ihnen einige einfache Gesten wie Nicken und Kopfschütteln beigebracht, um die Kommunikation mit uns zu erleichtern, wenn wir menschliche Gestalt haben. Vielleicht hat er während meiner Abwesenheit ihr Gesten-Vokabular noch erweitert; das werde ich später herausfinden.

Ryker hält mir die Hand hin, als wolle er mich zum Tanz auffordern. »My Lady, darf ich bitten?«

»Ist das eine Einladung zu einem Rendezvous?«

»Sehr wohl. Ich muss Sie allerdings warnen, es könnte Blut fließen. Ich hoffe, My Lady werden nicht leicht ohnmächtig.«

Ich kichere ladylike. »Andernfalls müssten Sie mich in ihren starken Armen auffangen.«

»Ich werde Sie beim Wort nehmen. Und es könnte passieren, dass ich Sie dort festhalte, wenn ich Sie aufgefangen habe. Und dann kann ich für nichts mehr garantieren, auch nicht, dass Sie Ihrer Kleidung nicht verlustig gehen werden.«

Die schwarze Katze miaut. Sie würde bestimmt die Augen verdrehen, wenn sie könnte.

Ich blicke auf das Haus, und die humorvolle Leichtigkeit verschwindet, als ich meine Killer-Maske aufsetze. Die Zeit für Scherze ist vorbei. Jetzt ist die für Rache gekommen.

Wir kommen über die Feuerleiter auf der Rückseite hinein. Eine echte Sicherheitslücke, wenn man mich fragt, aber Delaney wird meine Meinung dazu wohl nicht einholen. Die Tür am oberen Ende der Leiter ist verschlossen und wahrscheinlich durch Alarm gesichert, aber ich bin nicht mehr auf heimliches Anschleichen aus und will Delaney nicht von hinten umbringen. Er soll mir in die Augen schauen, wenn ich ihn langsam und schmerzhaft ins Jenseits befördere.

Wenn er überhaupt hier ist. In Gedanken drücke ich die Daumen. Das würde alles so schön einfach machen. Delaney töten und uns dann auf sein Gefolge konzentrieren. Könnte die Große Katze im Himmel mir nicht dieses eine Mal gnädig sein? Ich habe wohl ein bisschen Glück verdient.

Ryker sieht mich fest entschlossen an. »Bereit?«

Ich nicke. »Auf geht's. Du gehst runter und sicherst die Tür, damit keiner fliehen kann. Ich kümmere mich um Delaney, falls er hier ist.«

»Gut, aber nur, bis die anderen kommen. Dann komme ich zu dir. Ich habe mit diesem verdammten Siron auch noch eine Rechnung offen.«

Er ist vor kaum unterdrückter Wut total angespannt, was mich überrascht. Ich dachte, ich sei die Einzige, die darauf brennt, Delaney die Glieder einzeln auszureißen und ihm dann den Kopf abzuschneiden.

»Was für `ne Rechnung?«, frage ich und habe gleich das Gefühl, dass ich die Antwort auf diese Frage kennen sollte.

Ryker starrt mich an. »Meinst du das im Ernst? Hast du gedacht, es war leicht für mich, als du fort warst? Glaubst du, ich – wir – hassen den Siron nicht genauso wie du? Du warst zwar diejenige, die von ihm gefoltert wurde, aber du kannst mir glauben, es fühlt sich an, als hätte er mir dieselben Schmerzen bereitet. In meinem Herzen. Die Ungewissheit, ob du noch lebst, wo du warst, das hat mich innerlich schier umgebracht. Die anderen und ich haben genauso viel Grund, ihn zu töten wie du.«

»Aber ...«

»Kein Aber. Das hier hat nicht nur mit dir zu tun. Das betrifft uns alle, unsere Familie. Du hast uns alle gewählt, und nicht nur für den Sex. Das hier geht uns alle an; und ich weiß, es ist schwer für dich, das zu akzeptieren, du bist es nicht gewohnt, von Leuten umgeben zu sein, die dich lieben. Aber du solltest dich daran gewöhnen. Und möglichst schnell. Wir haben dir eine Erholungsphase zugestanden, aber wir können jetzt nicht mehr lange warten. Du musst dich öffnen, uns erzählen, was geschehen ist. Wir können nur helfen, wenn wir alles wissen.«

Ich starre ihn an, sprachlos. Das hatte ich nicht erwartet, nicht im Geringsten. Hatte ja keine Ahnung. Wirklich nicht? Habe ich die Hinweise übersehen, dass meine Männer unglücklich waren? Stimmt das überhaupt?

»Bist du unglücklich?«, flüstere ich, und meine Killer-Maske ist erst einmal dahin. Verdammt. Dies ist nicht der richtige Moment für seelischen Striptease, aber wir müssen anscheinend darüber reden, wo wir jetzt schon einmal damit angefangen haben. Sonst kann sich keiner von uns auf die bevorstehende Aufgabe konzentrieren.

Er schüttelt langsam den Kopf. »Nein, nicht unglücklich. Nur... Ich weiß auch nicht. Ich hab einfach das Gefühl, dass ich nicht gebraucht werde. Und das bezieht sich nicht auf die Betreuung der Kleinen. Ich will mit dir über deine Probleme sprechen und helfen, sie zu lösen. Ich möchte auch auf der Gefühlsebene für dich da sein, nicht nur körperlich; aber dazu musst du mich zu dir reinlassen, dich öffnen. Du kannst uns alle nicht auf immer und ewig aussperren, Kat. Das ist nicht fair. Wir werden dir gegenüber nichts zurückhalten, aber dann musst du das auch tun.«

Mich öffnen. Die Schranken fallenlassen. Damit hatte ich begonnen, bevor ich entführt wurde. Aber jetzt kann ich das vielleicht nicht mehr. Ich bin im Innern noch tief verwundet und verwirrt. Weiß nicht, ob ich je wieder so werde wie vorher. Delaney hat mich gebrochen, auch wenn ich das nie zugeben würde. Er hat mich in kleine Teile zerstückelt, und die Babys erinnern mich ständig daran. Ich liebe sie, aber jedes Mal, wenn ich sie ansehe, stechen diese Scherben schrecklicher Erinnerungen in mein Herz.

Mir läuft ein Schauer über den Rücken. Ich glaube, das kann ich nicht. Allein der Gedanke an dieses Unvermögen flößt mir größere Furcht ein als eine Rückkehr in jene Zelle.

»Du hast dir für ein solches Gespräch nicht gerade den besten Moment ausgesucht«, sage ich mit künstlichem Lachen.

»Nein, wahrscheinlich nicht.« Er lächelt mich an, aber ich weiß, dass es weiter in ihm rumort. »Aber ich hatte seit deiner Rückkehr noch keine Gelegenheit, mit dir allein zu sein. Das musste einfach mal raus. Tut mir leid.«

»Dir muss nichts leidtun«. Und das meine ich wirklich so. Ich verstehe ihn ja. Und wünschte nur, dass alles etwas einfacher wäre.

Ich atme tief durch. »Wollen wir uns jetzt einen Siron vorknöpfen?«

Sein Lächeln wird breiter. »Es wird mir ein Vergnügen sein.«

KAPITEL 5

Sobald wir die Tür öffnen, schrillt der Alarm durchs Haus. Ich zucke bei dem Krach zusammen, aber der Schalter ist wahrscheinlich irgendwo unten bei der Eingangstür, wie ja in fast jedem Haus. Ich hatte es schon mit genügend Sicherheitssystemen zu tun, um die Standards zu kennen. Ryker zwinkert mir zu, ist wieder sein normales, fröhliches Selbst, und rennt voraus zum großen Treppenaufgang am Ende des Flurs, den wir gerade betreten haben. Vor Öffnen der Tür hatte ich mich auf meine Sinne konzentriert um herauszufinden, wer sich im Haus aufhält. Fünf Personen. Ich konnte nicht erkennen, ob es sich um Sirenen, Menschen oder eine andere Spezies handelt; die Wände waren zu dick, als dass ich ihren Geruch prüfen konnte, lediglich ihr Herzschlag war auszumachen. Fünf. Ich hatte auf mehr gehofft. Hoffentlich kommt unsere Nachhut nicht zu früh, dann bleiben für mich mehr übrig.

Zwei Personen befinden sich unten, um die wird sich Ryker kümmern; zwei sind auf meiner Etage, und einer ist irgendwo über mir. Ich verlasse mich auf meinen Instinkt und gehe zunächst nach oben. Das ist hoffentlich Delaney, allein in seinem Büro.

Ich halte meine Klingen in den Händen, bereit, sie zu werfen oder mit ihnen um mich zu schlagen, je nachdem, was nötig ist. Das Adrenalin in meinen Adern ist eine willkommene Abwechslung zur Eintönigkeit der vergangenen Wochen. Nicht, dass man Langeweile hat, wenn man sich um vier Babys kümmern muss; aber das hier habe ich vermisst. Meine Sinne sind aufs Äußerste gespannt, alles erscheint schärfer. Nichts entgeht mir, weder die kleine tote Spinne, halb verborgen im Staub, noch die gelblichen Flecken an der Decke, die von einem früheren Wasserschaden herrühren.

Ich bezweifle, dass dieses Haus regelmäßig bewohnt wird. Sophie hat erzählt, ihr Vater habe sie nur einmal mit hierher genommen, als er mich zwang, seine Gefangene zu werden. Der Geruch von Mottenkugeln liegt in der Luft, dazu die schale Trockenheit, die entsteht, wenn ein Zimmer nicht regelmäßig gelüftet wird. Ich kann den Staub förmlich schmecken, auch wenn meine vorsichtig gesetzten Schritte keinen aufwirbeln.

Unter mir ist ein Kampf im Gange. Ich bezweifle nicht, dass Ryker mit den beiden Typen fertig wird, auch wenn es Mutanten sein sollten. Er hat die Reflexe einer Katze und wird um sie herumtänzeln und ihren Waffen ausweichen.

Merkwürdig, dass die beiden Personen auf diesem Stockwerk sich überhaupt nicht gerührt haben, trotz dem nicht zu überhörenden Alarm. Ich habe den Krach ausgeblendet, er verhindert aber, dass ich eventuell stattfindenden Gesprächen lauschen kann. Wahrscheinlich hat Delaney – oder wer immer sonst die Leitung hat – schon Verstärkung angefordert.

Logischerweise müsste ich mich zuerst um dieses Stockwerk kümmern, aber der Hass auf den Siron lässt mich zuerst die Treppe zur nächsten Ebene hinaufrennen. Dieser Bereich fühlt sich gleich völlig anders an. Dunkles Kirschholz verkleidet die Wände und gibt dem Ganzen einen alten, gediegenen Anstrich. Es riecht nach Zigarrenrauch. Das ist nichts, was mir je in dem Haus meiner Gefangenschaft aufgefallen wäre, aber ich bin schließlich auch nie bis in Delaneys Privaträume vorgedrungen. Vielleicht ist das ja sein schwacher Punkt. Vielleicht sitzt er in seinem Büro, in Qualm eingehüllt und brütet dort seine finsteren Pläne aus, während er an einem Glas Whisky nippt. Das könnte ich mir bei ihm schon vorstellen. Würde zu seinen perfekt gestylten Anzügen passen, seinem Auftreten als Politiker. Ein aalglatter Geschäftsmann mit geschliffenen Manieren und darunter ein schwarzes, böses Herz, verborgen hinter einem aufgesetzten Lächeln.

Endlich hört die Sirene auf zu dröhnen, und es

kehrt wieder willkommene Stille ein. Dafür hat sicher Ryker gesorgt. Ich atme tief ein und hoffe, dass meine Ohren bald aufhören, noch nachzuklingen. Ich konzentriere mich auf den Herzschlag auf diesem Stockwerk, er kommt von einer Stelle genau vor mir. Ich gehe an allen anderen Türen vorbei, obwohl ich die goldenen, auf Hochglanz polierten Türknäufe sehr anziehend finde. Vielleicht sollte ich von denen beim Hinausgehen ein paar mitgehen lassen; die würden auch gut in unser Zuhause passen.

Ich zögere vor der letzten Tür. In ihr Holz ist etwas geschnitzt, das wie Giftsumach aussieht. Das passt. Ich bin sicher, mindestens zwei meiner Giftpfeile wurden in eine Mixtur getaucht, die das Gift dieser Pflanze enthält. Aber die Pfeile sind nur für den Notfall da, falls alles andere misslingt. Ich möchte Delaney doch erst leiden sehen, ihm Schicht um Schicht die Fassade abziehen, bis sein Innerstes zutage tritt; und ihm dann in die Augen sehen, wenn der letzte Funken Leben in ihm erlöscht. Ich lecke meine Lippen bei der Vorstellung. Das wird sich gut anfühlen.

Der Herzschlag im Innern des Zimmers klingt vertraut, aber ich war nicht oft genug mit Delaney zusammen, um sicher sein zu können, dass er es tatsächlich ist. Es gibt nur eine Möglichkeit, das herauszufinden.

Ich umschließe meine Messer fester mit den Fingern. Es wird Zeit, meinen Dämonen gegenüberzutreten.

Die Person hinter dem Schreibtisch bewegt sich

nicht, als ich ins Zimmer stürze. Sie lächelt, offenbar völlig entspannt, während sie mich mustert.

»Ich hab mich gefragt, ob du es sein würdest.«

Delaneys Frau trägt ein hellblaues Kostüm mit hohem Kragen. Ihr perfekt frisiertes Haar fällt ihr in gleichmäßigen, dunkelbraunen Locken auf die Schultern. Ihre Augen, die zu weit auseinander stehen, um noch schön zu sein, blicken kalt und berechnend. Sie riecht nach Rosen und Sirene. Letzteres stammt sicher von ihrem Mann, ich könnte mir aber vorstellen, dass sie selbst Sirenenblut in sich hat. Sie ist nicht hübsch genug, eine reinrassige Sirene zu sein, aber ich bezweifle, dass ein Mann wie Delaney sich einen bloßen Menschen zur Frau nehmen würde.

»Wo ist dein Mann?«, belle ich sie an.

»Offensichtlich nicht hier. Du wirst mit mir vorlieb nehmen müssen. Aber du solltest dich beeilen, es sind weitere Wachleute auf dem Weg.«

Ich verdrehe die Augen. »Als ob die mich aufhalten könnten. Bist du bereit zu sterben, Gill?«

Ich habe ihren Vornamen herausgefunden, als wir in den vergangenen Wochen Nachforschungen zur Delaney Familie angestellt haben. Allgemeine Informationen waren schnell zu finden, besonders zur politischen Arbeit von Gills Mann, aber über ihr Privatleben weiß ich sehr wenig, abgesehen von ihrem Hochzeitsdatum und ähnlichem.

»Ich bin nicht diejenige, die heute sterben wird.« Ihr Gesichtsausdruck bleibt unbeweglich, aber in ihren

Augen habe ich ein ängstliches Flackern sehr wohl bemerkt.

»Wenn du mir sagst, wo dein Mann ist, werde ich es schnell machen. Wir könnten den Prozess allerdings auch verlängern. Nach allem, was ihr mir angetan habt, ist mir sehr nach Rache. Willst du spüren, wie es ist, auf einem brennend heißen Boden zu liegen? Möchtest du hungern? Ich könnte bestimmt in meinem Keller speziell für dich eine kleine Zelle einrichten. Damit du etwas von deiner eigenen Medizin schlucken musst, sozusagen.«

»Du bist verrückt. Du hast keine Ahnung, was passieren wird. Wenn dir dein Leben lieb ist, dann lauf jetzt, renn weit weg. Wir wissen, wo du wohnst. Wir kennen deine kleinen Freunde. Du verdankst es nur dem Umstand, dass wir zu viel mit wichtigeren Dingen zu tun hatten, dass du noch am Leben bist. In einer Woche wird sich dieses Land zum Besseren verändern. Wir werden deine Art auslöschen, ein für alle Mal. Einige von euch werden wir in unseren Laboren aufbewahren, aber wir werden nicht länger wilde Tiere unter uns dulden, die vorgeben, Menschen zu sein.«

Alle Angst scheint bei ihr wie weggeblasen und ist purem Hass gewichen. Ich frage mich, wo dieser Hass auf Wandler herkommt. Sie hat eine Katzen-Wandlerin wie ihre eigene Tochter großgezogen – hasst sie Sophie auch? Ich hatte gehofft, sie hätte zumindest eine Spur von Liebe oder Zuneigung für meine kleine Schwester empfunden.

Ich grinse sie an, schwinge meine Messer. »Danke,

dass du mir eure Pläne geschildert hast. Jetzt musst du mir nur noch sagen, wo dein Mann sich aufhält, dann mache ich mich auf den Weg.«

Und lasse eine Leiche hier zurück. Sie wird nicht mit dem Leben davonkommen.

»Willst du mir noch etwas sagen?«, frage ich sie. »Deine letzte Chance.«

Von unten dringen Rufe zu mir hoch, gefolgt von einem lauten Krachen.

»Die Zeit ist um«, sage ich und bedauere fast, dass ich sie nicht foltern konnte. Ihr Tod wird mir allerdings nicht leidtun. Der stand auf meiner To-Do-Liste seit ihrem Besuch bei mir in der Zelle.

»Das willst du nicht tun«, sagt sie mit leichtem Zittern in der Stimme. Ihre Hände bewegen sich zu einem Schubfach in ihrem Schreibtisch, wahrscheinlich zu einer Waffe.

Du siehst erbärmlich aus, hatte sie bei unserem ersten Treffen gesagt.

Bevor sie noch irgendetwas aus dem Schubfach nehmen kann, werfe ich ein Messer nach ihr und treffe sie mitten ins rechte Auge.

»Du bist erbärmlich«, sage ich laut, während sie sich langsam zur Seite neigt und aus ihrem Körper alles Leben weicht.

Als sie vom Stuhl fällt und auf dem Boden aufkommt, ist sie schon tot.

Ich sehe in der Schublade nach. Eine winzige Armbrust mit einem einzigen Pfeil. Ich rieche daran. Er ist nicht einmal vergiftet.

»Erbärmlich«, wiederhole ich und verlasse im Laufschritt das Zimmer, bereit, Ryker zu unterstützen und mich ins Schlachtgetümmel zu stürzen.

. * . * .

Er ist von Leichen umgeben, grinst wie ein Irrer und ist von Kopf bis Fuß blutverschmiert. So wie ich ihn mag. Er dreht sich grüßend zu mir um, als einer der Mutanten hinter ihm wieder auf die Füße kommt. Einer von den unsterblichen. Ohne mich aus den Augen zu lassen, schleudert Ryker die lange Klinge in seiner Hand direkt auf den Mann. Sie gräbt sich zwischen seine Augen, und er fällt nach hinten über, mit einem komisch überraschten Ausdruck auf seinem brutalen Gesicht.

»Das war gut«, lobe ich Ryker. »Du hast viel dazugelernt, während ich fort war.«

Er grinst mich stolz an. »Ich habe gemerkt, dass ich mich mehr auf meine Katzeninstinkte verlassen muss, auch in menschlicher Gestalt. Dann kann ich die Dinge nicht nur mit den Augen sehen.«

Ich zähle schnell die Leichen durch. Sieben. Mein Respekt für Ryker wächst. Selbst ich hätte eine solch große Zahl nur schwer überwältigen können. Er hat den meisten den Kopf abgeschnitten, aber einen hat er vergessen. Oder hat ihn als Gentleman für mich aufgehoben.

Er gibt mir seine Klinge, die ist länger als meine Messer und für diesen Job besser geeignet, dann mache ich mich an die Arbeit. Nichts geht über ein anständiges Köpfen, obwohl es mehr Spaß macht, wenn das Opfer noch lebt. Das ist jetzt eher wie Holzfällen.

»Über uns sind noch zwei Leute«, sagt er, als ich fertig bin. »Sie haben sich kein bisschen bewegt.«

»Noch kein Zeichen von den anderen?«

»Nö, aber wir brauchen sie ja auch nicht unbedingt. Lennox wird sauer sein, dass er das alles verpasst hat; er hat sich so nach einem guten Kampf gesehnt.«

»Da oben das war nicht Lord Delaney, nur seine Frau. Das ist also noch nicht das Ende, es wird weitere Kämpfe geben, wenn ich mich nicht irre.« Ich seufze. »So sehr ich Rache nehmen will, ich kann's andererseits kaum abwarten, dass alles vorbei ist und wir als Familie zusammen sein können.«

Er zieht die Augenbraue hoch und tut so, als sei er schockiert. »Wer bist du denn und was ist mit Kat geschehen? Als Familie zusammen? Habe ich das richtig verstanden?«

Ich boxe ihm in die Schulter. »Sag bloß keinem, dass ich sowas von mir gegeben habe.«

»Kein Sterbenswort. Aber ich versteh dich. Die vergangenen Monate waren für uns alle aufreibend. Eigentlich jeder einzelne Tag, seit ich dich getroffen habe. Was ich allerdings nicht bedauere.« Er zieht mich zu sich heran und drückt seine Lippen auf meine. Er riecht nach Blut, Schweiß und Katzenminze; die beste Kombination der Welt.

Ich erwidere seinen Kuss und gebe mich ganz dem Trost hin, der von ihm ausgeht. Um uns herum ist ein

Schlachtfeld, aber ich würde jetzt nirgendwo anders sein wollen. Rykers Kuss bedeutet Heimat; einen Ort, den ich nie wieder verlassen will.

Er wird steif gegen meinen Bauch, aber so gern ich dem Drang nachgeben würde, ihm und mir die Kleider vom Leib zu reißen und ihn hier und jetzt zu nehmen, weiß ich doch, dass dies weder Ort noch Zeit dafür ist.

Mit größerem Bedauern als ich für möglich gehalten habe, lasse ich meine Zunge ein letztes Mal über seine Vorderzähne gleiten und trete dann einen Schritt zurück.

»Später?«, fragt er außer Atem.

»Später. Lass uns nach den beiden Leuten da oben schauen.«

Er nickt, und alle Wärme weicht aus seinem Gesicht. Ich hülle mich auch wieder in meinen Killer-Umhang und achte nicht auf die Reste der ungestillten Sehnsucht, die noch durch meine Adern rinnt. Wir können mit dem Kuss – und mehr – weitermachen, wenn wir wieder zu Hause sind.

Wir schleichen uns geräuschlos nach oben. Der dicke Teppich auf den Treppenstufen hilft uns dabei. Das Blut wird allerdings schwer wieder auszuwaschen sein. Wir hinterlassen überall blutige Fußspuren, aber das ist mir egal, Freund oder Feind würde uns auch ohne sie finden können.

Je näher wir den beiden Leuten kommen, umso mehr habe ich das Gefühl, dass etwas nicht stimmt. Ihre Herzschläge sind zu langsam, als würden sie schlafen. Aber es ist unmöglich, dass jemand bei all dem Krach, den Ryker beim Überwältigen der sieben Mutanten gemacht hat, hätte weiterschlafen können.

Er wirft mir einen Blick zu, als wir die Tür erreichen, hinter der ich diese unheimlichen Leute spüren kann.

Ich nicke, um anzudeuten, dass ich bereit bin. Ryker greift nach dem Türknauf, als mir ein merkwürdiger Geruch in die Nase steigt. Ich handele instinktiv, schiebe ihn mit aller Kraft zur Seite, so dass wir gemeinsam auf den Boden purzeln. Ich lande auf ihm, mein Knie zwischen seinen Beinen. Huch.

»Was sollte das denn?«, stöhnt er und hält sich seine Weichteile.

»Gift«, stoße ich hervor und springe auf die Füße, strecke ihm meine Hand entgegen. Er ergreift sie, und ich ziehe ihn hoch.

Er schnüffelt, dann macht er einen Schritt von der Tür weg, weil er dasselbe gerochen hat wie ich.

»Eine Falle«, murmelt er, und ich nicke.

»Höllkraut, auch bekannt als Pellkraut. Giftig, wenn es mit dem Säuremantel unserer Haut in Berührung kommt. Wenn du den Türgriff angefasst hättest, wärst du in einer halben Stunde tot gewesen.«

Er ballt die Fäuste. »Solche Arschlöcher. Ich hasse Fallen.«

»Wer nicht. Sie müssen gewusst haben, dass wir in der Lage sein würden, die Beiden da drinnen auszumachen. Hast du Handschuhe? Ich will dieses Zeug nicht auf meiner Kleidung haben.«

»Nein, daran habe ich in der Eile nicht gedacht. Ich hole was aus der Küche.«

Während er nach unten läuft, konzentriere ich mich wieder auf meine Sinne, besonders auf die beiden Herzschläge auf der anderen Seite der Tür. Ich habe den Eindruck, sie verlangsamen sich. Vielleicht hat man auch ihnen Gift gegeben, was erklären würde, warum sie sich nicht entfernt haben. Zufälliges Vergiften, als sie den Türgriff mit Höllkraut bestrichen haben oder unschuldige Opfer? Das werden wir bald herausfinden, hoffe ich.

Ryker kommt mit einem Stapel Geschirrtücher zurück, eines hässlicher als das andere. Gill Delaney hatte einen furchtbaren Geschmack. Ich nehme eines und winde es mir um die Hand, achte sehr genau darauf, dass kein bisschen Haut hervorschaut. Ich habe kein Gegenmittel gegen Höllkraut dabei und bezweifle, dass Ryker in einer halben Stunde den Weg hin und zurück in unser Haus schaffen würde.

Ich wechsle einen Blick mit ihm und drehe dann den Türknauf. Sobald die Tür aufspringt, lasse ich das Geschirrtuch auf den Boden fallen.

Das Zimmer ist klein, eigentlich eher eine Zelle. Je ein Bett mit Metallrahmen zu beiden Seiten, kein Fenster, eine flackernde Glühbirne, die von der Decke baumelt.

Ich schwanke ein wenig, als die Bilder in mir zurückkommen, Erinnerungen an meine Zelle, die dieser hier so ähnlich war. Die Schmerzen während der

Folter, die endlosen einsamen Nächte, die Hoffnungslosigkeit...

Ryker legt mir den Arm um die Taille. Er massiert leicht meinen Rücken, holt mich in die Gegenwart zurück. Ich schaue ihm nicht in die Augen. Ich will das Mitleid darin nicht sehen.

Ich schiebe die Erinnerungen zur Seite, konzentriere mich auf das Hier und Jetzt. Auf der rechten Seite liegt eine Frau, bewusstlos, ausgehungert, kahl rasiert. Sie riecht wie ein Mensch. Auf dem Bett auf der linken Seite liegt ein Mann mit eingefallenen Wangen und einem Stoppelbart. Er muss einmal breit und muskulös gewesen sein, hat aber wie die weibliche Gefangene viel an Gewicht verloren. Wie lange sind die Beiden wohl schon hier?

»Riechst du das?«, fragt Ryker. »Wie – Apfel?«

Ich nicke. »Genau, das dachte ich auch. Sie sind auch vergiftet worden. Exundhopp-Saft, wenn ich mich nicht irre. Saugt dich trocken wie ein Vampir, regt den Stoffwechsel derart an, dass der Körper anfängt, sich selbst zu verzehren. Die Beiden sehen aus, als hätte man sie wochenlang hungern lassen, es können aber auch nur ein paar Tage gewesen sein.«

Unten öffnet sich die Tür, gerade so laut, dass ich es hören kann. Entweder die neuen Wachen oder einer von uns.

»Ich geh runter und sehe nach«, meldet sich Ryker freiwillig. »Es sei denn, du brauchst mich?«

Ich schüttele den Kopf. »Wir können ihnen hier nicht helfen. Bethany wird ein Gegenmittel zubereiten können, aber ich habe nichts bei mir, was wirksam wäre. Ich komme mit, die hier werden kaum weglaufen.«

Gemeinsam hasten wir den Flur entlang und die mit Teppich belegten Treppenstufen hinab. Das Blut unserer Fußspuren ist inzwischen getrocknet, aber ich kann es noch riechen. Vielleicht komme ich diesmal dazu mitzukämpfen. Ich atme tief ein – und stöhne enttäuscht auf.

Es ist Griffon, keine Mutanten, die getötet werden wollen. Der Siron steht neben den Leichenstapeln und nickt anerkennend.

»Wie ich sehe, hattet ihr viel Spaß.«

»*Er* hatte Spaß«, schnaube ich mit einer Kopfbewegung Richtung Ryker. »Ich durfte nur Eine töten, und hatte dafür nicht einmal ausreichend Zeit.«

Griffon verdreht die Augen und achtet nicht auf meine Beschwerde. »Wenn ihr mit dem Umbringen fertig seid – es gibt zu Hause ein kleines Problem. Am besten kommt ihr sofort mit.«

KAPITEL 6

Zwei Leichen erwarten uns in der Diele. Sie wurden auf Stühle gesetzt, und meine Schwestern sind damit beschäftigt, sie in Kleider zu hüllen, die gut aus dem Schrank einer Großmutter stammen könnten. Breitkrempige Hüte, einen rosa Morgenmantel, plüschige Pantoffeln, ein blumengemustertes Kleid mit einer Knopfleiste auf der Vorderseite.

»Was meinst du?«, fragt Sophie fröhlich und schwenkt einen rosa Schirm, den ich noch nie zuvor gesehen habe. Sie gibt ihn einem der Toten in die Hand und grinst. »Sind die Beiden nicht hübsch?«

Ein Mädchen in ihrem Alter sollte nicht mit Leichen spielen. Sie müsste schreiend weglaufen oder was sonst normale Leute tun, wenn sie mit dem Tod konfrontiert werden. Was die Frage aufwirft, ob ich ihr sagen soll, dass ich ihre Adoptivmutter getötet habe. Ich entscheide mich dagegen. Sie wird es früher oder später erfahren, und diesen Moment der Freude und Entspannung will ich ihr nicht verderben.

»Sophie hat mir geholfen, sie herauszuputzen«, sagt Caitlin und tritt hinter ihre kleine Schwester. »Wir sind gerade dabei, eine gute schwesterliche Beziehung herzustellen.«

Ich stöhne. Das ist ihre Ausrede für jeden Blödsinn, den sie zusammen angestellt haben. Offensichtlich bedeutet dieses schwesterliche Miteinander, ihrer anderen Schwester, also mir, einen Streich zu spielen.

»Wer sind sie und warum habt ihr sie so angezogen?«, frage ich und fühle mich plötzlich sehr alt und erwachsen. Und müde.

»Sie haben versucht, hier einzubrechen, während du fort warst«, erklärt Griffon aus dem Hintergrund. Er ist sichtlich bemüht, nicht loszulachen. »Es gab da außer den Beiden noch andere. Mädchen, was habt ihr mit denen gemacht?«

»Nichts«, sagt Caitlin mit Unschuldsmine. »Bethany hat sie in die Leichenhalle mit runtergenommen. Sie hat uns nur diese beiden gelassen, damit wir sie zur Begrüßung für dich herrichten konnten.«

Ich ziehe die Stirn in Falten. »Hat sie das gesagt?«

»So in etwa.«

War ich in dem Alter auch so frech? Wahrscheinlich. Nein, mit Sicherheit. Ist nur komisch, das jetzt von der anderen Seite zu erleben. Aber ich habe nie einer Leiche einen rosa Mantel und Sonnenhut angezogen.

Lilly kommt vom anderen Ende des Flurs, wodurch die Diele leicht überfüllt wirkt. »Hey, Kat. Diese Typen haben nach dir gesucht.«

»Jetzt suchen sie nicht mehr«, murmelt Caitlin verschmitzt.

Kluges Kerlchen. Ich reagiere besser nicht darauf und wende mich stattdessen an Lilly. »Wie viele?«

»Sechs. Weiter als bis hierher sind sie nicht gekommen. Einige von Rykers Katzen waren beteiligt. Ich schulde ihnen eine Extraportion Katzenminze. Sie sind zwar klein, aber zur Ablenkung der Gegner in einem Kampf Gold wert.«

»Katzenminze?«, frage ich, bevor ich mich beherrschen kann.

»Für dich nicht. Du erinnerst dich noch an vergangene Woche?«

Das ernüchtert mich sofort. Ich hatte die schlimmsten Flashbacks, die man sich vorstellen kann, und das nach nur einer kleinen Dosis. Es war geradeso, als sei ich wieder in meiner Zelle, würde auf dem Boden liegen, der immer heißer wird, bis meine Haut Blasen wirft. Und keine Möglichkeit wegzulaufen. Mutterseelenallein.

Ich erschauere. Ich muss mich damit abfinden, dass ich eine Weile keine Katzenminze essen darf, jedenfalls nicht, bis sich mein mentaler Zustand stabilisiert hat und ich diese Erinnerungen in die Schranken verwiesen habe. Im Augenblick lauern sie noch zu dicht unter der Oberfläche. Ich konnte sie noch nicht sicher wegschließen, wie so viele schlimme Momente aus der Vergangenheit.

»Sie platzten hier herein, sobald du gegangen warst«, fährt Lilly fort. »Sie müssen das Haus beobachtet haben.«

»Sie haben also nicht nach mir gesucht?«

»Ich vermute, sie selbst waren die Botschaft, ohne es zu wissen. Delaney hat sie in den sicheren Tod geschickt, denn ihm war klar, dass sie einen Einbruch ins Hauptquartier von M.I.A.U. nicht überleben würden. Auch wenn noch weniger von uns dagewesen wären, haben wir doch mehr Fallen und Verteidigungsmöglichkeiten als man für sechs Eindringlinge braucht. Er hätte viel mehr schicken müssen, um auch nur die geringste Chance zu haben.«

Sie hat Recht. »Er will uns zeigen, dass er uns beobachtet. Gut, was soll's. Das ist nichts Neues. Ich habe ihm auch eine Botschaft hinterlassen. Seine tote Frau.«

»Darüber wird er nicht erfreut sein«, überlegt Lilly. »Wir sollten unsere Verteidigung ausbauen.«

»Ich bin mir da nicht so sicher. Er wusste, dass wir es auf das Haus abgesehen hatten. Man hat uns dort eine Falle gestellt, Gift auf die Türgriffe geschmiert. Wenn das nicht für jemand anderen bestimmt war, hat Delaney seine Frau vielleicht absichtlich dort zurückgelassen. Vielleicht war er ihrer überdrüssig. Aber schon merkwürdig.«

»Sehr merkwürdig«, bestätigt Griffon. »Ich werde die Bürgermeisterin beim Aufräumen um Hilfe bitten und auch für die beiden vergifteten Leute, damit sie zu uns oder ins Krankenhaus kommen.«

»Noch mehr Gift«, fragt Lilly eifrig. »Ihr scheint ja wirklich Spaß gehabt zu haben so ohne mich.«

»Wir haben zwei Menschen mit Exundhopp-Saft im Blut gefunden. Ryker ist bei ihnen geblieben, falls doch noch weitere Mutanten kommen. Er hat ein paar Katzen zur Verstärkung dort, aber wir sollten ihm schon noch weitere Unterstützung schicken.«

Griffon drängt sich an den beiden Toten vorbei und verschwindet im Wohnzimmer, wo sich eines unserer beiden Telefone befindet. Das andere ist im Büro; ein Ort, dem ich bisher ferngeblieben bin, weil mich der auf dem Schreibtisch lagernde Papierkram abstößt.

»Wie geht's den Babys?«, fragt Lilly.

»Schlafen, jedenfalls als ich das letzte Mal nach ihnen gesehen habe. Schwänzchen hat vorher versucht, Pelzchen mit seinem Schwanz zu erwürgen. Könnte Zufall gewesen sein, aber es sind schließlich *deine* Kinder, also ist alles möglich.«

»Ist es schlimm, wenn mich das stolz macht?«

Lilly schnaubt. »Wahrscheinlich. Wir sollten wohl froh sein, dass Beißer und Vampir noch nicht versucht haben, ihre Geschwister anzuknabbern.«

»Ist die Namensgebung immer noch für heute Abend geplant?«, unterbricht Caitlin. »Wenn nicht, bin ich dafür, dass du uns endlich sagst, für welche Namen du dich entschieden hast. Die Spannung bringt mich fast um.«

Umbringen ist das Stichwort. »Zuerst werdet ihr

Beiden das alles hier aufräumen. Bringt die Toten runter in die Leichenhalle und tut die Kleidung in die Wäsche. Keine Ahnung, wem der Morgenmantel gehört, aber derjenige möchte sicher nicht, dass er nach Mutanten riecht.«

»Das ist doch meiner«, ruft Lilly erschrocken, als würde sie gerade erst bemerken, dass die Leichen ihre Kleidung tragen. »Seid ihr in meinen Kleiderschrank eingebrochen?«

»Der war nicht abgeschlossen, es war also kein Einbruch«, wehrt Sophie ab. Ich glaube ernsthaft, wir üben einen schlechten Einfluss auf sie aus.

Lilly seufzt. »Ich notiere – in Zukunft Kleiderschrank abschließen. Oder besser, mein Zimmer. Ich hätte wissen müssen, dass es nicht unverschlossen bleiben kann, wenn ihr beiden kleinen Ungetüme unterwegs seid.«

Sophie und Caitlin lächeln stolz über das Kompliment. Caitlin protestiert nicht einmal, dass ich sie auch als »klein« bezeichnet habe. Mit ihren sechzehn Jahren will sie zwar nicht mehr als Kind betrachtet werden, beteiligt sich aber noch gern an Sophies Spielereien. Trotz ihrer schlimmen Kindheit ist sie doch kindlicher, als ich je war.

»Ich schaue mal nach, ob die Babys Hunger haben«, verkünde ich. »Girls, ihr räumt die Diele auf. Lilly, du sorgst bitte dafür, dass das Haus sicher ist, falls Delaney auf dumme Gedanken kommen sollte. Und sag Bethany, sie soll ein Gegenmittel für Exundhopp-Saft herstellen. Das werden sie wohl kaum im Krankenhaus haben.«

»Kat!«, ruft Griffon aus dem Wohnzimmer. »Die Bürgermeisterin will dich sprechen.«

Ich seufze. Die Babys müssen wohl noch ein bisschen warten, bis sie sich wieder in meine Brüste verbeißen können.

∘ ∗ ∘ ∗ ∘ ∗

Lady Lara hat eine tolle Telefonstimme. Ich könnte sie mir gut in einem Call Center vorstellen, wo sie ganz leicht Leute überreden würde, nutzlose Dinge zu bestellen, allein durch ihre Stimme und Überredungsgabe.

»Kat, ich wollte dich heute sowieso anrufen. Hast du ein bisschen Zeit? Es gibt da was, wozu ich gern deine Meinung hören würde.«

Typisch, keine Begrüßung, kein Small Talk. Eine Frau nach meinem Geschmack.

»Ich muss mich noch duschen und umziehen, um sicher zu sein, dass ich kein Gift an mir habe. Aber danach könnte ich rüberkommen.«

»Sehr schön, sagen wir in zwei Stunden?«

»Kannst du mir schon mal einen Hinweis geben, worum es geht?«

»Nicht am Telefon, bedauere. Ich werde der Frau am Empfang sagen, dass ich dich erwarte.«

Sie legt ohne weitere Umschweife auf. Ich starre auf den Hörer; Neugier kämpft mit dem Bedürfnis, auf der

Couch zu sitzen und einfach mal eine Weile nichts zu tun.

Ich bemerke etwas Feuchtes an meiner Brust. Als ich an mir herabsehe, bemerke ich einen nassen Fleck unter meinem rechten Busen. Fantastisch, ich laufe mal wieder aus. Da vier Babys an mir saugen, produziert mein Körper genug Milch, dass ich es mit einer Kuh aufnehmen könnte. Ich pumpe sie manchmal ab und fülle sie in Flaschen für Zeiten meiner Abwesenheit; aber meistens ist nicht mehr genug übrig, nachdem die Kleinen getrunken haben. Meine Babys sind unersättlich.

Ich gehe hoch ins Kinderzimmer. Die drei Mädchen schlafen, liegen im Kreis umeinander herum, aber Schwänzchen ist wach und sieht mich mit seinen schönen gelben Augen an. Er erinnert mich ein bisschen an Ryker. Mal abgesehen von seinem Schwanz. Wenn er sich wandelt, ist der von Ryker dick und buschig und als Mensch... nun ja, dick ist er immer noch.

Ich wünschte, er wäre schon zurück und wir könnten da fortfahren, wo wir vorhin aufgehört haben. Vielleicht unter der Dusche; wir haben sowieso beide eine nötig.

Schwänzchen greift nach mir und ich nehme ihn hoch, muss lachen, als er seinen Schwanz gleich um meinen Arm kringelt. Er ist so süß. Ich kann kaum glauben, dass ich die Vier mal als Parasiten betrachtet habe. Jetzt sind sie meine Babys, mein Fleisch und Blut. Sie werden nie erfahren, auf welche Art sie entstanden sind. Ich werde ihnen erzählen, dass meine Männer ihre Väter sind. Überschwängerung wird als Erklärung dienen, warum sie nicht alle gleich aussehen. Ich könnte schließlich dieselben Reproduktionseigenschaften wie eine Katze haben, bei der es nicht ungewöhnlich ist, dass mehrere Eizellen von Spermien unterschiedlicher Partner befruchtet werden.

»Wie soll ich dich wohl nennen, Kleiner?«, murmele ich und streiche ihm mit der Hand über den Kopf. Sein schwarzes Haar wächst gut, hat dieselbe Farbe wie Pelzchens Fell. Die Zwillingsmädchen haben braune Haare mit einem rötlichen Schimmer, fast rotblond. Ihre Augen sind grün, während Pelzchens dunkelblau leuchten. Alle hatten bei der Geburt dieselben blauen Augen, aber nach zwei Wochen änderte sich das.

Schwänzchen miaut leise, also ziehe ich mein Hemd hoch und entblöße meine Brust. Zart lila blaue Flecken sind mir von der letzten Fütterung geblieben. Der Großen Katze im Himmel sei Dank, dass bei mir alles schnell verheilt. Es tut trotzdem weh, und ich beneide jede Menschenmutter, die keine Reißzähne erdulden muss.

Er saugt gierig. Seine kleinen Hände halten mich fest, und ich bin wieder einmal froh, dass die Babys wenigstens nicht mit Krallen auf die Welt gekommen sind. Ich mache es mir in einem Sessel in der Ecke bequem. Das wird eine Weile dauern.

ᵒ ° ᵒ ° ᵒ °

Bis ich im Rathaus ankomme, ist es spät am Nachmittag. Kurz bevor ich wegging, kam Ryker mit den beiden vergifteten Menschen an; sie wurden von zwei Männern getragen, die wohl die Bürgermeisterin geschickt hatte. Griffon und Bethany kümmern sich jetzt um sie, während Lilly den Babysitter spielt. Ich schicke Benjamin zurück in die Villa, um alle Hinweise aufzustöbern, die er dort finden kann, in der Hoffnung, mehr über die Fangs zu erfahren.

Zu der Dusche mit Ryker ist es leider nicht gekommen, aber im Vorbeigehen habe ich ihn ganz klar wissen lassen, dass ich ihn heute Nacht in meinem Bett erwarte. Ich habe meine Hängematte noch für Momente, in denen ich meinen Erinnerungen nachhängen möchte, aber sonst schlafe ich jetzt immer in einem Bett mit einem oder mehreren der Männer.

Lennox ist noch damit beschäftigt, sich über Wandler-Babys schlau zu machen. Er hat in den vergangenen Wochen viele Kontakte geknüpft, die uns auch in anderer Hinsicht helfen könnten. Seine Forschungsergebnisse sind aber mager, um es vorsichtig auszudrücken. Die meisten Quellen beziehen sich auf Wolfs-Wandler-Junge, die sich anscheinend unterschiedlich entwickeln, je nachdem, wie viel Wolf in ihren Genen enthalten ist. Wolfs-Wandler haben für sie vom Schicksal vorbestimmte Partner, die selbst nicht immer Wandler sind. Lennox hat mir erzählt, dass es in einigen Rudeln jetzt mehr Menschen und Mischlinge gibt, die sich nicht mehr wandeln können, als reine Wolfs-Wandler. Ist irgendwie blöd von der Evolution.

Irgendwann wird es vielleicht keine Wolfs-Wandler mehr geben. Zum Glück können wir Katzen frei entscheiden, wen wir als Partner nehmen.

Lennox sagt laufend, er stehe kurz vor einem Durchbruch, aber den hat es bisher nicht gegeben. Vielleicht müssen wir einfach akzeptieren, dass wir erst später sehen werden, wie sich die Babys entwickeln und es auf diese Erfahrung aus erster Hand ankommen lassen. Bisher haben sie uns noch keinen Anlass zur Sorge gegeben, mal abgesehen von dem Umstand, dass Vampir und Beißer mir eines Tages die Brustwarzen abbeißen könnten. Das ist einer der Gründe, warum Bethany versucht, meine Muttermilch synthetisch herzustellen. Zurzeit habe ich noch genug für alle vier, aber sie wachsen so schnell, dass mein Körper irgendwann wohl mit der Milchproduktion nicht mehr nachkommen wird. Ich bin schließlich keine Milchkuh.

Die Empfangsdame winkt mich durch, und ich gehe direkt in den Fahrstuhl, der mich ins oberste Stockwerk bringt. Ein Wachmann erwartet mich. Ich weiß, dass er von meinen Männern überprüft und ausgebildet wurde. Das war eine ihrer Aufgaben als Ausgleich für die Hilfe, die sie von Lady Lara bei der Suche nach mir erhielten. Schlussendlich bin ich dann ohne ihre Hilfe entkommen, aber ich weiß ihre Anstrengungen natürlich zu schätzen.

Der Wachmann sieht mich durchdringend an, erkennt mich aber sofort. Er neigt den Kopf und deutet auf das Büro der Bürgermeisterin. Ich gehe ohne anzuklopfen hinein, denn ich kann davon ausgehen, dass sie von meiner Anwesenheit schon Kenntnis hat. Hier im Rathaus geschieht nichts, ohne dass sie es erfährt. Nachdem ich in eben diesem Büro beinahe umgebracht worden bin, hat sie die Sicherheitsmaßnahmen drastisch verschärft.

»Wie schön dich zu sehen, Kat. Mit nur einer Stunde Verspätung, das muss ein neuer Rekord sein.« Sie grinst, nimmt mir das Zuspätkommen sichtlich nicht übel. Sie ist es ja auch gewöhnt, und nach dem Füttern der Babys musste ich wirklich unter die Dusche.

»Ich habe uns Tee und Kekse bestellt. Habe ich dir schon gesagt, dass ich eine neue Köchin habe? Sie macht die tollsten Zitronen-Butterkekse, die man sich vorstellen kann, die werden dir schmecken.«

Ich lecke mir in Vorfreude darauf schon die Lippen. Ich hatte nur Zeit für ein schnelles Sandwich und könnte etwas Kräftigeres gebrauchen, aber diese Kekse klingen erstmal gut.

Wir sitzen in den Sesseln – die sind noch bequemer, als ich sie in Erinnerung habe – und sehen einander still an. Seit ich wieder in Attenburg bin, haben wir uns erst zweimal getroffen. Beim ersten Mal musste ich noch das Bett hüten und war noch nicht ganz Herrin meiner Sinne. Ich habe keine Ahnung, worüber wir geredet haben, ob überhaupt so etwas wie ein Gespräch zustande gekommen ist. Das zweite Mal war vergangene Woche, als sie zu uns kam, um mit den Männern über ihren persönlichen Beschützer zu sprechen. Diesen Job hatte ich einmal, aber die Männer haben ihn natürlich während meiner Abwesenheit übernommen. Bis jetzt habe ich noch keine Anstrengungen unternommen, ihn mir wiederzuholen; doch es war schon merkwürdig, Lady Lara in unserem Hauptquartier zu wissen, aber selbst nicht von ihr aufgesucht zu werden. Sie kam später ins Büro, und wir haben ein bisschen miteinander gesprochen, aber heute findet unser erstes richtiges Treffen statt.

Sie nimmt mich genau unter die Lupe, als suche sie nach Zeichen von Krankheit oder Verwundbarkeit. Ich strenge mich an, einen wachen Eindruck zu vermitteln – obwohl ich total fertig bin und lieber zu Hause auf meinem Sofa liegen würde – und mustere sie meinerseits. Ist da ein graues Haar, das sie hinter ihr Ohr geklemmt hat? Vielleicht nur eine optische Täuschung durch das Licht. Ihr schwarzes Haar ist wie immer perfekt gestylt und schimmert genauso wie ihre ebenholzfarbene Haut. Es muss eine besondere Creme sein, mit der sie ihre Haut einschmiert und die sie glänzen lässt wie ein Einhorn. Also nicht ganz so stark, aber ich mag den Gedanken, sie könne vielleicht nicht nur Mensch sein. Dafür ist sie einfach zu klug und mächtig.

»Hast du was gesehen, was dir gefällt?«, fragt sie.

Ich bin versucht, ja zu sagen, weiß aber nicht, ob das als Anmache missverstanden werden könnte.

Stattdessen frage ich meinerseits »Warum bin ich hier?«

Mit ihr übers Geschäft zu sprechen, ist immer die sichere Alternative. Wenn ich in Gegenwart von Lady Lara bin, weiß ich nie so genau, was ich denken soll. Ich bewundere sie als Frau, als Politikerin und kann nicht verhehlen, dass sie sehr reizvoll ist. Außerdem intelligent, trickreich und furchtlos. Alles Eigenschaften, die mir an einer Freundin gefallen. Wobei meine Freunde nicht unbedingt schön sein müssen, aber es ist ganz angenehm, bei unseren geschäftlichen Treffen auch etwas fürs Auge zu haben.

»Lass uns warten, bis der Tee kommt. Ich will nicht, dass jemand mithört, was ich dir erzählen werde.«

»Du kannst es wirklich spannend machen. Und ich wäre enttäuscht, wenn sich das hinterher als langweiliger Politikkram herausstellen sollte.«

»Keine Politik, versprochen, jedenfalls nicht die Art, an die du denkst. Schließlich ist letzten Endes alles politisch. Selbst wenn du deine Arbeit tust, ist das Politik.«

»Wie das?«

»Du entscheidest, wer am Leben bleibt und wer stirbt. Du kannst einen Vertrag annehmen oder ablehnen, und das bedeutet, du triffst eine Wahl, die das Leben anderer Leute beeinflusst.«

»Eine Wahl zu treffen ist keine Politik. Ich mache mir über die Konsequenzen keine Gedanken. Ich tue es nur des Geldes wegen.«

Sie zieht eine perfekt gestylte Augenbraue hoch. Wo sie nur die Zeit hernimmt, noch zur Kosmetikerin zu gehen? Oder hat sie jemanden, der privat zu ihr kommt? Wenn ja, sollte auch diese Person besser überprüft werden, damit sie kein Sicherheitsrisiko darstellt.

»Das glaube ich nicht. Hatten wir nicht abgemacht, uns nicht anzulügen?«

Ich zucke mit den Schultern. »Es kann doch keine Lüge sein, wenn man selbst daran glaubt. Oder das zumindest versucht.«

Lady Lara schenkt mir ein warmes Lächeln. »Du bist besser als du denkst, Kat. Aber keine Sorge, ich werd's keinem weitersagen, sonst wäre das am Ende noch geschäftsschädigend.«

Wir werden durch ein Klopfen an der Tür unterbrochen. Ein Dienstmädchen stellt ein Tablett auf einen kleinen Tisch zwischen unseren Sesseln und verschwindet wieder, schließt hinter sich die Tür.

Mit einer Langsamkeit, die meine Geduld arg auf die Probe stellt, gießt die Bürgermeisterin uns Tee ein und legt dann einen Keks auf je eine Untertasse. Sie ist aus elegantem, dünnem Porzellan, das in meinem Haushalt viel zu schnell zu Bruch gehen würde, als dass ich es dort verwenden könnte.

Ich reiße ihr die Tasse beinahe aus der Hand, als sie sie mir hinhält.

»Jetzt sag schon. Sofort.«

Sie lächelt schelmisch, lehnt sich zurück und schlürft langsam ihren Tee. Diese Frau wird mich noch um den Verstand bringen.

»Du solltest mal Meditieren probieren«, sagt sie unschuldig. »Achtsamkeit soll helfen, seine Gefühlsausbrüche unter Kontrolle zu bringen.«

»Ich habe keine Gefühlsausbrüche«, gebe ich schnippisch zurück.

»Natürlich nicht«. Sie verdreht die Augen auf gar nicht bürgermeisterliche Art und stellt dann ihre Tasse ab, bevor sie in ihrer Brusttasche nach etwas kramt. Ich versuche, ihr nicht auf den Busen zu starren. Ihre Brüste zeichnen sich durch ihre himmelblaue Bluse ab und sind wie der übrige Körper perfekt geformt.

Was ist nur los mit mir? Ist das etwas wieder die Hitze? Ich sollte niemanden auf diese Weise anstarren, der nicht einer meiner drei Männer ist, und ganz bestimmt nicht die Bürgermeisterin von Attenburg.

Sie streckt ihre Hand aus, und ich löse den Blick endlich von ihren Brüsten und lasse ihn zu dem wandern, was da auf ihrer Hand liegt.

Eine sehr vertraute Bronzemünze.

»Verdammt.«

KAPITEL 7

Ich rolle die Münze hin und her und starre auf das Symbol, das in sie eingraviert ist. Ein Quadrat, das durch eine vertikale, wie mit dem Messer gezogene Linie in zwei Hälften geteilt wird. Ich habe keine Ahnung, was das Symbol bedeutet, weiß aber genau, wer diese Münze verwendet.

Die Fangs.

Ich hatte versucht, deren Existenz zu verdrängen. Sie stellten seit meinem Umzug nach Attenburg kein Problem mehr für mich dar, oder falls doch, war mir jedenfalls nicht bewusst, dass bestimmt Leute zu den Fangs gehörten. Ich hatte gehofft, mich nie wieder mit ihnen beschäftigen zu müssen.

»Du erkennst sie«, sagt Lady Lara ruhig.

»Ja. Sie haben in meiner Heimatstadt Wandler-Kinder vergiftet. Also nicht sie selbst, aber sie haben andere dazu gebracht, es zu tun. Wir haben eine solche

Münze gefunden, als wir in ein Labor eingebrochen sind. Sie haben Süßigkeiten mit einem Gift versetzt, das nur bei Kindern mit Wandler-Genen wirkt. Wir haben es geschafft, ein Gegenmittel zu entwickeln und zu verteilen, kamen aber für einige Kinder zu spät.«

Zum Beispiel der Enkelin des Großen Unbekannten. Auch wenn ich inzwischen weiß, dass er nicht der Wohltäter war, für den er sich ausgab, tat mir der Tod des Mädchens doch leid. Er hat mich zwar mein ganzes Leben lang getäuscht, aber dennoch kann ich Mitleid mit seinen Verwandten empfinden, zumal, wenn sie Wandler sind wie ich.

»Ich erinnere mich, das hast du mir einmal erzählt. Das ist schrecklich, wundert mich aber nicht. Das Wenige, was ich über ihre Organisation in Erfahrung bringen konnte, deutet darauf hin, dass sie alles vernichten, was ihrem Machtanspruch im Wege steht. Wandler können von ihren Kräften nicht so leicht beeinflusst werden wie Menschen, also werden sie als Bedrohung empfunden. Trotzdem, auch vor Kindern nicht zurückzuschrecken ... das ist fürchterlich.«

»Woher hast du die Münze?«, frage ich sie.

»Von einer ermordeten Frau. Der sechsten, die man in den letzten Wochen in unserem Stadtteil gefunden hat. Fünf Frauen, zwei Männer. Alle von ihnen hatten eine solche Münze der Fangs auf der Brust liegen. Ich habe Benjamin zurückgerufen, als du auf dem Weg zurück nach Attenburg warst, aber ich nehme an, er hat nichts weiter gesagt?«

Ich schüttele den Kopf. »Die Tatsache, dass ich

halbtot und mit vier neugeborenen Babys ankam, muss ihn so schockiert haben, dass er nicht mehr daran gedacht hat.«

»Ja, das ist verständlich. Ich habe versucht, dir ein bisschen Zeit zu lassen und der Polizei eine Chance zu geben, aber sie kommen einfach nicht weiter. Außerdem kann ich ihnen nicht von den Fangs oder Sirenen erzählen. Ich bin mir sicher, dass es bei der Polizei Sirenen gibt, aber die meisten sind wohl Menschen, die kein Ahnung haben, dass etwas Übernatürliches überhaupt existiert.«

»Du willst also, dass ich den Mörder finde.«

Die Bürgermeisterin nickt. »Natürlich. Die Polizei konnte nicht feststellen, ob es zwischen den Opfern eine Verbindung gibt oder ob sie zufällig ausgewählt wurden. Die einzige Gemeinsamkeit ist, dass sie alle im Umkreis von sechshundert Metern um dieses Gebäude herum umgebracht wurden. Ich glaube, sie wollen mir damit eine Botschaft schicken. Sonst würden sie nicht diese Münzen am Tatort zurücklassen.«

»Hast du irgendwelche merkwürdigen Briefe bekommen? Anrufe? Irgendetwas, das damit in Verbindung stehen könnte?«

»Nein, nichts Ungewöhnliches. Es hat sich niemand in diesem Zusammenhang gemeldet. Wenn das eine Botschaft an mich sein soll, verstehe ich sie nicht.«

Ich trinke einen Schluck Tee und tunke dann meinen Keks hinein. Dieses Eintunken ist eine Kunst. Man muss den Keks gerade so lange in der heißen Flüssigkeit ziehen lassen, bis er weich ist, aber nicht so lange, dass er zerfällt und man am Schluss lauter Schlamm in der Tasse hat. Das ist eine Sache der Geduld und Erfahrung. Meiner Meinung nach sollte es Teil der Killer-Ausbildung sein. Einen Keks einzutunken ist fast so, wie jemandem ein Messer in die Brust zu stechen, ohne ihn gleich töten zu wollen. Ein Messer zwischen den Rippen ist ein gutes Mittel, jemanden zum Reden zu bringen.

»Hast du eine Ahnung, was sie vorhaben?«, fragt Lady Lara. »Ist dir bekannt, ob sie etwas in der Art schon einmal getan haben?«

»Nein, ich hatte mit ihnen nur indirekt bei der Vergiftungssache zu tun. Aber meine Schwestern wissen vielleicht mehr. Ivy und Vier wussten über die Fangs Bescheid, als ich sie kennenlernte, aber ich habe sie nie gefragt, wieso. Es schien nicht mehr wichtig zu sein, nachdem ich sie zurückgelassen hatte, damit sie in die Schule gehen und ein normales Leben führen konnten.«

Lady Lara kichert. »Ich frag mich, was du unter einem normalen Leben verstehst!«

»Eines, bei dem keine Experimente an einem vorgenommen werden, wo man nicht zum Töten abgerichtet wird oder stehlen muss, um zu überleben«, sage ich wie aus der Pistole geschossen.

»Du weißt schon, dass das ziemlich traurig klingt, oder? Die meisten Leute hätten die Frage ganz anders beantwortet.«

Ich zucke mit den Schultern. »Ich bin nicht die

meisten Leute. Aber zurück zu den Morden. Stehen die Leichen noch zur Verfügung?«

»Ja, ich habe veranlasst, dass sie in der Leichenhalle der Polizei aufgehoben werden. Einige Verwandte der Opfer haben schon die Herausgabe zur Beerdigung beantragt, aber ich wollte noch warten, bis es dir besser geht und du einen Blick darauf werfen kannst. Ich werde dem Polizeichef mitteilen, dass jemand zur Leichenschau vorbeikommt.«

Ich auf einer Polizeiwache. Das hat es noch nie gegeben.

»Natürlich. Aber ich werde dich begleiten. Ich will sehen, wie du arbeitest.«

»Hast du nichts Besseres zu tun? Wie zum Beispiel die Stadt regieren?«

»Ts, ts. Ich regiere doch nicht. Ich stelle nur sicher, dass alles nach Plan läuft, indem ich manchmal einen kleinen Stoß in die richtige Richtung gebe.«

»Klar doch. Und ich bin ein wunderbarer Mensch, der manchen Leuten auch einen Stoß in eine Richtung gibt ... allerdings ohne Wiederkehr.« Ich verdrehe die Augen. »Natürlich bist du hier die Chefin, das steht doch außer Frage. Autorität ist dein zweiter Vorname. Ich würde deinen Widerspruch ja verstehen, wenn ich dich einen Diktator genannt hätte, aber das habe ich nicht gesagt.«

»Diese Stadt hat einen Stadtrat«, unterrichtet sie mich. »Ich bin das öffentliche Aushängeschild. Ich kann die Entscheidungen nicht alleine treffen. Wie du sehr richtig sagtest, dies ist keine Diktatur. Aber darum ging's hier auch nicht. Ich werde in die Leichenhalle der Polizei mitkommen. Und werde einen meiner Wachleute anweisen, dir die Tatorte zu zeigen. Selbstverständlich hat die Polizei dort alles untersucht, aber dir stehen sicher noch andere Methoden zur Verfügung.«

Ich muss lachen. »In der Tat. Ganz andere Methoden. Sei nicht überrascht, wenn sich in den nächsten Tagen mehr Katzen als gewöhnlich in diesem Gebiet herumtreiben. Sie wollen immer ihren Teil beitragen.«

Die Bürgermeisterin zuckt mit den Schultern. »Wenn eine von ihnen sich bei mir eine Streicheleinheit abholen will, ist sie mir willkommen. Die Katze meiner Großmutter lag im Winter immer auf meinen Füßen; ich kann mich gut erinnern, wie gemütlich das war.«

Ich frage sie nicht, ob ich nicht diese Katze sein könnte, auch wenn dieser Gedanke mir ein warmes, schummeriges Gefühl in der Magengegend verursacht. Ich atme tief ein und bemerke plötzlich etwas, das ich vorher nicht bewusst wahrgenommen habe.

»Hast du heute deine Periode?«

Sie starrt mich verständnislos an. »Wie bitte?«

»Deine Periode. Du weißt schon, das monatliche Übel. Blut, das aus deiner Vagina läuft. Schmerzhafte Tage. Klingelt da was?«

»Wie um alles...« Sie seufzt. »Ich will eigentlich gar nicht wissen, warum du das fragst. Ja. Zufrieden?«

Das erklärt alles. Warum ich mich plötzlich so zu ihr hingezogen fühle. Das müssen die Pheromone sein, die in meinem Kopf einiges durcheinander bringen. Ich lächele erleichtert. Ich will mir keine Gedanken darüber machen müssen, dass mein Herz in vier statt drei Teile aufgespalten werden könnte. Ihr Körper verwirrt nur gerade meinen eigenen. Das wird bei unserem nächsten Treffen nicht mehr der Fall sein. Hoffe ich.

»Lag bei jedem Mordopfer eine Münze der Fangs?«, frage ich schnell, um das Thema zu wechseln.

»Ja. Zunächst wusste ich davon nichts, denn die Polizei sagte mir erst nach dem dritten Opfer, dass alle dieselbe Münze auf sich liegen hatten. Sie wussten damit nichts anzufangen.«

»Hast du es ihnen erklärt?«

»Nein, natürlich nicht. Ich muss die Polizei nicht mit einer von Sirenen geführten kriminellen Vereinigung beschäftigen, die die Weltherrschaft anstrebt.«

Ich lache. »Einige würde behaupten, genau dafür ist die Polizei da.«

»Manche Leute sind Idioten. Das ist keine Sache für die Gesetzeshüter, sondern für Außenstehende wie dich und M.I.A.U., die auch außerhalb des Gesetzes agieren können. Pass nur auf, dass du ein oder zwei der Übeltäter am Leben lässt, damit die Polizei sie festnehmen kann und das Gefühl hat, etwas erreicht zu haben.«

Ich bin schon ein bisschen überrascht, sie so reden zu hören, aber wahrscheinlich weiß ich immer noch zu wenig über sie und wie sie die Dinge handhabt. Mir sollte inzwischen klar sein, dass es bei ihr in der

Tiefe viel mehr gibt, als an der Oberfläche sichtbar wird.

»Können wir uns morgen um zehn Uhr an der Leichenhalle treffen?«, fragt sie.

»Zehn Uhr morgens oder abends?«

Lady Lara kichert. »Ich weiß, dass dein Rhythmus ein etwas anderer ist als meiner, aber ich versuche immer, um 10 Uhr abends zu Hause zu sein. Brauchst du sonst noch Informationen, bevor wir dort hingehen?«

»Hast du Unterlagen zu den Opfern?«

Sie nickt und zeigt auf ihren Schreibtisch. »Die warten schon auf dich. Das sind Kopien der Polizeiakten, die müssten also recht detailliert sein. Wie schon gesagt, hat die Polizei keine Verbindung zwischen den Opfern herstellen können, aber vielleicht fällt dir etwas auf, was sie nicht gesehen haben. Halte mich auf dem Laufenden, wenn du etwas findest.« Sie steht auf, unser Treffen ist beendet. »Also morgen um zehn?«

Ich seufze und nehme mir zwei Zitronenkekse mit auf den Weg. »Wenn's sein muss.«

⁎ ⁎ ⁎ ⁎ ⁎

Zu Hause wartet Bethany schon auf mich. Sie lässt mich kaum die Schuhe ausziehen, bevor sich ihr Wortschwall über mich ergießt.

»Ich hab ihnen das Gegenmittel gegeben, und der Mann ist aufgewacht. Er hat dir viel zu berichten, aber ich habe mir schon mal eine Zusammenfassung der wichtigsten Punkte geben lassen. Sie wurden vor einer Woche von ein paar maskierten Männern verschleppt und waren seitdem in Geiselhaft. Sie sind ein Ehepaar, und du wirst nicht glauben, wer sie sind. Es hat mich fast umgehauen, ich kann's immer noch nicht fassen, wo ich noch nicht einmal gehört hatte, dass sie vermisst wurden.«

Ich halte eine Hand hoch. »Langsam. Wer sind sie?«

Sie grinst. »Ich glaube, das behalte ich erst einmal für mich, das erhöht die Spannung.«

Sie hat mein Messer an der Kehle, bevor sie auch nur mit den Wimpern zucken kann. »Ich habe heute keine Geduld. Raus damit.«

Bethany macht einen Schritt zurück, weg von meiner Klinge und sieht mich vorwurfsvoll an. »Gewalt ist keine Lösung, Kat, das solltest du inzwischen wissen. Aber gut – das sind die MacFays. *Die* MacFays!«

Ich verstehe ihre Aufregung nicht, vor allem, weil ich nicht weiß, wer diese Leute sind.

»Da klingelt was, aber ganz leise«, sage ich vorsichtig. »Wer genau sind sie?«

»Meine Güte, du hast echt keine Ahnung, was? Du musst dich ein bisschen mehr um den Klatsch und Tratsch in der Stadt kümmern, die Buschtrommeln – das ist faszinierend.«

»Wer sind sie?«, knurre ich.

»Nur die beiden reichsten Leute in Attenburg. Sie waren auch bei diesem Ball der Juweliers-Gilde, du weißt doch, bevor du entführt wurdest. Sie arbeiten viel für gemeinnützige Organisationen und sind, soviel ich weiß, Verbündete der Bürgermeisterin. Frau MacFay ist im Stadtrat, während er eine Restaurantkette leitet. Sie erscheinen auf jedem Event der High Society, und nicht nur in Attenburg. Die sind stinkreich, Kat. Meinst du, sie werden uns eine Belohnung geben für ihre Rettung?«

»Das sollten sie. Was denkst du ist so ein Gegenmittel wert? Tausend Darem?«

Bethany grinst gierig. »Minimum. Wir mussten sie ja auch herschaffen. Transportkosten sind hoch im Moment.«

»Ganz bestimmt. Wir sollten nicht erwähnen, dass die Bürgermeisterin das übernommen hat.«

»Ja, das sollten wir vergessen. Willst du ihn jetzt sprechen? Ich glaube, er hat noch viel mehr zu sagen, als er mir anvertrauen wollte.«

»Weil er dir nicht vertraut hat oder weil man etwas nachhelfen muss?«

Sie zuckt mit den Schultern. »Weil ich nicht die Chefin bin. Du bist hier die Autorität. Ich nur eine kleine Angestellte.«

Ha, ich werde sie daran erinnern, was sie da gerade gesagt hat. Eine kleine Angestellte. Aus der Nummer kommt sie nicht mehr raus.

Ich hänge meinen Mantel auf und lege einige meiner Waffen in den improvisierten Waffenschrank. Ich behalte immer mindestens zwei Messer bei mir, besonders seit dem Einbruch bei uns, aber andererseits möchte ich es auch bequem haben.

»Ich mache Tee«, bietet Bethany an. Wow, bei ihr ist irgendetwas im Busch. Normalerweise ist sie nicht so nett, es sei denn, sie hat selbst einen Vorteil davon. Vielleicht macht sie den Tee auch nur für sich, nicht für mich. Das wäre eher typisch.

Bevor ich nach unten in den Teil der Leichenhalle gehe, der erst vor kurzem in einen medizinischen Bereich umgewandelt wurde – eigentlich meinetwegen, aber das zahlt sich jetzt aus – bringe ich noch in Erfahrung, wer sonst noch im Haus ist. Benjamin ist in seinem Zimmer, das Reh ist bei ihm. Ich muss grinsen. Ich frage mich, was die Beiden wohl machen. Ich hatte angenommen, dass es wieder in die Wildnis entlassen würde und gern in den Wald zurückginge, aber die Kleine lässt sich wohl lieber von Benjamin verwöhnen. Ich werde ihn später fragen müssen, ob er in der Delaney Villa etwas von Interesse gefunden hat.

Im ganzen Haus sind Katzen verteilt; die meisten schlafen in Ecken und Winkeln, die nur Katzen aufspüren können. Ryker ist bei den Babys oben, aber von Griffon oder Lennox finde ich keine Spur. Lilly ist im Büro und erledigt hoffentlich einiges von dem Papierkram, den ich habe auflaufen lassen. Meine Schwestern sind nicht da, aber ich glaube, sie sagten etwas von einkaufen gehen, nachdem sie die beiden Leichen aus der Diele entfernt hatten. Ich gehe zwar sehr ungern einkaufen, würde das aber für ein bisschen Schwesternzeit mit ihnen in Kauf nehmen.

Ich strecke mich und rolle die Schultern. Die Bewegung vorhin hat mir gut getan, mir aber auch gezeigt, wie wenig in Form ich bin. Ich sollte heute Abend eine Runde laufen gehen, vielleicht zusammen mit den Männern – dann könnten wir uns ein romantisches, mondbeschienenes Rasenfleckchen suchen und ein bisschen Spaß miteinander haben. Obwohl Ryker wohl erst reden will. Ich seufze. Ich will nicht reden. Ich will, dass sie sich ausziehen und mir's so richtig besorgen, damit ich alles vergessen kann, was passiert ist.

»Der Tee ist fertig!«, ruft Bethany aus der Küche. Sie hat ein Tablett mit drei Tassen vorbereitet, das ich mit hinunter nehmen kann. Ich sehe sie fragend an, und sie grinst teuflisch. »Mit etwas Muttermilch versehen. Das dürfte sie zum Reden bringen. Die grüne Tasse hat nichts drin.«

Ich schnüffele vorsichtshalber daran. Die sogenannte Muttermilch ist ein Trank, der die Zungen löst und Hemmungen abbaut, schwer zu entdecken ist, aber meinen Katzensinnen dennoch nicht entgeht – da weht mir ein Hauch von Vanillearoma aus den blauen Tassen entgegen. Es ist keine Wahrheitsdroge im eigentlichen Sinne, die gibt's gar nicht, aber dieser Trank erhöht die Bereitschaft zu reden. Bethany muss also Probleme damit gehabt haben, den MacFays alle gewünschten Informationen zu entlocken, wenn sie zu diesem Mittel greift.

Ich nehme das Tablett und setze meine undurchdringliche Killer-Maske auf. Es wird Zeit, sich unsere Gäste vorzunehmen.

KAPITEL 8

Herr MacFay starrt mich unfreundlich an, als ich den Raum betrete. Er ist jetzt rasiert und sieht schon etwas weniger abgemagert aus, obwohl er offensichtlich noch die Wand als Stütze braucht, um aufrecht sitzen zu können. Ein Stapel benutzter Teller zeugt von den Mengen an Essen, die er und seine Frau sich offenbar einverleibt haben. Das ist eine der Nebenwirkungen des Exundhopp-Saft-Entzugs. Man wird so vom Hungergefühl getrieben, dass manche Opfer schon versucht haben, ihr eigenes Fleisch zu essen, wenn sie nicht genug Alternativen erhalten haben. Griffon hat beiden einen Tropf angelegt, damit sie bald wieder zu Kräften kommen, aber es wird Wochen dauern, bis sie ihr früheres Gewicht wieder erreichen. Herr MacFay wird viele Trainingseinheiten brauchen, bis seine Muskeln wieder in Form sind; die werden von dem Gift nämlich noch schneller angegriffen als die Fettdepots.

Frau MacFay hebt den Kopf, aber ihre Augen sind noch ganz glasig. Man hat ihr eine Wollmütze aufgesetzt, um den kahlen Kopf zu verbergen, aber die eingefallenen Wangen und zum Skelett abgemagerten Gliedmaßen lassen sich so nicht wegzaubern. Es wird lange dauern, bis sie sich in der Besseren Gesellschaft wieder sehenlassen kann.

»Ich heiße Kat Feln«, stelle ich mich mit geschäftsmäßigem Gebaren vor. »Sie befinden sich in meinem Haus.«

»Ich bestehe darauf, dass Sie uns augenblicklich gehen lassen«, bellt MacFay, wobei seine angestrebte Autorität dadurch buchstäblich ins Wanken gerät, dass er selbst schwankt, als er versucht, sich vorzubeugen. Er lässt sich schnell wieder gegen die Wand zurückfallen, um seine Schwäche zu verbergen.

Ich deute auf die Tür. »Sie können gehen, wann immer Sie wollen, aber ich bezweifle, dass Sie in ihrem derzeitigen Zustand weit kämen. Wir haben Sie gerettet und werden unser Bestes tun, damit Sie sich erholen. Sie haben Bethany schon kennengelernt; sie ist die beste Spezialistin für Gifte weit und breit. Griffon, unser Arzt, hat Sie untersucht, als Sie hier eingeliefert wurden; auch er kennt sich besonders mit Vergiftungen aus. Sie sind in den besten Händen. Die Bürgermeisterin hat sich persönlich dafür eingesetzt, dass Sie hierher gebracht wurden und nicht ins örtliche Krankenhaus.«

»Die Bürgermeisterin?«, fragt er skeptisch. »Sie kennen sich?«

»Ich bin ihre Sonderberaterin«, erkläre ich und beobachte mit großer Genugtuung, wie seine Miene immer größeres Erstaunen zeigt. »Zuvor habe ich als ihr persönlicher Bodyguard gearbeitet und außerdem die Sicherheitsvorkehrungen im Rathaus und in ihrem Privathaus signifikant verschärft. Wie gesagt, Sie befinden sich in den besten Händen.«

Er stöhnt, lässt alles Imponiergehabe fahren und ist nur noch ein schwacher, gequälter Mensch. »Bitte entschuldigen Sie, ich habe Sie falsch eingeschätzt. Haben Sie hier Anti-Sirenen-Technologie installiert?«

Ich versuche, meine Überraschung zu verbergen, weiß aber nicht, inwieweit das gelingt. »Sie wissen von den Sirenen?«

Er schnaubt. »So sind wir doch bei den Delaneys in Gefangenschaft geraten. Ich hatte Gerüchte über ihn und seine Verwicklung in eine Geheimorganisation gehört, also habe ich ihn dazu befragt. Ich dachte doch nicht im Traum daran, dass er uns gleich angreift und gefangen setzt.«

Hochmut kommt vor dem Fall. Er dachte wahrscheinlich, er und seine Frau seien zu wichtig, zu berühmt, um auf diese Weise attackiert zu werden.

Ich stelle das Tablett auf einen metallenen Rollwagen zwischen den beiden Betten und nehme die grüne Tasse. Ich glaube zwar kaum, dass die Muttermilch nötig sein wird, sie zum Sprechen zu bringen, aber sie wird auch keinen Schaden anrichten. Trägt höchstens etwas zur Entspannung bei.

»Dorothee, magst du ein wenig Tee?«, fragt er seine Frau, und in seiner Stimme schwingen Wärme und Sorge um sie. Er liebt sie wohl wirklich, das zeigt allein dieser kleine Austausch.

Sie nickt und versucht, sich aufzurichten, ist aber zu schwach. Ich helfe ihr, stecke ihr einige Kissen in den Rücken und verdrehe in Gedanken die Augen über mein mitfühlendes Verhalten. Ich werde einfach zu weich. Immerhin gehe ich nicht so weit, ihr die Tasse an die Lippen zu halten. Wenn sie nicht alleine trinken kann, wird ihr Mann ihr helfen müssen. Ich bin schließlich keine Krankenschwester.

Ich lasse sie in Ruhe Tee trinken und warte darauf, dass die Muttermilch ihre Wirkung zeigt. Dorothees Wangen nehmen etwas rosa Farbe an, sie sieht etwas weniger gespensterhaft aus, wieder eher wie ein Mensch.

»Wie haben Sie von den Sirenen erfahren?«, frage ich nach ein paar Minuten.

Herr MacFay räuspert sich und scheint sich plötzlich unwohl zu fühlen. »Hatten Sie je mit Peter Tamari zu tun?«

Ich nicke. »Narbe unter dem Auge, stinkreich, arbeitet für die Delaneys?«

»Genau der. Er starb vor ein paar Monaten unter mysteriösen Umständen. Er schuldete mir Geld, deshalb habe ich Nachforschungen angestellt, ob ich Zugriff auf das Erbe seiner Tochter nehmen könnte. Ich habe keine genauen Erinnerungen mehr an diesen Besuch, der die ganze Sache in Bewegung gesetzt hat.«

»Er war völlig benommen, als er nach Hause kam«, sagt Frau MacFay mit heiserer, kaum hörbarer Stimme. »Als ob jemand in seinem Kopf etwas angerichtet hätte.«

»Sie wollte mich zum Arzt schicken«, nickt er seiner Frau zu, »aber ich wusste, dass ich nicht krank war. Ich wandte mich an mein Netzwerk und erhielt einige merkwürdige, ähnlich klingende Berichte über Tamari. Wie er mit manchen Leute Geschäfte gemacht hatte, und die sich hinterher aber nicht mehr erinnern konnten, was vereinbart worden war. Wie er in der Gesellschaft aus dem Nichts und ohne besondere Fähigkeiten oder auch nur persönlichen Charme ganz nach oben gestiegen war. Das war verdächtig, also grub ich noch etwas tiefer nach und stieß auf ein paar Verschwörungstheorien. Übernatürliche Wesen, die unter uns leben sollen. Sirenen, die Menschen mit ihren Stimmen verzaubern können.«

»Das klang zunächst lächerlich, aber als wir immer wieder und wieder dasselbe hörten, ergab das plötzlich einen Sinn«, fügt Dorothee hinzu. Ich wünschte, sie würde sich nicht so anstrengen und lieber still sein; jedes Wort muss eine Qual sein. Aber wie schon gesagt, ich bin hier nicht für die Pflege zuständig.

»Nachdem wir herausgefunden hatten, was die Tamaris eigentlich waren, stellten wir die Verbindung zu anderen Familien her, darunter den Delaneys. All diese Leute sind gutaussehend, wohlhabend und einflussreich. Einige sind seit Generationen an der Macht, andere scheinen aus dem Nichts zu kommen. Es dauerte Monate, aber dann hatten wir eine erschreckend lange Liste von Leuten, die Sirenen sein konnten. Dann fand man einen der Privatdetektive, die wir angeheuert hatten, tot auf mit einer Münze im Mund, wo vorher die Zunge gewesen war.«

Ich ziehe die Fang-Münze hervor, die Lady Lara mir gegeben hat. »Eine wie diese?«

MacFay nickt und starrt die Bronzemünze hasserfüllt an. »So sind wir auf die Fangs gestoßen. Was wissen Sie von denen?«

»Genug, um ermessen zu können, wie viel Macht sie haben, aber nicht genug, um zu wissen, wer dazugehört«, sage ich und bin selbst über meine Aufrichtigkeit überrascht.

»Das trifft auch auf uns zu. Wir haben viel in die Nachforschungen investiert, das Ergebnis sind aber nur fünf Verdächtige. Lord Delaney stand ganz oben auf der Liste, deshalb wollten wir ihn damit konfrontieren.«

»Das war sehr dumm, Sie sind lediglich Menschen.«

Er reißt die Augen auf. »Sie sagen das, als wären sie kein Mensch.«

»Ich bin keine Sirene, falls Sie das befürchten.«

Das scheint keinen von beiden zu beruhigen.

»Sind Sie – ein Werwolf?«, flüstert Dorothee.

Ich grinse. »Nein, bin ich nicht. Aber Ihnen sollte bekannt sein, dass Menschen nicht die einzigen Wesen auf dieser Welt sind.«

»Vampire?«, fragt sie mit großen Augen weiter.

»Nein, die gibt's nicht. Nun ja, in gewisser Weise, aber wir sollten uns auf die wichtigen Dinge konzentrieren.«

Ich erinnere mich daran, dass Griffon mir erklärt hat, dass Vampire eine Art Succuben sind, die von allen möglichen Dingen zehren, nicht nur von Blut. Ich war hochschwanger und hatte gerade meinen Siron gebissen. Vampir und Beißer müssen mich dazu gebracht haben. Denn seit damals habe ich keinen Drang mehr verspürt, einen meiner Gefährten zu beißen.

»Als Sie uns aus der Villa der Delaneys befreit haben, konnten Sie da die Delaneys festnehmen?«, fragt Herr MacFay. »Ich kann mich nicht daran erinnern, ob ich je dazu gekommen bin, sie zur Rede zu stellen und sie so zu befragen, wie ich das vorhatte.«

»Nur Frau Delaney war dort. Sie ist keine Sirene im eigentlichen Sinn, Sie müssen also ihrem Mann begegnet sein, als Sie dort waren, um ihn zur Rede zu stellen. Die Frau hätte Sie nicht beide überwältigen können.«

»Das wusste ich nicht. Wobei das nicht wichtig ist, sie gehörte nicht zu den Fangs.«

Ich ziehe die Augenbrauen hoch. »Woher wissen Sie das?«

»Sie verachten Frauen«, antwortet Dorothee an Stelle ihres Mannes, und ihre Missbilligung ist sogar ihrer immer noch brüchigen Stimme anzuhören. »Sie sind gegen Frauen in Machtpositionen.«

»Daher kommt der Hass auf die Bürgermeisterin«,

murmele ich. »Sie weiß über die Sirenen Bescheid, steht für die Demokratie ein, will den Armen helfen **und** ist dazu noch eine Frau. Alles Dinge, die die Sirenen hassen.«

Sie nickt. »Und genau deshalb unterstützen wir sie. Sie steht für alles, was Attenburg schon lange nötig hat.«

»Haben Sie Lady Delaney gefangengenommen?«, fragt ihr Mann ungeduldig.

»Ähm, nein. Sie ist tot.«

»Aber...«

»Sie hat versucht, mich umzubringen«, unterbreche ich ihn kalt. »Es war Notwehr. Außerdem haben die Beiden Sie doch vergiftet und hätten dabei zugeschaut, wie Sie verhungert wären. Sie sollten kein Mitleid mit ihr haben.«

»Habe ich auch nicht, aber sie hätte die Informationen gehabt, die uns noch fehlen. Es wird sehr viel schwieriger sein, das aus Lord Delaney herauszubekommen. Nach dem Tod seiner Frau wird er wohl eine Weile in den Untergrund gehen.«

»Keine Sorge, genau da arbeite ich. Ich habe in der ganzen Stadt Leute, die nach ihm Ausschau halten.«

Mit ‚Leuten‘ meine ich eigentlich die Katzen, aber von meinem Netz aus Katzen-Spionen muss er nichts wissen. Das ist mein Ass im Ärmel, und je weniger Leute davon wissen, umso besser. Und dann würde das auch zu einem ‚Übrigens-ich-bin-ein-Wandler-Gespräch‘ führen, und dafür haben wir jetzt keine Zeit.

»Gibt es noch irgendetwas, was Sie mir über die Fangs sagen können?«, frage ich die Beiden.

MacFay seufzt tief auf. »Sie planen eine große Sache, das ist alles, was ich weiß. Ich vermute, dass es mit der Bürgermeisterin zu tun hat, denn die ist ihnen der größte Dorn im Auge; aber ich habe dafür keinen Beweis. Den Gerüchten nach wird das schon bald passieren.«

Die um das Rathaus verteilten Morde müssen schon der Anfang davon sein. Ich werde Lady Lara bitten, ihre persönlichen Sicherheitsvorkehrungen zu erhöhen, obwohl sie das sicher schon getan hat. Sie ist ja wirklich nicht auf den Kopf gefallen.

Ich stehe auf und nehme die leeren Tassen mit – bin ich nicht nett und aufmerksam?! »Gut, dann lasse ich Sie jetzt ein wenig ausruhen. Wenn Ihnen noch etwas einfällt, sagen Sie einem meiner Mitarbeiter Bescheid, die holen mich dann. Es ist besser, wenn Sie einige Tage hierbleiben, um sicherzugehen, dass das Gift vollständig aus ihrem Blut entfernt wurde.«

»Könnten wir ein paar Bücher haben?«, flüstert Dorothee. »Sonst wird es ein bisschen langweilig.«

»Selbstverständlich. Ich werde Bethany bitten, Ihnen einige zu bringen.« Ich wende mich an ihren Mann. »Und Ihnen besorge ich etwas zum Schreiben. Dann machen Sie bitte eine Liste der Fang-Mitglieder und Sirenen, die Sie entdeckt haben. Sie können das als Ausgleich für Ihren Aufenthalt hier betrachten.«

Benjamin passt mich ab, als ich die Treppe hochkomme. »Bleibt es bei der Namensgebungszeremonie heute Abend?«

Am liebsten würde ich Nein sagen – ich muss im Moment an ganz andere Dinge denken – aber ich sollte meinen Babys wohl Vorrang einräumen, oder? Sie haben bessere als die derzeit verwendeten Spitznamen verdient, da hat Lilly recht. Ich wollte eigentlich eine besondere kleine Feier daraus machen, aber wieder einmal haben die Sirenen meine Pläne durchkreuzt. Ein Grund mehr, diese Stadt von ihnen auf Dauer zu befreien. Griffon und andere *gute* Sirenen einmal ausgenommen, klar.

»Na gut. Bei Sonnenuntergang?« Dann habe ich noch zwei Stunden Zeit, mir über die Namen Gedanken zu machen und alles andere zu erledigen.

»Wie romantisch. Ich sag den anderen Bescheid.«

Er dreht sich um zu gehen, aber ich halte ihn am Arm fest. »Hast du etwas von Interesse in der Villa der Delaneys gefunden?«

»Eine ganze Tasche voll mit Fang-Münzen. Die müssen sie verteilt haben. Und unter einem Brett im Boden habe ich ein Bündel Briefe gefunden.«

»Wie wenig originell!«

»Ja, fand ich auch enttäuschend. Ich hatte noch keine Gelegenheit, die Briefe zu lesen, aber ich gehe mal davon aus, dass sie wichtig waren – warum sie sonst verstecken?«

»Du kannst sie mir geben. Ich muss die Babys

füttern und kann dann etwas Nützliches tun, während sie meine Brüste ruinieren.«

Benjamin errötet leicht. Von den anderen hat keiner Probleme damit, wenn ich in ihrer Gegenwart stille, aber er ist noch zu sehr in der Pubertät verhaftet, als das er dies als die natürlichste Sache der Welt betrachten könnte. Schließlich haben Frauen ihre Babys gestillt, seit unsere Vorfahren aus dem Meer gekrochen sind und sich zu Säugetieren weiterentwickelt haben; Männer sollten also nichts Anstößiges daran finden. Und von Glück sagen, dass ihre Brustwarzen nicht mehrmals am Tag von gierigen kleinen Mäulchen gequält werden.

»Ich bring sie dir hoch«, verspricht er. »Und dann sag ich den anderen wegen der Feier Bescheid. Bethany hat schon auf die Namen gewettet, die du wahrscheinlich wählen wirst.«

»Ach nee, hat sie das?«, lache ich. »Dann sollte ich vielleicht auch noch meinen Einsatz machen.«

»Ich glaube kaum, dass du zugelassen bist...«, beginnt er, aber ich unterbreche ihn wieder lachend.

»Mein Haus, meine Regeln, mein Geld. Jetzt geh und hol die Briefe. Ach ja, und bring unseren Gästen bitte etwas zu Schreiben. Ich bin jetzt im Kinderzimmer und füttere die Babys.«

Jetzt wird er richtig rot, allein bei der Vorstellung, in dieses Zimmer gehen zu müssen, während ich meinen Busen entblöße. Er rennt weg, so schnell er kann.

Es macht solchen Spaß, meine Angestellten aufzuziehen...

KAPITEL 9

Schwänzchen hat sein Schwänzchen um Beißers Nacken gewickelt, aber es scheint diesmal eher eine Umarmung als ein Strangulierungsversuch zu sein. Trotzdem pflücke ich sie vorsichtig auseinander und drücke Schwänzchen gegen meine Brust und lasse ihn saugen. Ich beginne immer mit ihm oder Pelzchen und nehme die beiden zahnbewehrten Babys zum Schluss dran. So ist es etwas weniger schmerzhaft, obwohl Pelzchen auch ohne Zähne recht fest zupackt.

Mein kleiner Sohn wickelt seinen Schwanz um meinen Oberarm und saugt zufrieden. Ich lächele auf ihn herab, habe wieder dieses warme, schummerige Gefühl, das mir fast die Brust zerreißt. Ich weiß gar nicht, wie ich die Liebe zeigen soll, die ich für ihn empfinde, für sie alle. Das lässt sich kaum ausdrücken, selbst wenn ich gut wäre in so etwas. Emotionen haben mich immer eher verwirrt, besonders meine eigenen.

Benjamin kommt mit einem Briefstapel, der von einer dünnen Schnur zusammengehalten wird, just in dem Moment, als Schwänzchen mit seiner Mahlzeit fertig ist. Er ist eingeschlafen, sobald ich ihn von meiner Brust gelöst habe und schnarcht nun leise mit seinem Schwanzende im Mund. Ich lege Pelzchen an, die hellwach ist und mir in Babysprache irgendetwas mitteilen will. Sie wird mal das große Wort führen. Vielleicht wird sie irgendwann Bürgermeisterin wie Lady Lara und regiert die Stadt dann mit Worten, nicht mit Waffen.

Benjamin verlässt fluchtartig das Zimmer, nachdem er mir die Papiere übergeben hat, rot wie eine Tomate und erfrischend sprachlos. Ich gebe ja zu, dass ich in seiner Gegenwart absichtlich etwas mehr Brust gezeigt habe.

Während Pelzchen saugt, öffne ich den ersten Brief. Er ist an Lord Delaney adressiert und in einer Art Geheimschrift geschrieben. Mit etwas Zeit könnte ich die sicher entziffern, aber gegenwärtig, mit einem gierig saugenden Baby an der Brust, ist mein Hirn nicht gerade in Top Form. Der zweite Brief ist zum Glück normal geschrieben. Es ist ein Dankschreiben an Delaney, in dem eine Spende erwähnt ist. Geld, nehme ich an? Ist mit D.M. unterschrieben, was mir nichts sagt. Ich werde die Initialen später mit MacFays Liste vergleichen, vielleicht gibt es da eine Übereinstimmung.

Das dritte Papier enthält eine Adressliste. Unter idealen Umständen wären das jetzt die Anschriften sämtlicher Fang-Mitglieder, aber so viel Glück werde ich wohl nicht haben. Es gibt keine Überschrift oder Erklärung zu den Adressen, also müssen wir sie wohl eine nach der anderen untersuchen. Vielleicht kann ich das den Katzen überlassen. Ryker hat seinen wichtigsten Vertrauten unter ihnen beigebracht, wie man einen Stadtplan liest, er wird ihnen also sagen können, wohin sie gehen müssen. Denn Straßenschilder und Hausnummern können sie nun wirklich nicht lesen.

Ein Miau unterbricht mich, und überrascht sehe ich Pumpkin ins Zimmer kommen. Ich habe ihn schon eine Weile nicht gesehen; laut Ryker hat er viel damit zu tun, seine eigene Gruppe an Jungkatzen zu leiten. Er ist ein richtiger kleiner Mini-Ryker geworden, beschützt wie sein Vater gerne Artgenossen, die ein sicheres Zuhause brauchen.

»Hey, Kleiner. Willst du die Babys besuchen?«

Er miaut wieder und springt auf meinen Schoß. Er versetzt Pelzchen einen leichten Stoß – sie reagiert nicht, hat zu viel mit Trinken zu tun – und macht es sich bequem. Typisch.

»Ich muss gleich wieder aufstehen, um das nächste Baby zu holen«, warne ich ihn.

Er wirft mir einen Blick zu, der einem menschlichen Schulterzucken entspricht, und schließt die Augen. Es sieht so aus, als wolle er länger bleiben.

Wir wissen immer noch nicht, ob er je in der Lage

sein wird, sich zu wandeln. Ich hoffe es sehr, aber das wird sich erst im Laufe der Zeit zeigen. Ryker war ja auch erst in einer lebensbedrohlichen Situation dazu in der Lage; und so gern ich Pumpkin die Wandlung gönnen würde, so sehr möchte ich ihm eine solche Situation ersparen.

Pumpkin. Vielleicht sollte ich meine Kinder nach Gemüsesorten benennen. Karotte, Bohne, Blumenkohl, Wirsing. Hört sich nicht gerade toll an.

Ich höre Griffon und Lennox lange bevor sie das Kinderzimmer betreten.

Mein Siron sieht mich so liebevoll an, dass beinahe Herzchen aus seinen Augen springen, und Lennox beugt sich zu mir nieder und drückt mir einen Kuss auf die Stirn.

»Wie geht's dir?«, fragt er und küsst dann meine Tochter. Sie sieht ihren Vater nicht einmal an, ist zu sehr damit beschäftigt, mir den letzten Tropfen abzupressen. Ist schon erstaunlich, wie viel diese Babys trinken können.

»Müde«, gebe ich zu. »Es war ein langer Tag.«

»Das stimmt. Benjamin hat gesagt, du willst trotzdem die Zeremonie noch machen.«

Ich lache. »Alle erwarten das von mir. Ich hab wohl keine andere Wahl.«

Griffon zieht die Stirn in Falten. »Seit wann unterwirfst du dich dem Willen der anderen?«

»Du hast recht. Ist nicht nur deshalb. Ich will auch, dass sie richtige Namen haben, auch wenn es eine Weile dauern wird, sich daran zu gewöhnen.«

Lennox nimmt Vampir aus ihrer Wiege und kitzelt sie am Bauch. Sie quiekt erfreut, und wieder spüre ich diese Welle an Emotionen. Kann man an einem überfließenden Herzen sterben? Ich weiß, dass man an gebrochenem Herzen sterben kann, aber dies wäre das Gegenteil. Auch positiven Gefühlen sollten Grenzen gesetzt sein.

»Ist sie seit heute Morgen schon gewachsen?«, fragt mein Wolf.

»Das würde mich nicht überraschen. Ist ja nicht so, als entwickelten sich diese Babys so, wie man das erwarten würde.«

»Tut mir leid, dass ich bei meinen Nachforschungen nicht noch mehr zu ihrer voraussichtlichen Entwicklung gefunden habe. Ich dachte schon, ich wäre da auf etwas gestoßen, aber es bezog sich nur auf Wölfe, und das trifft auf unseren Wurf wohl nicht zu.«

Unseren. Ich bemerke sehr wohl, wie er Vampir hält, wie er sie ansieht. Griffon hat Beißer auf dem Arm, wiegt sie sanft hin und her. Für sie macht es keinen Unterschied, dass sie nicht die biologischen Väter sind. Wir sind jetzt eine Familie, gleichgültig, wie die Babys entstanden sind.

»Ihr solltet ihnen einen Namen geben«, entscheide ich spontan und folge damit Lillys Vorschlag. »Jeder ein Baby. Wir alle geben einem von ihnen einen Namen. Aber wir werden ihnen nie sagen, wer wem den Namen gegeben hat; ich will nicht, dass sie denken, einer von uns liebt sie mehr als ein anderer.«

Griffons Gesichtsausdruck wird so weich, als

schmelze er dahin. Oooooch, wie süß. »Bist du dir sicher?«

»Sonst würde ich es nicht sagen. Wir haben so viel über Namen gesprochen, und ihr habt alle Vorschläge gemacht. Ich will diese Entscheidung nicht alleine treffen.«

»Aber dir haben diese Namen doch nicht gefallen...«

»Mir gefällt außer Katzenminze kaum ein Name«, schnaube ich. »Das liegt an mir, nicht an euch. Ich werde Schwänzchen einen Namen geben, ihr nehmt jeder eines der Mädchen.«

Pelzchen nutzt diesen Moment, um mich in die Brustwarze zu beißen. Ich halte erschrocken inne und ziehe sie von meinem Busen weg, um mir den Schaden zu besehen. Sie ist durch die Haut gedrungen; ein paar kleine Blutstropfen zeigen sich an der Oberfläche. Pelzchen quiekt protestierend und will wieder angelegt werden. Ich bin mir nicht sicher, ob sie noch Appetit auf Milch oder eher auf Blut hat, aber ich bin nicht scharf darauf, es herauszufinden. Sie hatte genug, ihre Schwester ist dran.

Griffon nimmt mir Pelzchen ab und reicht mir Beißer. Sie ist nur halbwach, lächelt mich aber an und streckt ein dickes Ärmchen nach mir aus. Einfach süß. Ich weiß jetzt, wer der Vater meiner Kinder ist – der Gott der Niedlichkeit. Den muss es doch geben, oder? Meine Kinder sind der Beweis.

»Wo seid ihr alle?«, ruft Ryker von unten. Er schauspielert nur, ganz klar, denn seine Sinne sagen ihm das mit Sicherheit. Er kommt herauf und lehnt sich an den Türrahmen, lässt die Szene auf sich wirken. Eine große, glückliche Familie. Wenn alles nur so bleiben könnte, wie es jetzt gerade ist. Ruhig, sicher, voller Liebe füreinander. Ich hätte mir nie vorstellen können, dass ich irgendwann einmal diese Art von einfachem Leben herbeisehnen würde; aber jetzt, wo ich mir ja irgendwie eine Großfamilie zugelegt habe, sieht alles anders aus.

Aber wir befinden uns noch nicht in Sicherheit. Nicht, solange Delaney und die Fangs da draußen ihr Unwesen treiben. Selbst wenn wir Delaney erledigen könnten, würden die Fangs und Sirenen ein zu großes Risiko darstellen. Eines schönen Tages beschließen sie gewiss, dass Wandler ausgemerzt werden sollen. Oder ihre Gegenspieler von M.I.A.U. Ich werde nicht mehr abwarten, bis wir angegriffen werden. Dieses Mal werden wir in die Offensive gehen.

»Ich hab nachgedacht«, setzt Ryker an und räuspert sich. »Ich würde so gern einem der Babys einen Namen geben. Ich hatte bei Pumpkin keine Gelegenheit dazu, seine Mutter hat vor ihrem Tod darüber entschieden. Es sei denn...«

»Das haben wir gerade beschlossen«, unterrichte ich ihn, und die Freude strahlt ihm aus dem Gesicht und seinen gelben Augen. »Ihr dürft jeder einem der Mädchen einen Namen geben, während ich das für Schwänzchen tun werde. Wenn wir diese sogenannte Namensgebungszeremonie noch vor Sonnenuntergang über die Bühne bringen wollen, müsst ihr euch besser beeilen. Ich werde noch schnell duschen, wenn Beißer und Vampir mit ihrer Mahlzeit fertig sind.«

Beißer muss ihren Namen gehört haben und beißt herzhaft in meine Brust. Ich schreie auf, bin aber jetzt schon so daran gewöhnt, dass ich sie nicht mehr fallenlasse. Ja, das wäre beim ersten Mal beinahe passiert.

»Vielleicht sollten wir es bei Beißer belassen«, stöhne ich und besehe mir den Schaden. Und wende lieber den Blick wieder ab. Das muss man nicht gesehen haben. Beißer saugt frohgemut weiter, jetzt ein Gemisch aus Milch und Blut. Sie ist eindeutig meine Tochter, obwohl mir selbst seit ihrer Geburt nicht mehr nach Bluttrinken zumute war. Auch als ich diese ganzen toten Mutanten in Delaneys Villa gerochen habe, war mir nicht danach, sie abzulecken.

»Ich werde dir Gesellschaft leisten«, sagt Griffon und zeigt auf meine Brüste. »Als dein Arzt muss ich sicherstellen, dass du nicht wegen Blutverlust das Bewusstsein verlierst.«

Ryker verdreht die Augen. »Ich bin dran. Kat und ich haben das vereinbart, als wir die Mutanten gekillt haben. Sie hat mir eine gemeinsame Dusche versprochen.«

»Jungs, die Dusche ist groß genug für Drei«, seufze ich. »Gib mir einer von euch mal Vampir, dieses kleine Monster hier hat genug gehabt.«

Ich starre Beißer spielerisch-drohend an. Sie kichert und schaut mich an mit ihren großen grünen Augen. Ich wische ihr mit dem Ärmel den Mund ab und damit die blutigen Zeugnisse ihrer Mahlzeit. Lennox nimmt sie, während Griffon mir die kleine Vamp reicht. Ich beiße die Zähne zusammen, als sie mir ihre kleinen scharfen Eckzähne zeigt. Das wird wehtun.

. ° . ° . °

Ich bin von nackten Männern umgeben und finde das toll. Wo jetzt alle drei mitgekommen sind, ist die Dusche ein bisschen eng. Aber das soll keine Beschwerde sein. Ist für mich genau richtig. Griffon kniet sich nieder, hat seine Hände an meinen Oberschenkeln, die er nun mit meinem Einverständnis auseinanderdrückt, um an mein Schatzkistchen zu kommen.

»Unsere Muschi hat eine süße Muschi«, murmelt er, bevor er mich mit seiner Zunge neckt. Er hat das mit der Zunge echt drauf. Wirklich. Ich habe noch nie einen Mann erlebt, der seine Zunge so geschickt einsetzten kann. Ich stöhne und beuge mich nach hinten, wo mich Ryker schon mit offenen Armen erwartet. Seine Brustmuskeln sind hart, und seine Erektion steht dem in nichts nach und drückt gegen meinen Hintern.

Lennox nimmt einen Schwamm und streichelt damit sanft über meine Brüste, was eine Schaumspur auf meiner Haut hinterlässt. Mir gefällt, dass wenigstens er so tut, als seien wir zu Reinigungszwecken hier.

Griffon lässt seine Zunge tanzen, und ich vergesse

111

alles um mich herum. Seine Finger umklammern meine Schenkel und halten mich in Position, geben mir Halt, aber er bewirkt mit seiner Zunge mehr, als Viele mit ihren Fingern fertigbringen würden. Ich schließe die Augen und halte mich an Ryker fest, während Griffon mich in einen Zustand der Ekstase versetzt. Lennox reibt meine Brustwarzen, ich stöhne auf. Diese Männer werden noch mein Untergang sein!

Ich fauche protestierend, als Griffons Zunge plötzlich verschwindet, aber zum Ausgleich nimmt mich Ryker hoch und trägt mich aufs Bett. Er riecht so vertraut, nach Familie, und das ist nicht kitschig gemeint. Er gehört zu mir, ich gehör zu ihm, und das ist alles.

Sobald ich auf dem Bett liege, mit der Bettdecke weich und kühl an meinem Rücken, spreizt er mir die Beine auseinander.

»Es gibt doch bestimmt einen Witz – trinkt eine Katze Milch«, murmelt Griffon mit tückischem Lachen, aber Ryker beachtet ihn nicht.

Und dann spüre ich seine Zunge, die meine Nässe aufschleckt und ein Feuerwerk in mir entzündet. Seine Zunge ist rauer als die von Lennox. Bei ihm wirkt das weniger stimulierend als vielmehr verzehrend. Er schleckt mich sauber mit seiner Zunge, bereitet mich auf das Kommende vor. Was mich schon wieder an den Rand des Wahnsinns treibt.

Griffon und Lennox legen sich zu beiden Seiten von mir hin. Ihre Körper liegen warm an meinem, obwohl wir alle noch nass sind von der Dusche; ihre Berührung erinnert mich wohltuend daran, dass wir zusammengehören. Meine Männer sind alle sehr verschieden, aber wenn wir so nebeneinander liegen, verschwinden alle Unterschiede. Sie gehören mir alle gleichermaßen. Meine Liebe ist nicht begrenzt, nicht unter ihnen aufgeteilt. Sie gilt jedem einzelnen von ihnen gleichermaßen. Es ist schwer, meine Gefühle für sie in Worte zu fassen, aber ich glaube, sie verstehen, was ich meine.

Lennox umfasst meine rechte Brust, und Griffon massiert die linke, als hätten sie sich abgesprochen. Ryker ist anscheinend der Meinung, dass ich jetzt sauber genug bin (jetzt nicht wieder an Milch denken) und führt probehalber einen Finger in mich ein.

Ich bin kurz vor dem Höhepunkt, muss diesmal aber einen von ihnen in mir spüren.

»Nimm mich«, verlange ich.

»Streichele sie«, gibt er zurück und klingt dominanter, als ich das gewohnt bin.

Ich muss nicht nachfragen, was er damit meint. Lennox' und Griffons Schwänze stehen hart und griffbereit.

Ich umfasse sie beide, und sie drehen die Hüften leicht zu mir hin, so dass ich ihre Prachtexemplare besser greifen kann.

Ryker scheint damit zufrieden zu sein und drückt endlich seinen Knüppel an meine Eingangspforte. Ich öffne meine Schenkel noch ein bisschen weiter, bis er endlich mit einem langen, harten Stoß in mich eindringt. Ich kann nur aufstöhnen bei diesem Gefühl der Erfüllung. Er in mir, die beiden anderen in meiner Hand, ihre Düfte über meinem ganzen Körper verteilt. So soll es sein. Wir sind füreinander geschaffen und werden das wieder und wieder unter Beweis stellen.

Ryker gibt den Rhythmus vor und ich gebe ihn an die beiden anderen durch meine Massage weiter. Er beginnt langsam, aber sobald er sicher ist, dass ich seinem Umfang vollständig gewachsen bin, wird er schneller, wilder. Stöhnen allenthalben, unterbrochen von meinen eigenen kleinen Lustschreien, wo ich doch so dicht davor bin, aber den Sprung noch nicht ganz schaffe.

»Berühr mich«, keuche ich und meine irgendeinen von ihnen, schließe die Augen. Finger pressen gegen mein Knöpfchen, reiben es hin und her bis ich nicht mehr an mich halten kann und der Orgasmus mich schüttelt, Blitze vor meine Augen zaubert. Ryker hämmert in mich hinein, während meine inneren Muskeln ihn umklammern und meine Hände versuchen, an den Schwänzen der Männer im Rhythmus nicht nachzulassen, obwohl mein ganzer Körper von nicht beherrschbaren Wellen geschüttelt wird.

Ryker kommt schreiend und rammt so heftig in mich hinein, dass es wehtut, aber das macht nichts. Der Schmerz wird in meinem Hirn nur Teil der Ekstase.

Griffon entzieht sich meinem Griff, und das Bett bewegt sich, als er rausklettert. Sobald Ryker sich von mir verabschiedet hat, nimmt Griffon seinen Platz ein und setzt fort, was Ryker begonnen hat. Mein Kater legt sich neben mich und hält mir die Hand, während Griffon schwer in mir arbeitet.

Lennox zieht scharf den Atem ein, seine Finger um mein Handgelenk gekrallt, und zieht meine Hand weg von seinem harten Schwanz. »Nur einen Moment«, keucht er und versucht, die Beherrschung nicht zu verlieren.

Griffon öffnet den Mund und gibt einen seltsamen Laut von sich, der mich erst innehalten und dann zerfließen lässt. Auch ich schreie, als ein weiterer Orgasmus mich schüttelt, komme gleichzeitig mit Griffon. Wir reiten die Welle gemeinsam, halten einander, bis unser Atem langsam wieder Normalmaß annimmt. Er nimmt mich in seine Arme und hält mich fest umschlungen, meine Brüste gegen seine Brust gedrückt, die Nippel hart auf seiner Haut.

»Ups«, flüstert er, es scheint ihm aber nicht im Geringsten leid zu tun.

Mein Körper zittert noch immer, ein wonniges Gefühl in jeder Zelle. Sirenen-gemachte Orgasmen sind schon die besten.

Ich gebe mich seiner Umarmung hin, genieße es, wie er mein Haar streichelt und sanft in mein Ohr flüstert.

Aber wir sind noch nicht fertig. Lennox ist dran, was er mir zu verstehen gibt, indem er sich aus dem Bett gleiten lässt und darauf wartet, dass Griffon den Platz zwischen meinen Beinen freigibt. Der Siron umfährt mit einem Finger sanft meinen Schoß, als wolle er sich verabschieden, und macht dann Platz für Lennox.

Er dringt hart in mich ein, und ich spüre, dass er das wilde Tier in sich kaum bezähmen kann.

»Lass los«, murmele ich, und er tut es.

Er kommt laut heulend, pumpt weiter in mich hinein, während er schon die Erlösung hinausbrüllt. Ich halte mich an Rykers Hand fest, während Griffon sich eng an mich kuschelt und in seinen Armen hält.

Wir liegen schließlich über das Bett ausgebreitet, und jeder der Drei schafft es irgendwie, sich um mich zu winden. Lennox Brust bietet meinem Kopf ein Ruhekissen, während er mit den Fingern in meinen Haaren spielt. Er hat mich gesäubert und dafür gesorgt, dass ich mich wohlfühle, bevor er sich zu uns aufs Bett gelegt hat. Keiner der menschlichen Männer hat das je zuvor für mich getan. Diese Jungs sind wirklich ein Segen für mich; sie kümmern sich auch umeinander, nicht nur um mich.

Ryker lässt seine Hand über meinen Bauch kreisen, seine Berührung ist so leicht wie ein Windhauch. Seine Brust vibriert leicht, als würde er schnurren. Ich lächele, liebe es, dass er die Katze in sich bewahrt hat, auch in seiner menschlichen Gestalt.

Griffon liegt auf der anderen Seite, seine Beine mit meinen in Löffelstellung. Seine Augen sind auf mich fixiert und beobachten jede meiner Bewegungen.

»Was ist?«

»Ich frage mich, wie ich hierher gekommen bin«, flüstert er. »vor kurzem war ich noch ein Ausreißer, der sich vor seiner Familie versteckt hat, und im nächsten Moment bin ich mit einer wunderschönen Frau zusammen, die mich in ihre Familie aufgenommen hat. Ich bin mir nicht sicher, wie das alles geschehen konnte. Oder ob ich es verdient habe.«

»Wem sagst du das. Ich war mein Leben lang eine Katze, und jetzt berühren meine menschlichen Hände diese Katzen-Göttin.«

»Hört auf«, murmele ich. »Ihr wisst, dass ich mit Komplimenten nicht umgehen kann. Lasst uns noch einen Moment der Stille genießen, bevor uns wieder das Chaos erwartet.«

Und genau das tun wir, zusammengekuschelt, unsere Körper in Einklang, unsere Herzen im selben Rhythmus schlagend.

KAPITEL 10

Jetzt, wo wir uns alle ins Wohnzimmer quetschen, fühlt sich das Haus viel kleiner an als es eigentlich ist. Ich wollte die Feier eigentlich draußen stattfinden lassen, aber es regnet jetzt; mir macht das zwar nichts aus, aber den Babys schon. Sie wollen auch nicht gern gebadet werden, besonders Beißer macht jedes Mal Theater, wenn wir uns auch nur dem Badezimmer nähern.

Wir haben sie frisch angezogen, aber Pelzchen hat schon wieder ihren Kragen besabbert.

»Sind alle bereit?«, fragt Sophie und springt vor lauter Begeisterung auf und nieder. Caitlin ist fast genauso gespannt, versteht aber besser, es zu verbergen.

Die Männer und ich halten jeweils ein Baby in den Armen. Wie üblich hat Schwänzchen sein Schwänzchen um meinen Arm gewickelt und umarmt mich so auf seine Weise. Das ist für mich das schönste

Gefühl der Welt. Dicht dahinter kommt aber das Gefühl, das die Männer in mir beim Duschen auslösen. Das müssen wir öfter tun. Ryker wollte danach noch weiter reden, aber mir ist es gelungen, dem durch die Vorbereitungen für die Feier einen Riegel vorzuschieben.

Ich war noch nie Zeuge einer solchen feierlichen Namensgebung oder falls doch, kann ich mich nicht daran erinnern. Lennox geht's genauso, Ryker hatte natürlich auch keine Ahnung, weil er ja als Katze aufgewachsen ist. Griffon ist der einzige unter uns, der nicht nur selbst als Baby Gegenstand einer solchen Namensgebung war, sondern später auch noch bei anderen Kindern zugesehen hat. Er hat uns deshalb auch beraten, was zu tun sei.

Schwänzchen verstärkt seinen Griff, und ich lächele ihn an. Wie seine Schwestern hat auch er keine Ahnung, was da vor sich geht. Er weiß nicht, welche Art von Leben ihn erwartet. Noch weniger, was seine Mutter getan hat, um zu überleben. Ich sehe in seine großen goldenen Augen und hoffe inständig, dass er nie die Schmerzen erleiden muss, die ich erfahren habe. Er wird eine glückliche Kindheit haben, dafür werde ich sorgen. Alle vier meiner Babys werden in Sicherheit und in der Gewissheit aufwachsen, geliebt zu werden. Ich werde auch sicherstellen, dass sie nie erfahren, wie ungeplant und zunächst auch ungewollt sie auf diese Welt kamen.

Griffon räuspert sich und sieht ernst in die Runde.

»Alle, die kein Baby auf dem Arm haben, setzt euch bitte.«

Als die Angesprochenen dem Folge leisten, wirkt der Raum gleich weniger überfüllt. Ich atme tief ein und konzentriere mich dann ganz auf Griffon, der die Babys eines nach dem anderen anschaut.

»Wir heißen euch auf dieser Welt willkommen. Wisset, dass ihr geliebt wurdet von dem Augenblick an, als eure kleinen Herzen anfingen zu schlagen und dass ihr geliebt werden werdet, bis sie eines Tages aufhören zu schlagen. Unser gemeinsames Leben hat gerade erst begonnen, aber von nun an werden wir jede Sekunde Teil eures Lebens sein. Ihr werdet geliebt und behütet sein. Möget ihr Glück, Freundschaft und Gesundheit euer eigen nennen. Möget ihr Recht von Unrecht unterscheiden lernen, euren eigenen Wert erkennen und euer Leben lang Frieden erfahren. Möget ihr singen und lachen und spielen – voller Freude, ohne Furcht. Kinder, wir heißen euch willkommen auf dieser Welt.«

»Wir heißen euch willkommen auf dieser Welt«, wiederholen wir feierlich im Chor. Ich muss beinahe lachen über die Ernsthaftigkeit aller Anwesenden, besonders Benjamin und Lilly. Wo Benjamin sogar einen Anzug trägt, entbehrt die Szene nicht einer gewissen Komik. Aber ich widerstehe der Versuchung, indem ich den Blick auf meine Kinder gerichtet halte.

»Willst du beginnen, Kat?«, fragt er mich leise nach einem Moment der Stille.

Mir wäre es lieber, er hätte angefangen, aber ich

verstehe auch, warum er mir den Vortritt lässt. Ich bin die Mutter, die Frau, die diese vier kleinen Wesen in sich trug. Nicht ganz so lange, wie das normal gewesen wäre, aber die Schmerzen am Ende haben das wohl mehr als ausgeglichen.

Ich atme tief durch und drücke Schwänzchen noch enger an meine Brust. »Ich verspreche, euch zu den glücklichsten Kindern der Welt zu machen«, sage ich leise, es ist kaum mehr als ein Flüstern. »Ich werde euch mit meinem Leben beschützen. Ich werde euch die Sterne vom Himmel holen und jeden töten, der euch Böses will. Euch soll es an nichts fehlen. Ihr werdet Liebe und Aufmerksamkeit erfahren. Und immer genug Katzenminze haben.«

»Kat!«, faucht Lilly. »Das passt jetzt nicht hierher.«

Ich zeige ihr die Zähne und fahre fort. »Ich nenne dich hiermit Leander Feln. Möge dein Name dir entsprechen, indem du sowohl ein Löwe wirst wie auch ein Mann des Volkes«. Ich küsse ihn sanft auf die Stirn. Schwänzchen – ähm, Leander – kichert und grinst mich an. Er hat sicher nichts von all dem verstanden, aber ich bin froh, dass er nicht geschrien hat.

»Leander Feln«, wiederholt die ganze Runde. Ich kann beinahe hören, wie Lilly die Augen verdreht bei dieser Namenswahl, aber sie gibt keinen Kommentar von sich.

Ich trete zurück und überlasse Ryker die Bühne. Er hält Beißer im Arm, die fest schläft. Ihr braunes Haar scheint jeden Tag mehr zu wachsen, viel schneller als das ihrer Zwillingsschwester. Vielleicht müssen wir ihr bald zum ersten Mal die Haare schneiden, wenn das nicht nachlässt.

»Meine Kleine«, beginnt Ryker und sieht seine Tochter liebevoll lächelnd an. »Wir haben dich Beißer genannt, weil du vom ersten Moment an dem Leben die Zähne gezeigt hast. Du bist eine Kämpferin, eine Kriegerin, und deshalb habe ich deinen Namen gewählt. Beißer, ich nenne dich hiermit in Bella um, nach der Pflanze Belladonna. Sie ist zwar eine der tödlichsten Gewächse, hat aber bei aller Giftigkeit ihrer Blätter wunderschöne Blüten. Mögest du so stark und tödlich sein wie die Blume, nach der du benannt bist.«

»Bella Feln«, sagen wir alle feierlich, bevor sich unsere Blicke treffen und ich lächele. Er hat einen guten Namen gewählt.

Zu meiner Überraschung tritt Griffon nun gleich zu Ryker vor, mit der kleinen Vampir auf dem Arm. Im Gegensatz zu ihrer Schwester ist sie hellwach und beobachtet ihre Umgebung genau. »Um es kurz zu machen«, sagt er und kitzelt seine Tochter unterm Kinn. »Du sollst Donna heißen, bist der andere Teil der Belladonna. Zusammen werdet ihr, du und Bella, unschlagbar sein.«

Mein Herz schmilzt nur so dahin. Ryker und Griffon müssen sich abgesprochen haben, also haben sie in meiner Abwesenheit über Namen geredet. Wie richtige, liebende Väter. Was sie ganz bestimmt sind, aber es ist schön, einen weiteren Beweis dafür zu sehen. Mein rechtes Auge juckt. Bei anderen Leuten ist das vielleicht eine Träne, die sich da Bahn bricht, aber bei mir ist es sicher nur ein Staubkorn.

»Donna Feln«, verkündet Griffon, und wir sind sein Echo.

Gemeinsam treten sie einen Schritt zurück, und Lennox übernimmt, mit Pelzchen im Arm.

»Ich bin kein Dichter«, sagt Lennox achselzuckend. »Also werde ich dich Shani nennen. Du wirst vielleicht nicht eins sein mit den Menschen, aber wenn die Sonne niedergeht, wirst du eins werden mit der Nacht. Du wirst nicht wahrnehmbar sein, es sei denn, du willst bemerkt werden. Du bist ein neuartiges Geschöpf, ein kleines Wunder, wie auch dein Name besagt und ich werde dafür sorgen, dass du dich in dieser Familie nie als Außenseiterin fühlst. Und außerhalb dieser Familie werde ich jeden töten, der dich mit Worten oder Waffen verletzt oder beleidigt.« Er grinst sie an, ein völliger Kontrast zu dem gerade Gesagten. »Ich liebe dich, kleine Shani, wie ich auch deine Geschwister liebe. Willkommen auf dieser Welt.«

Leander, Bella, Donna und Shani. Ich schaue auf die Babys und merke, wie gut die Namen passen. Die Jungs haben das ausgezeichnet gemacht. Es wird nicht schwer sein, sich von den Spitznamen zu verabschieden und sie von nun bei ihrem richtigen Namen zu nennen.

Griffon räuspert sich erneut und erhält noch einmal die Aufmerksamkeit der Anwesenden. » Der nächste Teil der Feierlichkeiten ist von Kat leicht abgewandelt worden«. Er verdreht die Augen und hält einen kleinen Beutel hoch. »Normalerweise würden wir jetzt

Blütenblätter auf die Babys streuen, aber Kat hat stattdessen auf Katzenminze bestanden. Nehmt euch alle davon, passt nur auf, dass die Kinder sie nicht in die Augen bekommen.«

Lilly schnaubt. »Kat, du bist unverbesserlich. Wehe, du machst meine Nichten auch noch abhängig.«

»Das sind nicht deine Nichten.«

»Aber sicher doch. Wenn du ihnen was anderes erzählst, werden sie von mir die Geschichte hören, wie du mit dem Wollknäuel gespielt hast und dir fast die...«

»Schon gut«, unterbreche ich sie. Griffon kennt die Geschichte offenbar noch nicht, denn er hört mit weit aufgerissenen Augen zu und hat Mühe, das Lachen zu unterdrücken. »Sie sind deine Nichten. Jetzt mach schon und decke sie mit Katzenminze ein. Das soll Glück bringen oder so.«

»Es symbolisiert, dass wir für sie sorgen werden«, korrigiert mich Bethany mit auffallend ernstem Unterton. »Und ich beabsichtige, dieses Versprechen zu halten.«

Sie nimmt Griffon den Beutel ab und zieht eine Handvoll getrockneter Minzeblätter heraus. Sie sind von bester Qualität, schön groß, nicht diese winzigen zerstoßenen Teile, die man manchmal in Katzenspielzeug findet. Wobei ich so etwas natürlich noch nie gekauft habe.

Bethany legt jedem der Babys ein paar Blättchen auf die Stirn und gibt den Beutel dann an Benjamin weiter, wobei sie mir einen strengen Blick zuwirft. Was ist bloß mit der immer fröhlichen, nie allzu ernsthaften

Bethany geschehen? Sie hat viel Zeit mit den Kleinen verbracht, vielleicht zu viel.

Einer nach dem anderen reiben meine Freunde etwas von der Katzenminze auf die Babys, bis sie so köstlich riechen, dass ich sie am liebsten alle auf einmal im Arm halten würde. Leider bin ich dafür nicht breit genug – oder sie sind nicht mehr klein genug. Stattdessen atme ich tief ein und rieche das süße Aroma der Babys in Verbindung mit dem süchtig machenden Duft der Katzenminze.

So stehe ich da mit Leander auf dem Arm und fühle mich etwas aus der Bahn geworfen. Als ob das alles nicht wahr sein kann. Eigentlich müsste ich doch dort draußen sein, über Hausdächer jagen, Leute umbringen, tun, was man mir beigebracht hat. Stattdessen bin ich hier in einem gemütlichen vorstädtischen Wohnzimmer mit meiner Familie und Freunden zusammen und gurre Babys an.

Mein Leben nimmt neue Gestalt an, und ich weiß nicht, was ich davon halten soll. Ich bin hin und hergerissen. Aber sobald diese Feier vorbei ist, muss ich erst einmal hinaus und einen Moment lang wieder Kat sein, die Auftragskillerin.

. * . * . *

Ich sauge die kühle, frische Nachtluft gierig ein und bin so froh, wieder draußen zu sein. Nur wenige Häuserblocks von unserem Haus entfernt habe ich mich gewandelt, da, wo die Stadt in die ländliche

Umgebung übergeht, und jetzt jage ich endlich wieder als Katze dahin. Meine Pfoten lassen mich beinahe geräuschlos über die Felder fliegen, ich laufe, so schnell ich kann. Es ist ein Genuss, die Spannung und Entspannung der Muskeln zu spüren, die auf diese Art meinen schweren Körper mühelos voranbringen.

Ich bin frei. Ein wildes Tier.

Ich laufe und laufe, egal wohin. Hier geht es nur um den Weg, nicht das Ziel. Ich halte erst inne, als meine rechte Vorderpfote gegen einen scharfen Stein stößt, was mich auf schmerzhafte Weise aus meinem friedlichen Zustand reißt. Ich besehe mir den Schaden, aber die Stelle blutet kaum. Ich lecke mir die Ballen unter der Pfote und kichere in Gedanken, weil das ganz schön kitzelt. Als Mensch bin ich überhaupt nicht kitzelig, als Panther dagegen schon. Keine Ahnung wieso.

Ich befinde mich am Rand eines Birkenwäldchens weit außerhalb von Attenburg. Ich war schon ein paarmal hier, aber das ist eine Weile her, selbst wenn man die von Delaney verursachte Zwangspause abzieht. Aber ich will jetzt gar nicht an die Sirenen denken. Ich will jetzt nur diesen Augenblick des Friedens genießen, weit weg von allem. Sogar von meiner Familie. Ich bin schließlich eine Katze, ein Wesen, das gerne unabhängig und auf sich gestellt lebt. Ich bemühe mich ja sehr um meine soziale Seite, merke aber auch gerade, dass ich mir öfter einen Freiraum verschaffen muss. So kann ich am besten meine Batterien wieder aufladen – und die nächsten Wochen werden bestimmt kräftezehrend werden, da bin ich mir sicher.

Ein merkwürdiger Geruch liegt plötzlich in der Luft. Ich sauge ihn ein und schnaube dann schnell die Fliegen wieder aus, die ich mit eingeatmet habe. Verflixte kleine Biester. Die Natur hat nicht nur Schönes geschaffen. Ich atme erneut ein und konzentriere mich auf diesen Geruch. Er ist mir vertraut. Wölfe, aber nicht von der netten Sorte. Das ist ein unangenehm süßlicher Geruch, der ein bisschen an Honig erinnert.

Das weckt Erinnerungen. Milch und Honig. Ihr Blut in meinem Mund. Das Kätzchen, das ich gerettet habe. Das war in unserem früheren Zuhause, kurz bevor wir nach Attenburg zogen. Ich war damals auch im Wald, so ähnlich wie jetzt, und sah, wie drei Wolfsmutanten ein Katzenjunges angriffen. Ich habe sie alle getötet – und dann ihr Blut getrunken. Mir läuft das Wasser im Munde zusammen, und ich schlucke und habe plötzlich Bedenken. Ich will nicht wieder vollkommen verwildern.

Ich atme wieder ein. Und bin mir sicher, dass dies derselbe Geruch ist wie damals. Wolfsmutanten. Damals ging Lennox zu seinem Arbeitgeber, Herrn Moon, der mit mir an den Tatort zurückkehrte, wenn man die Stelle so bezeichnen kann. Mit Hilfe eines Mitglieds seiner Truppe hatte er herausgefunden, dass eine Sirene namens Hypnotisane diese Art von Wölfen unter Kontrolle hatte, aber dann habe ich nichts mehr davon gehört. Ich war davon ausgegangen, dass Herr

Moon sich der Sache angenommen hatte – aber was, wenn nicht? Ich will keine wildgewordenen Wölfe in der Nähe meines Heims haben. Erst vor wenigen Stunden habe ich meinen Babys versprochen, dass ich für ihre Sicherheit sorgen werde, und jetzt gibt es hier in einem Wald ganz in unserer Nähe Wölfe, die von Sirenen kontrolliert werden.

Ich fletsche die Zähne in die Richtung, aus der der Geruch kommt. Wölfe, seht euch vor - ich komme!

KAPITEL 11

Ich finde sie auf einer Lichtung liegend; alle drei schnarchen so laut, dass eigentlich ihre Lungen schon hätten platzen müssen. Vielleicht ist das bei Mutanten so. Ein weiterer Nebeneffekt wird bei einem anderen sichtbar – er hat einen menschlichen Kopf, aber einen Wolfskörper. Der Anblick jagt mir einen Schauer über den Rücken. Ich kann mich auch teilweise wandeln, wenn ich das möchte, aber er ist anscheinend in einem Zwischenstadium steckengeblieben. Nicht Tier, nicht Mensch. Sein Haar geht im Nacken nahtlos in Fell über, aber sein struppiger Bart unterscheidet sich deutlich vom Pelz an seiner Kehle.

Die drei Wölfe stinken alle nach Alkohol. Am Rande des Waldes gibt es ein paar Dörfer, wo sie offensichtlich in einem der Pubs ordentlich gebechert haben. Hoffentlich haben sie die Dorfbewohner am Leben gelassen.

Die alte Kat hätte sie einfach im Schlaf getötet. Ich zögere. Wenn ich sie umbringe, ohne ihnen die Möglichkeit der Gegenwehr zu geben, bin ich nicht besser als sie. Außerdem könnte es sich um Mutanten handeln, die ihren Herren entlaufen sind. Was sie zu einer weniger großen Gefahr als befürchtet machen würde. Und ich brauche Informationen, die sie mir nur in wachem Zustand geben können.

Das Problem dabei ist, dass ich mich wandeln muss, um mit ihnen reden zu können, aber keine Waffen dabeihabe. Ich kann auch ohne gut kämpfen, aber sie sind immerhin zu dritt, alle mit scharfen Klauen und Zähnen ausgestattet, und ich bin alleine. Vielleicht sollte ich zwei von ihnen umbringen und nur den mit dem Menschenkopf am Leben lassen und ihn befragen. Das ist doch auf jeden Fall besser, als alle drei zu töten, oder?

Ich dehne mich und mache mich zum Angriff bereit, als ein neuer Geruch mich aufmerken lässt. Sirenen. Und auch diesmal hat die Duftspur etwas Vertrautes. Scheiße. Das ist nicht irgendeine Sirene. Das ist die Hypnotisane, diese Verrückte, hinter der Herr Moon her war. Sie lebt noch. Das ändert alles. Diese Wölfe werden sicher von ihr kontrolliert. Das macht mir die Entscheidung leichter. Sie werden sterben, bevor ich mich mit ihr befasse. Nicht, dass ich Herrn Moon irgendetwas schuldig wäre, aber diese Frau bedroht auch meine Familie. Und wer weiß, ob sie mit den Sirenen in Attenburg nicht unter einer Decke steckt, wo sie sich so dicht bei der Stadt aufhält. Wenn ich mich recht erinnere, sagte Moon, dass sie Teil einer mächtigen, reichen Familie sei; und diese Familie könnte ihren Sitz durchaus in Attenburg haben.

Ihre Geruchsspur ist schwach ausgeprägt, aber frisch. Sie kann noch nicht weit gekommen sein. Schließlich hat sie nur zwei Beine. Ich schleiche auf die Lichtung, fahre meine Krallen aus und werfe mich auf den nächstgelegenen schnarchenden Werwolf.

. * . * . *

Mein Fell ist blutdurchtränkt, es klebt mir an der Haut. Ich könnte ein Bad gebrauchen, rieche aber keinen Fluss oder See in der Nähe. Egal, es wird sowieso noch mehr Blut fließen, wenn ich die Hypnotisane töte. Zum Glück verspüre ich keinen Drang, mir das Blut der Mutanten abzulecken. Das war also wohl doch eine einmalige Angelegenheit, der Großen Katze im Himmel sei Dank. Aber der Kampf hat mich ein bisschen hungrig gemacht.

Ich folge der Spur der Sirene von der Lichtung tiefer in den Wald hinein. Ich hatte angenommen, sie würde in ein Dorf gehen oder vielleicht sogar nach Attenburg, aber sie entfernt sich offenbar immer weiter von der Zivilisation. Merkwürdig. Was sie wohl vorhat? Vielleicht sollte ich sie am Leben lassen, bis sie alle meine Fragen beantwortet hat; ich meine mich aber zu erinnern, dass Herr Moon gewarnt hat, die Hypnotisane verfüge über Kräfte, mit der sie auch Wandler unter ihre Kontrolle bringen könne. Ich will nicht unbedingt herausfinden, ob das mich einschließt. Neugier ist der Katze Tod oder so ähnlich...

Sie ist also trotz der Bemühungen von Herrn Moon und seiner Kohorte – er wollte seine Wolfs-Anhänger nicht als Meute bezeichnen, der Name war schließlich schon anderweitig vergeben – noch am Leben; also muss sie tatsächlich über außerordentliche Kräfte verfügen. Ich habe Herrn Moon, der selbst ein Werwolf ist, nur einmal persönlich getroffen, aber da machte er durchaus einen intelligenten, fähigen Eindruck.

Die Duftspur führt mich auf einen kaum erkennbaren Weg, eher einen Trampelpfad. Ich halte mich seitlich von ihm, will nicht aus meiner Deckung unter dem dichten Gebüsch heraustreten, das mich besser verbirgt als die Dunkelheit. Es könnten ja noch mehr Wolfsmutanten in der Nähe sein, und es würde zwar Spaß machen, mit ihnen zu kämpfen, aber jetzt ist erst einmal die Hypnotisane dran, möglichst ohne unliebsame Unterbrechungen.

Ich wünschte, ich hätte eines dieser Anti-Sirenen-Geräte dabei. Lady Laras Wissenschaftler haben inzwischen ein tragbares Gerät entwickelt, das die Sirenenkräfte abschwächt oder ganz ausschaltet. Griffon hat mir erzählt, dass sie es an ihm ausprobiert hat; es nahm ihm seine besonderen Fähigkeiten zwar nicht ganz, er fühlte sich aber höchst unwohl und hatte Probleme, selbst nicht sehr willensstarke Subjekte zu beeinflussen. Lady Lara hat angeboten, Halsbänder anfertigen zu lassen, an denen man diese Mini-Geräte anbringen kann, aber ich werde den Teufel tun und je wieder freiwillig ein Halsband tragen. Ryker war nicht abgeneigt, hat dann aber wohl meinetwegen darauf verzichtet. Meine Erinnerungen an dieses Metallband um den Hals, mit dem mich die Meute kontrollierte und das mir eine Wandlung unmöglich machte, sind einfach zu schmerzhaft.

Also werde ich schnell sein und sie überraschen müssen, damit sie ihre Stimme nicht einsetzen kann.

Ihr Geruch wird stärker, und als ich in der Ferne ein flackerndes Licht sehe, kann ich ihr Parfüm klar erkennen. Wenn ich irgendetwas über Parfüme wüsste, könnte ich ihm wahrscheinlich einen Namen geben, aber ich habe mich nie für diese Duftwässerchen interessiert. Ich wollte nie mein wildes Katzenaroma verbergen. Meine Männer würden das sicher auch nicht gutheißen.

Ich treffe auf eine überraschend große Hütte mitten auf einer Lichtung, die um einiges größer ist als die, auf der ich die Wölfe getötet habe. Die Hütte ist alt, aber in gutem Zustand. Jemand hat sich um sie gekümmert oder vielleicht sogar dauerhaft darin gewohnt. Aber wer wollte schon hier in dieser Abgeschiedenheit auf Dauer leben? Das würde selbst mir nicht gefallen. Wäre zu weit weg von den Menschen, die ich im Auftrag töten müsste. Und zu weit weg von anständigem Essen. Ich könnte mir nur vorstellen, in solch einem Wald zu leben, wenn ich wieder verwildern würde – und das habe ich nicht vor. Meine innere Katze und ich sind jetzt eins, keine getrennten Wesen mehr, was uns nur noch stärker macht.

Es muss schon weit nach Mitternacht sein, aber in der Hütte brennt noch Licht. Ich lasse meine Sinne spielen. Nur ein Herzschlag ist zu hören; sie ist allein. Ich umkreise die Hütte auf der Suche nach zusätzlichen Duftspuren, die auf die Anwesenheit weiterer Personen schließen lassen würden, aber ich erkenne nur die der Hypnotisane und ihrer Wölfe.

Das einstöckige Gebäude hat zwei Türen, eine an der Vorderseite und eine kleinere auf der Rückseite. Letztere sieht nicht so aus, als sei sie oft in Gebrauch; Moos wächst an den Rändern, und eine Spinne hat ein kunstvolles Netz in eine Ecke gesponnen.

Diese wenig benutzte Tür wird wohl quietschen, also betrete ich die Hütte besser durch die Vordertür oder ein Fenster. Im Dach gibt es keines, ich habe also keine große Auswahl. Ich lausche wieder auf den Herzschlag der Sirene. Sie befindet sich rechts von mir, beinahe an der hinteren Wand des Hauses, und sie ist wach. Sie atmet in regelmäßigen Zügen, und ich bezweifle, dass sie meine Anwesenheit bemerkt hat. Gut so. Das gibt mir den Überraschungseffekt. Sie weiß auch noch nicht, dass ihre Wölfe tot sind. Ich bin in einiger Entfernung von diesem Ort auf sie gestoßen und vermute, dass ihre mentale Verbindung zu ihnen nicht so weit reicht.

Die Versuchung, sie einer intensiven Befragung zu unterziehen, ist groß. Aber ich habe keine Waffen oder Gifte bei mir. Und da ich nicht weiß, welcher Art und wie umfangreich ihre besonderen Fähigkeiten sind, will ich kein Risiko eingehen. In der Vergangenheit hätte ich das bestimmt getan; aber jetzt bin ich auch für andere Wesen verantwortlich. Meine Babys erwarten schließlich am Morgen ihr Frühstück aus meiner Milchbar. Ich seufze. In meiner Panthergestalt habe ich endlich mal keine Schmerzen an den Brustwarzen, was sich aber sofort nach der Wandlung wieder ändern wird. Meine Selbstheilung funktioniert gut, aber nicht gut genug bei so vielen gefräßigen Kindern.

Also ab durchs Fenster. Am anderen Ende des kleinen Hauses steht eines offen und ermöglicht es mir eher als die Eingangstür, unbemerkt einzudringen. Sobald ich am Fenster bin, wandle ich mich in einer einzigen fließenden Bewegung und stehe nun wieder auf zwei Beinen. Tut ein bisschen weh, aber ich achte nicht darauf und freue mich schon auf den Moment, wo ich mich wieder wandle und auf vier Pfoten nach Hause renne. Ich möchte mein nächtliches Katzenabenteuer noch nicht für beendet erklären.

Ganz langsam und mit der nötigen Geduld ziehe ich das Fenster auf. Es knirscht ein wenig, was aber für ein menschliches Ohr wohl kaum hörbar ist. Ich klettere hindurch und lande in der Hocke auf dem Holzfußboden. In dem Zimmer befinden sich lediglich ein einzelnes Bett und ein Schrank, beide aus Birkenholz. Riecht fast wie im Wald hier. Rustikal, aber hübsch. Das Bett dagegen stinkt nach Sirene, ich ziehe die Nase kraus. Diese Kreaturen sehen so schön aus, riechen aber schrecklich - was wohl mehr über ihren wahren Charakter aussagt als ihre äußere Erscheinung. Die Tür, die ins übrige Haus führt, ist geschlossen, aber es gelingt mir, sie ebenfalls geräuschlos zu öffnen. Diese Hütte befindet sich wirklich in gutem Zustand mit ihren gut geschmierten Scharnieren und sauberen Fußböden. Nur die Fenster sind schmutzig, so als wolle die Bewohnerin nicht, dass von draußen jemand hineinsehen kann.

Ein kleiner Gang führt in zwei weitere Zimmer und zur Eingangstür. Hier ist es dunkel, das einzige Licht scheint unter der Tür herein und vom Ende des Flurs her. Ich bewege mich im Rhythmus ihres Herzschlags vorwärts, bis ich die Hand auf die Türklinke legen kann. Jetzt geht es nur noch um Schnelligkeit. Ich muss auf sie zulaufen und sie aus der Bewegung heraus töten. Ohne zu zögern. Ohne Fragen zu stellen.

Ich bemächtige mich meiner alten Killer-Persönlichkeit, streife sie über wie einen Mantel. Keine Emotionen. Keine Zweifel. Nur die Zielperson und ich.

Das Leben ist erstaunlich einfach, wenn man alles ausblendet außer den Tod. Ich höre ihren Herzschlag so deutlich, als stünde sie neben mir. Ich rieche ihren Atem, ihr Parfüm. Ich spüre, wie sie sich im selben Augenblick umdreht, in dem ich durch die Tür breche. Noch im Angriff auf sie nehme ich die Umgebung war, halte nach möglichen Bedrohungen Ausschau. Es ist ein rustikales, einfaches Wohnzimmer mit einem offenen Kamin, in dem kein Feuer brennt. Die Kerzen auf einem niedrigen Tischchen werfen flackernde Schatten auf das Gesicht der Hypnotisane. Selbst in diesem trüben Licht sieht sie umwerfend aus. Das blonde Haar reicht ihr bis zur Hüfte, sieht wie gesponnenes Gold aus. Sie hat einen Umhang um ihren schlanken Körper gewunden, aber steht barfuß auf dem kalten Boden. Sie öffnet den Mund, wahrscheinlich um mich mit ihrer Stimme zu bezirzen, aber ich bin schneller. Meine Hände packen sie um den Hals, und ich werfe sie auf den Boden und lande auf ihr, was meinen eigenen Sturz abfängt.

Sie schreit auf, als ihr Kopf gegen die Umrandung der Feuerstelle schlägt. Ihre Augenlider flattern und schließen sich einen Moment lang, so dass ich schon hoffe, sie habe das Bewusstsein verloren, aber dann öffnet sie die Augen wieder und sieht mich hasserfüllt an. Ich sollte mich besser beeilen.

Ich drücke ihr meine Daumen in die Kehle, schneide ihr damit nicht nur die Luft ab, sondern nehme ihr auch die Möglichkeit, ihre Stimmbänder einzusetzen. Sie windet sich unter mir, ist aber nicht stark genug, mich abzuwerfen. Ich kann ihr ausweichen, als sie versucht, mein Gesicht zu zerkratzen und halte sie mit meinen Beinen so fest, dass sie sich nicht aufbäumen kann. Ich bin zwar von etwas kleinerer Statur als sie, aber sie sieht nicht so aus, als hätte sie in ihrem Leben je körperlich arbeiten müssen. Sie hat kaum Muskeln, jedenfalls nicht an ihrem Körper; die im Gesicht verziehen sich zu allen möglichen Grimassen, beinahe lustig anzuschauen. Vielleicht denkt sie, eine Pantomime könnte ihr noch helfen. Spoiler: Wird sie nicht.

Ihre Gegenwehr lässt langsam nach, während ich weiter zudrücke. Ist ein recht befriedigender Anblick; ich hatte fast vergessen, wie gern ich stranguliere. In letzter Zeit habe ich eigentlich nur noch die Messer eingesetzt, aber vielleicht sollte ich mir eine neue Garrotte zulegen. Ich lausche auf ihren Herzschlag, ba-bumm, ba-bumm; er verlangsamt sich, nachdem sein Tempo zunächst hochgeschossen war. Nun nicht mehr. Sie steht kurz vor der Bewusstlosigkeit, kann kaum noch durchhalten. Ihre Augenlider schließen sich langsam, aber sie hat die Gegenwehr noch nicht eingestellt, versucht weiter, sich zu verteidigen. Das muss ich ihr lassen, sie gibt nicht auf. Und will am Leben bleiben, wie wir alle.

Ich seufze erleichtert auf, als sie endlich das Bewusstsein verliert. Das hat länger gedauert als sonst üblich, aber vielleicht sind Sirenen da anders gebaut. Ich lasse meine Daumen noch auf ihrer Luftröhre. In wenigen Minuten wird sie tot sein. Ich muss mich jetzt schnell entscheiden, ob ich sie umbringen oder zwecks Befragung noch am Leben lassen will. Sie ist zu schwer, als dass ich sie nach Attenburg zurück transportieren könnte; aber ohne Anti-Sirenen-Technologie kann ich sie hier nicht befragen. Sie wird versuchen, in meinen Geist einzudringen, sobald sie wieder wach ist. Ich müsste sie zum Reden bringen, ohne dass sie mich mit ihrem Gesang beeinflussen kann, aber das ist unmöglich. Bleibt nur der Tod.

Ich beachte das leichte Bedauern in den unwirtlichen Tiefen meines Gewissens nicht und drücke ihr die Luft ab, bis ihr Herzschlag verstummt. Das Bedauern bezieht sich weniger auf ihren Tod, vielmehr auf die verpasste Chance, mehr über ihre Pläne herauszufinden.

In der Ferne heult ein Wolf; ich setze mich auf und konzentriere mich auf meine Sinne. Definitiv ein Wandler, aber ich kann nicht ausmachen, ob es einer von den Wolfsmutanten der Hypnotisane oder ein »guter« ist. Wobei gut hier wirklich relativ zu sehen ist.

Und wo ich jetzt genau hinhöre, kann ich unterschiedliche Wesen erkennen, die sich durchs Unterholz vorarbeiten, auf die Hütte zu. Könnte sich zu einem erneuten Kampf auswachsen. Ich lasse die Sirene am Boden liegen und sehe mich im Haus nach Waffen um. Ich könnte mich wandeln und den Wölfen so entgegentreten, aber ich muss diesen Ort noch unter die Lupe nehmen – und zwei Wandlungen so kurz hintereinander würden zu viel Energie kosten.

Sie hat eine nette Sammlung an Schlachtmessern in der Küche; eigentlich mehr, als man in einem Ein-Personen-Haushalt vermuten würde. Kommt mir gerade recht. Ich nehme die beiden schärfsten Messer an mich und positioniere mich hinter der Eingangstür. Wenn sie dort hereinkommen, werde ich ein paar überlebenswichtige Sekunden nicht in ihrem Blickfeld sein.

Je näher sie herankommen, umso mehr nehme ich wahr. Fünf Wölfe, alle groß und schwer. Sie machen viel Krach, scheuchen die anderen Tiere auf. Die Vögel warnen einander vor den Eindringlingen, die selbst müde und verärgert klingen. Ich werfe einen Blick auf die Uhr im Flur. Es ist zwei Uhr morgens. Ich muss mich bald auf den Rückweg machen, wenn ich den Babys nicht ihr Frühstück vorenthalten will. Denn sonst werden sie den ganzen Tag lang schlechte Laune haben; und das will ich nicht riskieren. *Ein* gestresstes Baby wäre schon genug, aber vier von der Sorte – der reinste Albtraum!

Als sie die Lichtung betreten, kann ich endlich ihren Geruch aufnehmen. Argh. Nichts war's mit dem Kampf. Ich entspanne mich und lasse die Messer fallen, gehe dann hinaus und begrüße Herrn Moon.

KAPITEL 12

Der Anführer der Truppe wandelt sich, als er mich erblickt. Im Gegensatz zu mir ist er nackt. Der Zauber des Wandelns arbeitet auf wundersame, vielfältige Weise und ist selten berechenbar. Ich wünschte dennoch, er wäre in seinen üblichen Ledermantel gehüllt. Er ist Mitte fünfzig und – na ja – nicht alle seine Körperteile sind noch in bestem Zustand. Die Brustmuskeln sind gut ausgeprägt und trainiert, aber unten herum...

Ich schaue ihm lieber ins Gesicht. Er hat sich überhaupt nicht verändert. Graue Strähnen durchziehen sein dunkles, lockiges Haar und ein wilder Bart bedeckt den Großteil seines Gesichts. Seine Augen glühen wie Kohlen in der Dunkelheit, strahlen Kraft und das Selbstvertrauen eines Alpha-Tieres aus.

Die vier Wölfe hinter ihm behalten ihre tierische Gestalt. Sie sind alle schwarz, von dem dunklen

Hintergrund kaum zu unterscheiden. Eine gute Wahl, die Herr Moon da getroffen hat, indem er die Wölfe mit weißem oder grauem Fell zu Hause gelassen hat. Lennox hat immer mit der Farbe seines Fells gehadert. Sein gänzlich weißer Pelz sieht bei Tage wunderschön aus, besonders im Zusammenspiel mit seinen glänzend blauen Augen und dem schwarzen Fleck auf der Stirn, aber nachts taugt er einfach nicht – zu leicht zu sehen und damit eine Gefahr für sich und andere.

»Frau Feln, Sie hätte ich hier nicht vermutet«, begrüßt mich Herr Moon mit seiner tiefen, angenehmen Stimme. So würde sich wahrscheinlich ein lange gereifter Whisky anhören. »Gehe ich recht in der Annahme, dass wir zu spät kommen?«

»Falls Sie vorhatten, die Hypnotisane zu töten, dann allerdings. Tut mir leid.«

Er seufzt und sieht auf einmal viel älter aus. Vielleicht lag ich mit meiner Schätzung falsch, von wegen Mitte fünfzig. Ist bei Wandlern auch immer schwer zu sagen; wir leben länger als Menschen – jedenfalls theoretisch, denn wir sterben selten eines natürlichen Todes.

»Ich sollte eigentlich froh sein, dass es sie nicht mehr gibt. Sie haben sie hoffentlich leiden lassen?«

Ich öffne einladend die Tür. »Schauen Sie selbst. Es ging schneller, als ich mir das vorgestellt hatte, aber ich wollte ihr nicht die Möglichkeit geben, mich zu verzaubern.«

»Sie sind ihr ohne Anti-Sirenen-Technologie

entgegengetreten?«, fragt er ungläubig. »Das war leichtsinnig.«

»Ich wusste gar nicht, dass sie hier lebte«, verteidige ich mich. »Ich bin mehr durch Zufall auf sie gestoßen. Wenn ich es geplant hätte, wäre ich besser vorbereitet gewesen.«

»Ich glaube nicht an Zufälle«, murmelt er, während er an mir vorbei in die Hütte geht. Er geht direkt ins Wohnzimmer, offensichtlich seiner wölfischen Spürnase folgend.

Ich folge ihm und beobachte, wie er an ihrer Seite kniet und sie untersucht. »Ich hatte so viele Fragen«, seufzt er. »Jetzt ist es zu spät«.

Einer seiner Wölfe kommt zu uns, ein weibliches Tier. Das Licht fällt auf etwas um ihren Hals. Ich atme scharf ein, als ich sehe, dass es ein Halsband ist.

»Sirenen-Abwehr«, erklärt Herr Moon, als er meinem Blick folgt. »Anna war so freundlich, das Band umzulegen, obwohl sie auch bei der Meute war und in der Vergangenheit zwangsweise ein Halsband tragen musste.«

Die Wölfin knurrt leise, als wir die Meute erwähnen, und ich fühle mit ihr. Ich persönlich könnte nie wieder ein Halsband tragen, nie wieder. Ich bewundere ihre mentale Stärke.

»Ich hätte sie am Leben gelassen, wenn ich so etwas zur Verfügung gehabt hätte«, erkläre ich, »aber wie gesagt, ich wusste nicht einmal, dass sie sich hier aufhält. Wenn Sie nur ein paar Minuten früher hier gewesen wären...«

Ich starre auf ihren leblosen Körper hinab. Ihr Körper ist noch warm und außer der Kopfwunde unversehrt. Sie hat sich höchstens beim Sturz ein paar blaue Flecke geholt, nichts, was nicht heilen würde.

»Ich kann selbst kaum glauben, dass ich das jetzt vorschlage, aber vielleicht könnten wir sie wiederbeleben«, sage ich langsam und fühle mich bei diesem Vorschlag ziemlich lächerlich. Ich bringe schließlich Leute um, hole sie nicht ins Leben zurück.

»Ist sie nach der Strangulierung nicht hirntot?«, fragt er.

»Hmm. Könnte sein. Ich bin ein guter Killer, aber ich habe noch nie versucht, den Prozess umzukehren. Im Fernsehen würden sie jetzt Mund-zu-Mund-Beatmung und Herzmassage machen.«

Herr Moon lächelt nachsichtig. Ich interpretiere es besser nicht als herablassend, denn dann müsste ich einen Streit vom Zaun brechen. Er wendet sich zur Tür um und ruft »Jack!«

Ein schwarzer Wolf mit einem grauen Brustfleck springt ins Zimmer und dreht erwartungsvoll den Kopf seinem Anführer entgegen.

»Wir brauchen deine Fähigkeiten. Wandle dich.«

Das sieht aus und klingt bei ihm schmerzhafter als normal. Bis er sich vollständig zum Mann ausgebildet hat, steht ihm der Schweiß auf der Stirn, und seine Augen sind rot unterlaufen. Wir sind uns schon einmal begegnet. Er hat mich auf irgendeine Weise verzaubert und dann meine Erinnerungen verwendet um herauszufinden, dass die von mir getöteten Wölfe zur

Hypnotisane gehörten. Ohne seine Fähigkeiten hätten wir nicht gewusst, wer sie geschickt hatte. Aber mir ist nicht klar, wie er uns jetzt helfen soll. Ich habe der Hypnotisane schließlich keine Möglichkeit zum Sprechen gegeben, es dürften also auch keine Erinnerungen vorhanden sein.

»Ja, Chef?«, fragt Jack. Sein grauweißer Kinnbart erinnert mich an den Flecken auf seiner Wolfsbrust.

»Erinnerst du dich an Sebaldsbrück?«

Jack seufzt. »Wie könnte ich das vergessen. Zwingen Sie mich bitte nicht, das nochmal zu tun.«

»Bitte. Zwing mich nicht, dir den Befehl zu geben. Wir brauchen die Informationen, und sie ist noch warm. Dürfte noch nicht zu spät sein.«

»Halt mal, wovon redet ihr?«, unterbreche ich.

Herr Moon dreht sich zu mir um. »Jack kann nicht nur die Echos der Lebenden sehen. Er kann auch Zugang zu den Erinnerungen der gerade Verstorbenen erhalten.«

»Ist aber eine ungenaue Wissenschaft«, sagt Jack, der sich sichtlich unwohl fühlt. »Und ist für mich nicht gerade angenehm. Wenn ich in das Echo eindringe, muss ich bis zum bitteren Ende drinbleiben. Ich muss auch den Tod derjenigen Person miterleben. Ging's wenigstens schnell?«

Ich wünschte, ich könnte ihm das bestätigen, aber ich will ihn nicht belügen und ihn unvorbereitet dort hineingehen lassen. »Eine halbe Minute bis zur Bewusstlosigkeit, dann etwa weitere zwei Minuten, bis das Herz aufhörte zu schlagen. Sie hat sich ziemlich gewehrt. Ach ja, außerdem hat sie sich den Kopf angeschlagen, als ich sie umgeworfen habe.«

Jack stöhnt. »Toll. Genau das, was ich brauche.«

»Wir können versuchen, dich schneller wieder zurückzuholen«, bietet Herr Moon an. Ganz offensichtlich fühlt er sich für seine Rudelmitglieder verantwortlich, ist aber auch an Ergebnissen interessiert. Wäre Jack nicht einverstanden, bin ich mir sicher, dass er es ihm trotzdem befehlen würde. Lennox hat mir erzählt, wie viel Macht ein Alpha-Wolf über sein Rudel hat. Und ein starker Alpha – zu denen Herr Moon zweifellos gehört – kann den zu seinem Rudel gehörenden Wölfen seinen Willen bedingungslos aufzwingen.

»Nein, das wird wohl kaum was bringen. Im Gegenteil, es könnte den Prozess verschlimmern.« Jack seufzt aufs Neue. »Dann sollte ich es besser gleich tun, bevor ihr Echo verstummt. Ich werde versuchen, so tief es geht einzudringen, aber ich kann nichts versprechen. Ich mache das erst zum zweiten Mal bei einer Leiche.«

Er setzt sich neben die Hypnotisane und schlägt die Beine übereinander, versucht es sich so bequem wie möglich zu machen. Er legt eine Hand auf ihre blutige Stirn, schließt die Augen und entspannt sich. Sein Körper scheint alle Spannkraft zu verlieren. Ich beneide ihn fast. So entspannt war ich seit... eigentlich noch nie!

»Hatten Sie schon Gelegenheit, sich umzuschauen?«, fragt mich Herr Moon ruhig, beinahe flüsternd.

Ich schüttele den Kopf. »Sie kamen, bevor ich das tun konnte.« Ich deute mit dem Kopf auf Jack. »Wird das lange dauern?«

»Keine Ahnung. In Sebaldsbrück war er eine halbe Stunde weggetreten. Ich schlage vor, die Zeit zu nutzen und herauszufinden, warum die Hypnotisane überhaupt hier war. Sie ist quer durchs Land gereist, auf Routen, die keinen Sinn ergeben. Wir hatten vor ein paar Tagen ihre Spur verloren, bis ein örtlicher Wandler Kontakt zu mir aufnahm und mir erzählte, dass eine mysteriöse Frau allein hier im Wald lebe. Wir wussten nicht einmal, dass es sich um sie handelte, bis wir auf ein paar toten Wolfsmutanten gestoßen sind. Ihr Werk, vermute ich?«

»Ja, die sind mir in die Quere gekommen. Durch sie bin ich erst auf die Hypnotisane gestoßen; ich hätte sie sonst gar nicht gesucht. Aber ich wollte sie auch nicht in der Nähe meiner Familie haben.«

»Ach ja, Lennox hat mir davon berichtet. Ich gratuliere.«

Innerlich zucke ich zusammen. Werden wir uns jetzt in die Niederungen des Small Talks über Babys begeben? Besser nicht. »Dann lassen Sie uns diesen Ort mal gründlich untersuchen. Ich übernehme dieses Zimmer, Sie das Schlafzimmer?«

Herr Moon stimmt schulterzuckend zu. »Gut. Rufen Sie mich, wenn Sie etwas entdecken.«

· · ·

Die Suche ist total erfolglos. Ich finde lediglich eine kleine Handtasche mit reichlich Geld, einem winzigen Spiegel und einem leuchtend roten Lippenstift. Ich schnüffele daran, falls er mit Gift versehen ist, aber auch da kein Glück. Diese Handtasche könnte jedem beliebigen Menschen gehören. Ich weiß ja auch nicht, was sich in der Tasche einer bösartigen Sirene befinden sollte, aber das ist einfach zu normal. Ich sehe mich schnell in der kleinen Küche um, aber auch dort findet sich nichts Außergewöhnliches. Die zuvor von mir schon eingesteckten Messer waren hier das Nützlichste. Sollte sie nicht im Geschirrspülmittel noch Gift verborgen haben, dann gibt's hier wirklich nichts zu entdecken.

Noch bevor ich das Bad unter die Lupe nehmen kann – das eigentlich nur aus einer hölzernen Wanne und einem Toilettensitz über einem Loch im Boden besteht, da es ja kein fließend Wasser gibt – kehrt Herr Moon aus dem Schlafzimmer zurück und schwenkt einen einzelnen Briefumschlag.

»Der war unter einem der Bodenbretter versteckt«, grinst er. »Wie im Lehrbuch.«

Hätte nicht gedacht, dass er viel liest, aber ich weiß halt kaum etwas über diesen Mann.

Er hält mir den Umschlag hin und ich schnappe ihn mir. Ein einzelnes Blatt Papier befindet sich darin, etwas wellig, als sei es nass geworden und dann wieder getrocknet.

»Geliebte Tochter«, lese ich und sehe Herrn Moon

dann mit hochgezogenen Augenbrauen an. »Was soll der Scheiß?«

»Lesen Sie weiter«, ermuntert er mich süffisant grinsend.

Geliebte Tochter,

Ich hoffe, es geht dir gut. Ich habe aus der Ferne Deinen Werdegang verfolgt und bin so stolz auf Dich.

Ich muss Dir leider mitteilen, dass unser Experiment entkommen ist und mein Baby mitgenommen hat. Dein Vater hat sie bis Attenburg verfolgt, und ich werde ihnen morgen mit dem Zug dorthin folgen. Dieser unglückselige Umstand könnte unsere Pläne beschleunigen, ist vielleicht also Deine Gelegenheit, zu uns zurückzukehren. Dein Vater weiß nicht, dass ich Dir schreibe, aber ich bin mir sicher, er wird Deine Verbannung noch einmal überdenken, jetzt, wo das Nest sozusagen wieder leer ist. Deine Fähigkeiten werden uns in der nächsten Zeit sehr zustatten kommen, und das muss er ja auch erkennen. Er kann so stur sein, aber ich glaube, ich werde ihn überzeugen können, dass Deine Anwesenheit mehr Vor- als Nachteile bringen wird. Über die alten Geschichten ist längst Gras gewachsen, und wenn wir erst einmal an der Macht sind, wird danach sowieso keiner mehr fragen.

Bitte komm sobald wie möglich zu uns nach Attenburg.

Deine Dich liebende Mutter

Am liebsten würde ich kotzen, als ich fertig gelesen habe. *Unser Experiment.* Das bin ja wohl ich. Dieser Brief stammt aus der Feder von Gill Delaney, daran gibt's keinen Zweifel. Was also bedeutet, dass die Hypnotisane die Tochter der Delaneys ist.

»Wussten Sie das?«, frage ich Herrn Moon.

»Was genau?«

»Dass sie die Tochter von Lord Delaney ist.«

»Ich hatte Gerüchte gehört, aber ich wusste nur, dass sie aus einer mächtigen Sirenen-Familie stammte. Es hätte auch eine der anderen großen sein können. Wieso ist das so wichtig?«

Er weiß nichts davon. »Weil Delaney mich entführt und monatelang gefangengehalten hat. Weil er Experimente mit meiner Schwester angestellt hat. Ich habe heute seine Frau getötet. Er ist der nächste auf meiner Liste.«

Herr Moon starrt mich mit weit aufgerissenen Augen an. »Lennox hat mir nie gesagt, um wen es sich handelte. Wahrscheinlich hatte er dazu nie Gelegenheit. Kurz nachdem die Männer Sie gefunden hatten, rief er mich an und fragte mich was wegen Wandlern, aber das war alles. Er hatte es hörbar eilig. Und seither habe ich ihn nicht gesprochen. Ich habe wohl einfach angenommen, dass er sich mit mir in Verbindung setzen würde, wenn Sie... wenn es Ihnen nicht gut ginge.«

Ich seufze. »Keiner von uns hat wohl vermutet, dass die von Ihnen gejagte Frau die Tochter meines Folterers sein könnte. Hätte auch nicht viel geändert. Aber jetzt schon. Delaneys Frau und Tochter sind beide tot. Das wird ihn nicht gerade freuen. Vielleicht macht er dann Fehler.«

Er grinst mich wölfisch an, was bei der Katze in mir Unwohlsein auslöst. »Hoffen wir mal. Wir haben die

Hypnotisane zwar als Auskunftsquelle verloren, aber halten uns bereit, falls Sie Hilfe benötigen. Ihre Eltern brauchten sie zur Umsetzung ihrer Pläne, also wahrscheinlich ihre Wölfe. Sie war schließlich besonders darin bewandert, uns zu kontrollieren und mit uns zu experimentieren.«

»Moon!«, ruft Jack aus dem Wohnzimmer, und wir rennen ohne zu zögern los.

Der Wandler sitzt immer noch neben der Leiche, sieht aber nicht mehr so lebendig aus wie vorher, sondern genauso totenblass wie sie. Er ist offenbar zu schwach zum Stehen. Mist. Ich hatte keine Ahnung, dass ihn das so mitnehmen würde und fühle mich fast ein wenig schuldig. Wenn ich die Hypnotisane nicht umgebracht hätte, wäre es für Moon und seine Kohorte leichter gewesen, die Informationen direkt von ihr zu erhalten.

»Was hast du gesehen?«, fragt der Alpha-Wolf fordernd, wird dann aber etwas sanfter, als er Jacks Zustand erkennt. »Willst du etwas Wasser?«

Jack schüttelt den Kopf. »Das würde mir wahrscheinlich gleich wieder hochkommen. Ich brauche nur einen Moment, bevor wir fortfahren können.«

»Klar doch, lass dir Zeit.«

»Das würden Sie wahrscheinlich nicht sagen, wenn Sie schon wüssten, was ich gesehen habe.« Er erschauert sichtlich. »Kat hat nur ein paar der Mutanten getötet. Es gibt noch viel mehr davon, mindestens fünfzig, und sie nähern sich alle Attenburg.

Die Hypnotisane hat sie wie am Fließband erschaffen. Ich konnte nicht alle Details erkennen, aber ich glaube, sie hat Bären-DNA mit unserer kombiniert. Einige der Mutanten sehen kaum noch wie Wölfe aus, und sie sind sehr stark. Wir müssen vorsichtig sein.«

»Fünfzig?« Herr Moon fährt mit den Fingern durch seinen zerzausten Bart. »Ich werde die anderen alarmieren. Wir brauchen dafür die gesamte Mannschaft.«

»Ich habe Auszüge aus einem Telefongespräch gesehen, das sie mit ihrer Mutter geführt hat. Ich habe nicht das ganze Gespräch gehört, aber genug um zu wissen, was sie planen.«

»Und was ist das?«, frage ich scharf.

»Sie wollen die Herrschaft über das ganze Land an sich reißen.«

Lady Lara ist nicht gerade glücklich darüber, um vier Uhr morgens geweckt zu werden, aber sobald sie mich vor der Tür erkennt, öffnet sie und bittet mich herein. Dies sind ihre Privaträume, in denen ich erst einmal war, um die Sicherheitsvorkehrungen zu überprüfen. Ryker, Lennox und Griffon folgen mir wortlos. Ich konnte ihnen nach meiner Rückkehr nur ganz grob sagen, worum es geht. Erst einmal muss ich mit der Bürgermeisterin sprechen.

Sie zieht den flauschigen blauen Bademantel enger um sich und bittet uns Platz zu nehmen. Ihr Wohnzimmer sieht um einiges einladender aus als ihr Büro, lässt aber trotzdem dieses heimelige Zuhause-Gefühl vermissen.

»Wann findet der Kongress statt?«, frage ich ohne Umschweife.

Sie sieht mich merkwürdig an. »Woher weißt du davon?«

»Wann?«

»In zwei Tagen. Das ist streng geheim, wie hast du das herausgefunden? Ich wollte es dir erst am Tag selbst sagen, damit du als mein Bodyguard dabei sein solltest. Man hat uns alle angewiesen, die Information streng vertraulich zu behandeln. Wenn uns jemand fragt, sollten wir sagen, es sei eine Handelskonferenz.«

»Und worum geht's in Wahrheit?«, fragt Ryker und kann nur schwer ein Gähnen unterdrücken.

»Ein Treffen sämtlicher Bürgermeister der größeren Städte mit der Regierung, einschließlich Premierminister. Solch eine große Versammlung hat es seit – nun, gut zehn Jahren nicht mehr gegeben. Ich bin dem Premierminister noch nie persönlich begegnet, und jetzt kommen sie alle nach Attenburg.«

»Warum hierher?«, frage ich.

»Dies ist nicht die Hauptstadt oder eine der bedeutenderen Städte, also eher unauffällig. Niedrige Kriminalitätsrate, kaum örtlich ansässige Medien, die darüber berichten könnten, ausreichend Kapazitäten in guten Hotels. Und wir haben einen Veranstaltungsort von ausreichender Größe. Man hat erst vor zwei Wochen beschlossen, es hier stattfinden zu lassen. Um ehrlich zu sein, war ich zunächst ein bisschen geschockt. Normalerweise beachtet uns die Regierung nicht weiter und lässt uns unser Ding machen, solange wir Steuern zahlen; das kam also unerwartet.«

»Wissen die Mitglieder des Stadtrats Bescheid?«, frage ich.

»Nein. Ich bin als einzige eingeladen. Sollten Entscheidungen getroffen werden, die auch Attenburg berühren, werde ich ihnen später mitteilen, dass es diesen Kongress gab, aber sie hätten kein Mitspracherecht.« Sie verdreht die Augen. »Das wird sie nicht gerade freuen. Sie meinen sowieso schon, dass ich zu viel Macht habe. Nicht, dass ich davon mehr hätte als frühere Bürgermeister, aber die waren offener für Bestechungsversuche und leichter zu manipulieren. Ich bin da unabhängiger.«

Sie lächelt stolz und ich muss sie einmal mehr bewundern. Sie hat innerhalb kurzer Zeit viel erreicht.

»Warum stellst du all diese Fragen? Du hast mir immer noch nicht gesagt, wie du das herausgefunden hast. Wenn es da eine undichte Stelle gab, muss ich es wissen.«

»Erinnerst du dich, was ich dir über die Halsbänder erzählt habe, die in der Meute verwendet wurden, wo Lennox und ich aufgewachsen sind?«

»Ja, sie haben verhindert, dass ihr euch wandeln konntet und machten es leichter, euch zu kontrollieren. Schrecklich!« Sie erschauert und scheint einem Moment lang meine Hand ergreifen zu wollen, lehnt sich dann aber auf dem Ledersofa zurück und zieht die Augenbrauen hoch, fordert mich auf diese Weise auf fortzufahren.

»Nicht nur leichter, uns zu kontrollieren. Einige der Wandler wurden vollkommen willenlos, wenn sie das

Halsband trugen. Sie wurden zu gedankenlosen Sklaven, folgten jedem Befehl. Lennox und ich waren mental stark genug, ihrer Kontrolle nicht vollständig zu unterstehen, aber es war schon schwer, dagegen anzukämpfen.« Ich seufze und bereite mich innerlich darauf vor, ihr die Neuigkeiten zu vermitteln. Das wird unangenehm werden. »Eine Gruppe unter den Sirenen hat, angeführt von Lord Delaney, ein neuartiges Halsband entwickelt; das ist aber nicht für Wandler bestimmt, sondern für Menschen.«

Sie reißt erschrocken die Augen auf. »Für Menschen?«

»Ja, besonders für dich und die ganzen anderen Politiker, die sich her treffen werden. Sie werden euch zu ihren Marionetten machen. Es wird ein Umsturz, der die Regierenden nicht ihres Amtes enthebt. Für das gemeine Volk wird es so aussehen, als sei nichts geschehen. Wenn die Politiker Gesetze machen, die zu seiner Unterdrückung beitragen, wird man die Schuld bei den Politikern suchen – also bei dir – und nicht vermuten, dass ihr von anderen kontrolliert werdet.«

»Das darf doch nicht wahr sein«, stammelt Lady Lara. »Das ist nicht möglich.«

Griffon räuspert sich. »Glauben Sie mir, es stimmt. Für Sirenen sind Wandler schwerer zu kontrollieren als Menschen. Ich glaube, die bisherigen Halsbänder haben nur bei Wandlern funktioniert, weil die meisten von uns den angeborenen Wunsch haben, einem Alpha-Tier zu folgen. Die Manschette hat dieses Alpha-Wesen ersetzt und damit unsere genetische Schwäche ausgenutzt. Jetzt müssen sie eine andere Funktionsweise der Bänder entdeckt haben, vielleicht, indem sie die Fähigkeiten der Sirenen kopiert haben.«

»Du hast damit begonnen, Anti-Sirenen-Technologie einzusetzen«, fahre ich fort. »Andere auch. Es ist nur eine Frage der Zeit, bis andere Politiker dem folgen. Lord Delaney ist der Berater des Premierministers. Ich bezweifle, dass er es nur wegen seiner charmanten Persönlichkeit auf diesen Posten geschafft hat. Wir müssen davon ausgehen, dass der PM schon seit geraumer Zeit unter dem Einfluss von Sirenen steht. Die Verbreitung der Anti-Sirenen-Technologie hat sie nun gezwungen, diesen Schritt zu unternehmen, damit sie sicherstellen konnten, euch alle zu kontrollieren.«

»Woher weißt du das alles?«, flüstert die Bürgermeisterin.

»Die Delaneys hatten eine Tochter. Sie ist jetzt tot, genau wie ihre Mutter, aber wir konnten einige Informationen von ihr erhalten.« Ich erwähne besser nicht, dass die Hypnotisane schon tot war, als wir ihr diese Geheimnisse entlockten. »Sie war auf dem Weg hierher, um den Sirenen zu helfen. Wir sind uns nicht hundertprozentig sicher, welche Rolle sie dabei spielen sollte, aber sie leitete eine Gruppe von Wolfs-Mutanten, die über viel größere Kräfte verfügen als normale Wandler. Vielleicht sollte sie mit ihrer Truppe aufpassen, dass bei der Veranstaltung keiner entkommen oder sich wehren konnte, während dir und den anderen Politikern die Halsbänder umgelegt wurden. Ich nehme an, ihr wärt alle mit Bodyguards gekommen; um die hätten sich die Mutanten dann gekümmert.«

»Sirenen verfügen im allgemeinen nicht über Kampferfahrung«, erklärt Griffon. »Sie sind darauf spezialisiert, Leute in ihrer Umgebung durch ihre mentalen Fähigkeiten zu manipulieren. Sie brauchen andere, die die Drecksarbeit für sie erledigen.«

»Aber...«, stammelt Lady Lara. Ich habe sie noch nie so außer Fassung gesehen. Sie scheint innerhalb von Sekunden all ihr Selbstvertrauen verloren zu haben. »Warum tun sie das?«

»Menschen stehen in der Nahrungskette ganz unten«, erkläre ich und klinge dabei harscher als eigentlich beabsichtigt. »Du weißt es nicht, aber es stimmt. Sirenen und Wandler sind weiter entwickelt. Ehrlich gesagt ist es ein Wunder, dass die Sirenen sich so lange im Hintergrund gehalten haben. Aber wahrscheinlich ist es für sie einfacher, wenn du den ganzen Papierkram erledigst. Die ganze Zeit über haben sie sich die Taschen gefüllt, auf anderer Leute Kosten gelebt und dabei sichergestellt, dass ihre Interessen gewahrt blieben. Du kannst sicher sein, dass Delaney nicht der einzige Siron ist, der bis in die höchste Riege der Politik aufgestiegen ist.«

Griffon zieht einen Zettel aus der Tasche. »Die MacFays haben uns diese Liste wichtiger Leute gegeben, von denen sie annehmen, es könnte sich um Sirenen handeln. Ich konnte das noch nicht verifizieren, aber Rykers Katzen kümmern sich darum.«

Ryker nickt. »Ich habe einigen von ihnen beigebracht, den Unterschied zwischen Menschen und Sirenen zu erschnüffeln. Ich kann allerdings nicht garantieren, dass meine Katzen die Leute auf dieser Liste finden, sie können sie schließlich nicht nach dem Namen fragen.«

»Deshalb werde ich das morgen überprüfen«, fügt Griffon hinzu. »Als erstes. Aber jetzt müssen wir erstmal nach Hause, Kat hat kein bisschen geschlafen.«

Ich stehe auf und merke erst jetzt, wie schwer meine Brüste geworden sind. Ich stöhne. »Und ich muss die Kleinen stillen. Jetzt verstehe ich erst, warum die Leute früher Ammen hatten.«

. ° ° ° ° °

Bis wir zu Hause ankommen, ist die Sonne langsam über dem Horizont aufgegangen und taucht die Welt in orange Farbtöne. Ich rolle meine Schultern und wende mich der Sonne zu, lasse sie mein Gesicht liebkosen. Ich wünschte, ich könnte mich hier einfach zusammenrollen und mindestens einen Tag lang schlafen. Aber stattdessen muss ich Babys füttern und Pläne machen.

Die Männer hatten wenigstens etwas Schlaf. Ich bin schon seit Ewigkeiten auf, so fühlt sich's jedenfalls an. Ich bin in eine stark bewachte Villa eingebrochen, habe dort eine bedeutende Frau umgebracht, zwei Gefangene befreit und befragt, habe einer Namensgebungsfeier beigewohnt, ein paar Wolfs-

Mutanten und ihren Anführer getötet und dann die Bürgermeisterin zu einem Krisengespräch geweckt. Ich habe eine Medaille dafür verdient, das alles in einem Tag untergebracht zu haben. Kein Wunder, dass ich vollkommen fertig bin.

Ich schlafe beim Füttern der Babys beinahe ein, nur ihr Zwicken und Beißen hält mich davon ab, ins Land der Träume zu gleiten. Ryker ist bei mir, reicht mir immer ein Baby und nimmt das andere, so dass ich gar nicht aufstehen muss. Als er mir Vampi – ähm, Donna – reicht, kann er ein Gähnen nur mühsam unterdrücken. Auch für ihn waren die wenigen Stunden Schlaf, während ich draußen herumgerannt bin, wohl nicht genug.

Donna fängt an zu saugen und umfasst meine Brust mit ihren winzigen Händen. Sie gibt ein leise zwitscherndes Geräusch von sich, während sie trinkt, fast wie ein Schnurren. Ich wechsle einen Blick mit Ryker, der glücklich lächelt.

»Ja, das war ein Schnurren. Ihr erstes richtiges Schnurren. Freut mich sehr, dass ich mit dir aufgeblieben bin.«

Ich streichele Donna den Kopf und sehe auf sie nieder. Ihre Augen sind geschlossen, ihre glänzend grünen Pupillen bleiben verborgen. Sie sieht zum Anbeißen süß aus.

Sobald sie fertig ist, wanke ich ins Schlafzimmer, wo Griffon und Lennox schon fest schlafend ausgebreitet liegen. Wie können sie es wagen. Griffons Arm ist lang ausgestreckt und berührt Lennox' Schulter, so dass sie also das gesamt Bett einnehmen. Ich seufze. Ich bin zu müde, um mir in meinem eigenen Bett einen Platz zu erkämpfen.

»Nachbarzimmer?«, flüstert Ryker und ich nicke, dankbar, dass er mich ohne Worte versteht.

Wir schmiegen uns auf dem kleineren Bett im Gästezimmer aneinander, er in Löffelstellung hinter mir. Ich bin zu müde für irgendwelche Einwendungen und lasse es zu, dass seine Umarmung mich in tiefen Schlaf begleitet.

◦ ˚ ◦ ˚ ◦ ˚

Der Geruch von gebratenem Speck weckt mich. Ich lecke mir die Lippen und mache den Mund weit auf. Ein knuspriges Stück Schinkenspeck senkt sich in meinen Mund, und ich reiße den Rest aus Lennox' Hand, ohne dabei die Augen zu öffnen. Ist einfach perfekt.

»Hast du da ein bisschen Katzenminzesirup drauf getan?«, frage ich, nachdem ich in Rekordtempo aufgegessen habe.

»Sag Lilly nichts. Sie hält nichts davon.«

Ich stöhne. »Sie ist gegen die meisten Dinge, die Spaß machen. Ich vermute, sie hat meinen Vorrat an Katzenminze nicht nur versteckt, sondern ihn gleich entsorgt.«

»Nein, hat sie nicht. Ich weiß, wo er ist.«

Ich öffne die Augen und starre ihn an. »Echt?«

»Ich sag nichts. Den heb ich mir für besondere Gelegenheiten auf.« Ich werfe ein Kissen nach ihm, aber er weicht mit Leichtigkeit aus. »Ist sozusagen meine Versicherung.«

»Wofür brauchst du eine Versicherung?«, will ich wissen, bevor ich mich von ihm mit einem zweiten Stück Speck füttern lasse.

»Du wirst mich nicht verlassen, solange ich noch einen Krümel Katzenminze habe.«

Ich kaue nicht weiter und starre ihn ungläubig an. Er sieht mir nicht in die Augen, aber sein Herz schlägt schneller. Ich setze mich auf und greife nach ihm, ziehe ihn zu mir heran, bis er neben mir auf dem Bett sitzt.

»Ich habe nicht die Absicht, dich zu verlassen«, sage ich mit fester Stimme. »Mich wirst du nicht los. Aber wieso denkst du überhaupt an so was?«

»Ist doch egal. Willst du jetzt ein richtiges Frühstück?«

Er will aufstehen, aber ich bin schneller. Ich fasse nach seinem Kinn und zwinge ihn, mich anzusehen. »Sag schon.«

»Ich hätte gar nichts sagen sollen. Ist alles gut.«

»Muss ich meine Messer rausholen?«

Lennox verzieht das Gesicht, sieht dann auf die Bettdecke runter, bloß nicht mir in die Augen. Kalte Angst macht sich in mir breit. Will er mir den Laufpass geben? Hab ich was falsch gemacht?

»Als du fort warst, entführt meine ich, da habe ich dich vermisst. Zuerst wusste ich nicht, wie ich weitermachen sollte. Das Leben ohne dich schien so sinnlos. Ich weiß, das klingt blöd, weil wir ja noch keine Ewigkeit zusammen sind, aber so hat sich's angefühlt. Da war diese große Leere. Klar, die anderen waren noch da, und wir waren ja auch mit der Suche nach dir beschäftigt, aber das war die schlimmste Zeit meines Lebens. Und das schließt die Zeit als Sklave mit Halsband bei der Meute ein.«

Ich nehme seine Hände und drücke sie, lege so viel Liebe in diese Berührung wie ich kann. Ich will ihn umarmen, aber mir ist klar, dass er noch mehr zu sagen hat.

»Als wir dich gefunden haben, war das, als ob die Sonne nach Monaten der Dunkelheit wieder aufging. Du warst nicht in bestem Zustand, aber du warst am Leben und wieder bei uns. Ich dachte, das Leben könnte wieder normal weitergehen...«

»Aber dann hatte ich vier Babys«, ergänze ich seinen Satz mit aufgesetztem Lächeln.

»Das wollte ich nicht sagen. Die Babys kamen unerwartet, aber das war nicht das Problem. Mir ist das Herz gebrochen, als du entführt wurdest. Und den anderen ging's genauso, wir haben darüber gesprochen. Wir waren wie in unsere Einzelteile zerbrochen, und nur du konntest uns wieder zusammensetzen. Uns heilen. Aber...«

Diesmal unterbreche ich die Stille nicht und warte. Es tut weh, das zu hören. Ist schlimmer, als alle körperlichen Schmerzen, die mir jemand zufügen könnte.

»Aber du hast dich nicht so angefühlt wie vorher«, platzt es aus ihm heraus. »Hast du uns denn so sehr vermisst wie wir dich? Warst du so gebrochen wie wir? Oder hättest du einfach ohne uns weitermachen, dein einsames Leben wieder aufnehmen können?«

Seine Fragen treffen mich wie Messerklingen, stechen mir direkt ins Herz.

»Gebrochen?«, frage ich leise. »Natürlich war ich gebrochen. Und natürlich habe ich euch vermisst. Der Gedanke an euch war das einzige, was mich dort nicht durchdrehen ließ. Ohne euch hätte ich Delaneys Folter nachgegeben. Also – ja, ich habe euch vermisst. Ich war gebrochen. Und bin es noch. Es tut mir leid, wenn du das nicht siehst, aber das ist die Wahrheit. Ich kann meine Gefühle nicht gut zeigen. Das weißt du doch, du kennst mich schon mein ganzes Leben lang. Was soll ich denn tun? Hier sitzen und heulen? Das kann ich nicht. Ich muss mich jetzt um Kinder kümmern. Ich trage Verantwortung.«

Der Schmerz hat sich in Ärger verwandelt, rotglühende, heiße Wut. Wie kann er es wagen! Ich bin schließlich diejenige, die man entführt hat, gefoltert, mit der man Experimente angestellt hat – nicht er. Er musste nur mit meiner Abwesenheit klarkommen. Er hat mich also vermisst. Schön. Das würde ich von einem Partner auch erwarten. Wieso glaubt er, das sei umgekehrt nicht der Fall gewesen? Dass ich ihn verlassen könnte? Ich verstehe das nicht.

»Ich weiß«, murmelt er. »Ich weiß, kannst du mir glauben. Aber...«

»Kein Aber. Du kannst doch nicht erwarten, dass ich hier rumliege und Trübsal blase, weil ich dich so vermisst habe. Was muss ich tun, um dich zu überzeugen? Heulen? Vor dir im Staub kriechen?«

Er seufzt tief auf. »Sprich mit uns. Mehr verlangen wir nicht. Mehr will ich nicht. Schließ nicht alles in deinem Inneren weg. Ich weiß, dass du mich liebst, mein Herz weiß das, aber es wäre schön, das ab und zu von dir zu hören. Ich verstehe, dass du nicht sehr emotional bist. Aber ... ich liebe dich. Ich brauche ein bisschen mehr. Mehr von dir.«

»Vielleicht hätte dir das klar sein müssen, bevor du dich darauf eingelassen hast, mich mit zwei anderen zu teilen«, erwidere ich. »Du kannst nur ein Drittel von mir haben.«

»Das meine ich nicht, und das weißt du. Ich habe nichts dagegen, dass unsere Familie ein bisschen größer ist als üblich. Ich habe mich daran gewöhnt, Ryker und Griffon dabei zu haben. Du hast es verdient, dass sie auch Teil deines Lebens sind. Aber ich kann mir nicht helfen – es fühlt sich so an, als würdest du uns abweisen, und das tut weh.«

Wie mir auch seine Worte wehtun. Jedes einzelne Wort trifft mich mitten ins Herz. Mein Ärger schwindet allmählich, und zurück bleiben nur Leere und Erschöpfung.

»Ich weiß nicht, was ich tun soll«, murmele ich und erschrecke, dass ich so etwas überhaupt zugebe. Das geht nur mich etwas an. Aber genau das ist es, was er meint. Ich muss mich mehr mitteilen. Auch wenn das furchtbar peinlich ist. »Ich weiß nicht, wie ich zeigen soll, was ich fühle. Wie kann ich wissen, was genug ist, wie viel du brauchst?«

»Bin mir nicht sicher. Das ist auch für mich Neuland. Ich hatte vor dir auch noch nie eine Beziehung. Aber ich denke, wir müssen darüber sprechen. Du musst uns erzählen, was mit dir geschehen ist. Keine Geheimnisse mehr. Lass uns alles zur Sprache bringen. Wir haben dir schon viel von dem erzählt, was wir erlebt haben, als du in Gefangenschaft warst, aber ich beantworte dir gern alle weiteren Fragen dazu. Ich glaube, wir haben vor allem darüber gesprochen, was wir *getan* haben, nicht was wir *gefühlt* haben.«

»Gut, du hast mir gerade gesagt, dass du mich vermisst hast. Das reicht mir.«

Aber ich muss zugeben, es war schön, es aus seinem Mund zu hören. Dass er mich liebt. Vielleicht hat er Recht und wir müssen uns das öfter mal sagen. Ich bin davon ausgegangen, dass sie es alle wüssten, aber offenbar sind meine Männer nicht die Schlauesten und sehen nicht, was doch so glasklar ist. Typisch.

»Gut, wir werden reden«, mache ich mein Zugeständnis. »Aber nicht jetzt. Uns steht der Angriff der Sirenen bevor, außerdem muss ich mir noch die Mordfälle um das Rathaus herum ansehen. Und ich muss mit den MacFays noch einmal sprechen. Und...«

»Nein«, unterbricht er barsch. »Wenn es dir ernst ist, mit uns daran zu arbeiten, müssen wir an erster Stelle stehen. Ich weiß, dass all diese Dinge wichtig sind, aber wir sind es auch. Es wird sonst immer irgendetwas anderes geben, was dazwischenkommt. Weise uns nicht immer auf die hinteren Plätze. Wir sind deine Familie und verdienen es, Vorrang vor allem anderen zu haben.«

»Ich füttere die Babys, ...«

»Halt«. Er steht auf und starrt mich an. Er ist verärgert, und in seinen wunderschönen Augen schimmert noch etwas anderes. Enttäuschung? Hoffentlich nicht. Ich will ihn nicht enttäuschen. Er ist mein ältester Freund und so ungern ich es auch zugebe, mir ist wichtig, was er denkt. Ich will nicht mehr ohne ihn sein.

Oh nein, gleich kotze ich. Viel zu viel Gefühl. Wie oft habe ich in Gedanken jetzt schon das Wort mit dem großen »L« verwendet? Das ist eine Überdosis Liebe. Sehr gefährlich für einen Auftragskiller wie mich.

»Wir werden jetzt reden«, herrscht er mich an.

Zu meiner Überraschung nicke ich. Mein Körper hat schon zugestimmt, bevor mein Geist noch folgen konnte. Ist das wirklich der richtige Zeitpunkt? Glaube ich nicht. Ich muss so viel erledigen – aber er hat recht, es wird immer irgendetwas geben.

»Also gut. Sind die anderen in der Nähe?«

Ich weiß es schon, habe sie gleich beim Aufwachen gespürt. Ich muss darüber gar nicht mehr bewusst nachdenken. Ich suche automatisch nach meinen Gefährten, will immer genau wissen, wo sie gerade sind. Vielleicht sollte ich ihnen das auch sagen. Das könnte ihnen dieses schöne Gefühl von Wärme und Geborgenheit geben.

»Du musst darauf nicht antworten«, sage ich schnell, bevor er es tun kann. »Ich weiß es schon. Ich weiß das immer.«

Er lächelt dünn. »Lass uns erst mal frühstücken. So etwas bespricht sich nicht gut auf leeren Magen. Du hast schließlich meinen ganzen Speck gegessen. Ich hab Hunger.«

Ich grinse, bin mir nicht wirklich sicher, was da gleich geschehen wird, weiß aber, dass ich dem nicht länger ausweichen kann.

Auch damit muss ich nun den Kampf aufnehmen, wie ich das immer tue.

KAPITEL 14

Was ist schlimmer als Folter? Genau, *das* hier...

Die drei Männer sitzen mir gegenüber, und ich fühle mich wie bei einer Gerichtsverhandlung über all meine Missetaten. Sie haben sich zu dritt auf dem dafür viel zu kleinen Sofa zusammengequetscht und sehen dabei so aus, wie ich mich fühle – höchst unwohl.

Ich lasse meine Fingerknöchel knacken, um der Stille etwas entgegenzusetzen. Und wünschte, ich könnte auf irgendetwas draufhauen. Oder auf jemanden. Und das dürfte ruhig mit viel Blut und Tod enden.

Lilly hat sich bereit erklärt, während unserer »Intervention« zu babysitten. So hat sie das hier genannt und dabei ganz gemein gekichert. Sie weiß ganz genau, wie sehr ich das alles hasse. Über meine Gefühle zu sprechen. Igitt. Totale Zeitverschwendung.

»Wir sind hier zusammengekommen, um…«, beginnt Griffon und ich muss lachen. Kann einfach nicht anders.

»Ist das dein Ernst?«

Er zuckt mit den Schultern. »Ich wollte nur, dass wir die Sache wie Erwachsene besprechen.«

»Das hört sich eher wie bei einer Hochzeit oder einer Beerdigung an. Jetzt sag nicht, dass wir heiraten?«

Ihre Gesichter sind sehenswert. Auf erschreckende Art und Weise. Oje. Hatten sie etwa vor, mir einen Antrag zu machen? Ich hoffe nicht. Erstens würden wir nie jemanden finden, der uns alle vier zum Ehebund verhelfen würde. Attenburg ist zwar recht fortschrittlich, aber so sehr dann doch nicht. Und davon abgesehen, hatte ich nie vor zu heiraten. Ich war meine ganze Kindheit lang an die Meute gebunden, sogar buchstäblich mittels Halsband, und brauche keine neue Leine, die mich an jemand anderen bindet.

»Nein, das nicht«, sagt er tonlos. »Wir sollten also damit anfangen, dass wir dir sagen, warum wir dieses Gespräch wollten.«

»Musst du nicht. Ryker und Lennox haben da schon gute Vorarbeit geleistet. Ausführliche.«

Ryker ist wenigstens so anständig und errötet leicht, aber Lennox lächelt nur ziemlich selbstgefällig, offenbar zufrieden, dass er seinen Willen bekommen hat. Warte nur, Hündchen, Rache ist süß und schmeckt wie Katzenminze.

»Ich aber nicht. Bevor wir weitermachen, will ich dir einfach sagen, dass ich dich liebe. Ich habe dir das schon früher gesagt, und ich wiederhole es gern immer wieder, so oft es halt sein muss.«

»Ich liebe dich auch«, murmele ich leise.

Er gluckst. »Schön, dich das sagen zu hören. Es klingt richtig, wie der einzig wahre Satz, der je gesprochen wurde.«

»Jetzt hör mit dem poetischen Gerede auf«. Lennox stößt ihm den Ellenbogen in die Rippen. »Oder nimm lieber das Bild mit dem Messer.«

»Bild mit dem Messer?«, frage ich, nun doch neugierig.

Griffon seufzt. »Das wollte ich mir für später aufheben. Aber gut. Stell dir einmal eine Klinge vor, scharf und von bester Qualität. Ein Dolch, wie ihn sich jeder Killer nur wünschen kann. Es gibt nur ein Problem: Er ist mit dem angetrockneten Blut früherer Opfer verklebt. Mit so viel Blut, dass er angefangen hat zu rosten. Seine Klinge ist nicht länger scharf und zuverlässig. Wenn man sie wieder in einen neuwertigen Zustand zurück versetzen möchte, muss man das Blut abwischen und sie polieren. Und...«

»Ich bin also das Messer?«, unterbreche ich. »Und du meinst, ich sei verrostet?«

Ryker schnaubt. »Ich hab doch gleich gesagt, so eine verschraubte Bildersprache ist blödsinnig, aber ihr beiden Idioten wolltet ja nicht auf mich hören.«

»Gar nicht blöd«, verteidigt sich Griffon und sieht mich mit Hundeblick an. Was ja eigentlich Lennox' Job wäre.

»Falls ihr mich reinigen wollt, sollten wir das

Treffen in der Dusche fortsetzen«, schlage ich vor. »Immer zu Diensten.«

Lennox droht mir mit dem Zeigefinger. »Lenk jetzt nicht ab. Das funktioniert diesmal nicht.«

Ich klimpere mit den Augen und schiebe die Brust raus. »Echt nicht?«

Griffon lacht. »Kat, du bist Meister in so vielen Dingen, aber deine Verführungskünste lassen zu wünschen übrig.«

Ich starre ihn nieder. »Warte nur, bis ich dich auf dem Bett festgebunden habe und...«

»Kat«, unterbricht Ryker. »Zurück zum Thema, oder wir werden den ganzen Tag hier sitzen. Ich verbringe zwar sehr gern Zeit mit dir, aber wir wissen alle, was da draußen gerade vor sich geht. Also, bist du bereit, dich uns zu öffnen?«

Ich schüttele den Kopf. »Nee, nicht wirklich.«

Sein Blick wird sanfter. »Wie können wir es dir leichter machen? Kann ich etwas tun?«

»Können wir nicht Vergangenes in der Vergangenheit belassen? Es nützt doch keinem, die alten Leichen wieder auszugraben. Die Gegenwart zählt viel mehr als das, was in der Vergangenheit passiert ist.«

»Aber nicht, wenn die Vergangenheit die Gegenwart so sehr beeinflusst«, gibt Griffon zu bedenken. »Sie hat Auswirkungen auf uns alle, auf unsere Beziehung zueinander. Das wirst du sicher zugeben.«

»Ja«, stimme ich widerstrebend zu.

»Also dann. Du hast uns nie erzählt, was du erlebt

hast. Ist es wirklich gut, das alles in deinem Innern wegzuschließen? Das bezweifle ich doch stark.«

»Ihr wisst, dass sie mich gefangen gehalten haben«, erwidere ich zögernd. »Und ihr wisst auch, dass ich dort Sophie getroffen habe und mit ihr geflohen bin. Und euch ist bekannt, dass er mich irgendwie schwanger gemacht hat, ohne dass ich etwas davon mitbekommen habe. Er hat zugegeben, dass er Experimente mit mir angestellt hat, aber ich kann mich an nichts erinnern. Entweder war ich bewusstlos, oder er hat mein Gedächtnis manipuliert. Ganz egal, ihr wisst eigentlich alles, was es zu erzählen gibt.«

Ryker steht auf und setzt sich neben mich. Er nimmt meine Hände in seine und drückt sie sanft. »Klar, das wissen wir alles, aber wie hast du dich dabei gefühlt? Wie hast du das alles überstanden, ohne dabei verrückt zu werden?«

Ich sehe ihn an, konzentriere mich ganz auf seine großen gelben Augen. Meine innere Katze schnurrt und möchte ihn lecken. Ist jetzt aber nicht der geeignete Moment, Kätzchen.

»Klar hab ich euch vermisst«, beginne ich langsam. »Ich habe mir Sorgen um euch gemacht. Ich wusste nicht, wie es euch geht. Mein Entführer wusste ja, wo ich wohnte, also bestand immer die Möglichkeit, dass er zurückkehren und euch Schaden zufügen würde. Und ... ich hatte Angst.«

Ich seufze. Ist nicht leicht, das zuzugeben. Aber es stimmt. Ich war fast verrückt vor Angst.

»Zuerst fiel es mir recht leicht, Widerstand zu

leisten. Ich glaubte ja, bald wieder draußen zu sein. Es war schließlich nicht das erste Mal, dass man mich in eine Zelle gesperrt hatte, und ich konnte immer fliehen. Aber dann haben sie angefangen, mich zu foltern...« Mir bricht die Stimme, und ich brauche einen Moment, um meine Gedanken zu sammeln. Wie viel will ich ihnen davon erzählen? Ich will das nicht zu sehr ausbreiten. Ich will nicht, dass sie mich für schwach halten.

»Mach weiter«, ermuntert mich Ryker mit einem warmen, geduldigen Lächeln. »Wir denken nicht schlechter von dir, egal, was du tun musstest, um zu überleben. Du bist nicht schwach, du bist die stärkste Frau, die jeder von uns je getroffen hat. Wir sind für dich da.«

Wieder ein tiefer Seufzer. Das ist jetzt der Scheideweg. Ich kann weiter schweigen und mein Leben leben oder ich kann die Vergangenheit ans Tageslicht holen und für alle sichtbar machen. Und sie werden *mich* darin sehen. Meine Ängste, mein Versagen. Bin ich dazu wirklich bereit?

Ryker drückt wieder meine Hand und plötzlich merke ich, dass ich tatsächlich bereit bin.

»Ich hatte so furchtbare Angst«, beginne ich und dann purzeln die Worte nur so aus mir heraus. Sie nehmen sie begierig auf, hören genau hin. Und mit jedem Wort fühle ich mich ein wenig leichter.

. ° . ° . °

Zu guter Letzt sind wir nun alle auf dem Weg zum Rathaus, wir alle vier. Sophie hatte uns ein Mittagessen gerichtet, das ich nach der emotionalen Erschöpfung auch gut gebrauchen konnte. Es hat aber überraschend gutgetan, über all das zu reden. Wobei ich das nicht zur Gewohnheit werden lasse. Zum Schluss haben sie mich alle umarmt, und ich habe fast geheult. Fast. So schlimm steht's um mich noch nicht. Aber ich war dicht davor, das gebe ich zu. Meine Augen brennen immer noch ein wenig, wenn ich daran denke, wie sie mir versichert haben, dass sie stolz auf mich seien und wie sehr sie mich liebten. Mir ist noch immer nicht ganz klar, warum sie das so dringend gebraucht haben, aber ich bin froh, dass es vorbei ist. Um es mit Griffons Worten zu sagen, der Rost ist von der Klinge gerieben worden, sie kann wieder zustechen.

Und genau das haben wir jetzt vor. Zunächst müssen wir wieder mit Lady Lara sprechen. Dann werden wir uns an die Verfolgung der Sirenen machen. Wir werden ihnen keine Gelegenheit geben, sich an den Politikern zu vergreifen. Wir müssen sie außer Gefecht setzen, bevor sie ihren Plan in die Tat umsetzen können. Dank der MacFays haben wir jetzt eine Liste mit vier Zielpersonen. Wir werden gleichzeitig gegen sie vorgehen. Nicht, um sie umzubringen, noch nicht. Zuerst müssen sie uns alles mitteilen, was sie wissen. Alles über ihre Kontakte zu Sirenen. Die wir uns anschließend vornehmen werden. Und dann die nächsten. Bis wir ganz Attenburg von ihnen gesäubert haben.

Benjamin hat uns alle mit einem Anti-Sirenen-Gerät ausgestattet, alle außer Griffon natürlich. Das wird uns ungemein helfen. Griffon meint zwar, kaum eine der anderen sei so stark wie die Hypnotisane, aber wer weiß. Besser, auf der sicheren Seite zu sein.

Wir haben keine Ahnung, ob diese vier Leute starke Sirenen sind oder nicht. Sie könnten bei den Fangs auch ganz unten auf der Hierarchie-Leiter stehen, aber das wissen wir erst, wenn wir sie töten. Wir wollen Lady Lara zunächst einen Blick auf die Liste werfen lassen. Vielleicht erkennt sie darauf einige Namen und kann uns Informationen über die Zielpersonen geben. Wir hätten auch selbst Nachforschungen anstellen können, aber dafür ist keine Zeit. Wir müssen schnell vorgehen, und die ‚kleine Intervention‘ meiner Männer hat schon genug Zeit gekostet.

Der Mann am Empfang sieht uns gelangweilt an. »Haben Sie einen Termin?«

»Nein, aber Lady Lara wird uns ganz bestimmt sehen wollen«, antworte ich. Dieser Kerl hat mich mindestens ein Dutzend Mal ein- und ausgehen sehen, aber er muss immer wichtig tun. Was für ein Affe.

»Ich werde sie anrufen«, sagt er und wirft uns einen zweifelnden Blick zu, als könne er kaum glauben, dass die Bürgermeisterin uns Audienz gewähren wird.

»Nicht nötig«, zische ich ungeduldig und marschiere direkt auf den Fahrstuhl zu.

»Brauchen wir nicht seine Genehmigung, um den Fahrstuhl in Gang zu setzen?«, fragt Lennox. »Ich konnte noch nie einfach so da reingehen.«

Ich zeige ihm die Zähne. »Ist schon ein Vorteil, wenn man die Sicherheitsvorkehrungen hier selbst installiert hat.«

Ich drücke die Knöpfe für den dritten und fünften Stock gleichzeitig und halte sie gedrückt, bis ein Gong ertönt und der Fahrstuhl sich nach oben in Bewegung sitzt. »Setzt das System außer Kraft«, erkläre ich fröhlich. »Aber sag's keinem weiter. Ich darf das auch nur im Notfall. Aber diesem Empfangsmenschen eins auszuwischen zählt doch sicher als einer, oder?«

Die Männer nicken, aber sicher nur mir zum Gefallen. Sie sind sich bewusst, wie viel ich ihnen heute geopfert habe, also hoffe ich doch sehr, dass sie mich in den nächsten Tagen mit Samthandschuhen anfassen werden.

Lady Lara erwartet uns schon, als wir den Fahrstuhl verlassen. Der grummelige Mensch am Empfang muss sie vorgewarnt haben.

»Ich hatte euch schon früher erwartet«, sagt sie an Stelle einer Begrüßung. »Warum habt ihr so lange gebraucht?«

Ich verdrehe die Augen. »Private Dinge. Wir bleiben auch nicht lange. Nur ein paar Fragen, bevor wir uns dem interessanteren Teil der Arbeit widmen.«

»Will ich gar nicht wissen. Glaubwürdiges Abstreiten.« Sie führt uns in ihr Büro und setzt sich hinter ihren Schreibtisch, das Kinn auf die Hände gestützt. »Also?«

Ich reiche ihr die Liste mit den Namen. »Vier Leute, die aller Wahrscheinlichkeit nach zu den Fangs gehören oder zumindest Sirenen sind. Delaney ist einer von ihnen, aber den nehme ich mir später vor. Vorher will ich seine Anhänger loswerden. Erkennst du einen von ihnen?«

»Daniel Mason«, murmelt sie, als sie den ersten Namen liest. Die Initialen sind dieselben, wie in dem Brief, den Benjamin gefunden hat, aber ich kann natürlich nicht sicher sein, dass es sich um dieselbe Person handelt. Es gibt sicher Hunderte von D.M.s in Attenburg.

»Das ist ein Ratsmitglied. Ziemlich jung, hat mich immer gewundert, wie schnell er so weit gekommen ist. Hat sehr konservative Ansichten, besonders für jemanden seines Alters. Als ich ihm das erste Mal begegnet bin, dachte ich, er könne auf meiner Seite sein, aber das Gegenteil war der Fall.« Sie lässt den Blick über die anderen Namen schweifen, schüttelt dann aber den Kopf. »Mit den anderen kann ich nichts anfangen. Der letzte klingt ein bisschen vertraut, aber ich höre schließlich viele Namen und treffe viele Menschen. Tut mir leid, da kann ich euch nicht helfen.«

»Schon gut. Gibt's was Neues zu den Morden?«, frage ich.

Sie zieht eine perfekt gezogene Augenbraue nach oben. Irgendwie hänge ich immer an ihren Augenbrauen, wenn wir uns treffen. Was fasziniert mich dort nur so? Vielleicht sollte ich meine auch so zupfen, dass sie wie ihre aussehen. Vielleicht will mein Unterbewusstsein einfach perfekt gestylte Augenbrauen. Ob das auch die innere Unruhe erklärt, die ich mein Leben lang verspürt habe? Tja, wenn das alles nur so einfach wäre.

»Solltest du mich darüber nicht aufklären?« Sie lacht leise. »Schließlich habe ich dich damit beauftragt.«

»Ich wollte damit sagen, ob es weitere Morde gegeben hat.«

»Nein, sind mir nicht bekannt. Und ich habe unseren Termin in der Leichenhalle auf einen Tag nach dem Kongress verschoben. Es schien nach dem, was du mir heute Morgen gesagt hast, nicht mehr oberste Priorität zu haben. Aber dass du mich nicht missverstehst: ich will nach wie vor, dass die Verantwortlichen zur Rechenschaft gezogen werden.«

»Das gelingt uns vielleicht auf einen Schlag. Wenn sie von den Fangs umgebracht wurden – oder zumindest in deren Auftrag – dann haben die Killer vielleicht auch mit den Halsband-Plänen zu tun. Ich bin mir immer noch nicht sicher, warum sie die Morde so öffentlich zur Schau gestellt und ihre Insignien verteilt haben, aber es wird schon einen Grund dafür geben.«

»Könnte das nicht eine Warnung sein«, überlegt Griffon. »Von jemandem, der nicht zu den Fangs gehört? Hast du untersucht, ob die Ermordeten zu den Sirenen gehörten?«

»Ich weiß nicht. Das habe ich noch nie versucht. Normalerweise finde ich heraus, ob meine Zielpersonen zu den Sirenen gehören, bevor ich sie töte.«

Die Bürgermeisterin verdreht die Augen. »Bitte

sprecht nicht in meiner Gegenwart über unappetitliche Dinge. Glaubwürdiges…«

»Abstreiten«, vervollständige ich. »Ist angekommen. Lasst uns also nur mal überlegen, was wäre, wenn sie keine Menschen wären. Warum würde dann jemand eine Münze der Fangs auf den Leichen liegenlassen? Das ergibt keinen Sinn, es sei denn…«

»Was?«, fragt Lady Lara scharf.

»Es sei denn, sie gehörten zu den Fangs, und jemand bringt sie um. Was bedeuten würde, dass da draußen jemand auf einem ähnlichen Rachefeldzug ist wie wir. Ist aber nur eine Theorie. Die mir so gut gefällt, dass sie wahrscheinlich nicht der Wahrheit entspricht.«

»Und sie deponieren die Leichen in der Nähe des Rathauses, um die Aufmerksamkeit der Bürgermeisterin zu erlangen«, denkt Ryker laut nach. »Auch wenn Sie, Lady Lara, noch nichts von den Fangs gewusst hätten, würden Sie mittlerweile Nachforschungen anstellen. Fünf Leichen mit merkwürdigen Münzen, das würde selbst den dümmsten Menschen Fragen stellen lassen.«

»Sechs«, berichtigt die Bürgermeisterin. »Sechs Tote. Sie waren nicht besonders wichtig und standen sicher nicht weit oben in der Hierarchie der Fangs, falls sie denn tatsächlich Sirenen waren. Würde jemand, der diese Organisation vernichten will, nicht bei den Anführern beginnen?«

»Ich schon«, pflichte ich ihr bei. »Aber vielleicht trauen sich die anderen das nicht. Oder bitten auf diese Art um Unterstützung. Ich weiß nicht. Das sollten wir auf morgen verschieben und uns jetzt auf die Sirenen auf meiner Liste konzentrieren. Das sind konkretere Ziele.«

Lady Lara steht auf und signalisiert damit, dass das Gespräch beendet ist. »Viel Glück. Ich werde diesen Termin in der Leichenhallte für morgen früh anberaumen. Falls das nicht das Werk der Fangs ist, möchte ich noch vor der Konferenz mehr Informationen haben.«

Ich nicke. »Bitte nicht um 10 Uhr morgens.«

»10 Uhr morgen früh.« Sie grinst mich teuflisch an. »Und keine Minute später. Der Gerichtsmediziner wartet nicht gern.«

»Puh, er kann...«

»Sie. Und sie ist sehr nett. Und jetzt Abmarsch, ihr habt viel zu tun.«

Mir gefällt, dass sie nicht sagt ‚ihr müsst jetzt Leute umbringen‘. Sie ist immer diplomatisch und politisch korrekt. Manchmal frage ich mich, ob das angeboren ist oder eine Fähigkeit, die sie erlernt hat.

»Wir sagen Bescheid, wie's gelaufen ist«, verspreche ich.

»Gut, aber ruf mich diesmal an. Bitte keine nächtlichen Besuche mehr.«

Ich grinse. »Kann ich nicht versprechen.«

KAPITEL 15

Wir teilen uns auf, sobald wir das Rathaus verlassen haben. Jeder von uns hat seine Zielperson und eine Stunde Zeit, sie zu finden.

»Bereit?«, frage ich und sehe meine Männer genau an. Sie tragen Waffen, sogar eine ganze Reihe, aber ein normaler Passant würde davon nichts mitbekommen. Wir stechen aus der Menge nicht heraus, selbst Ryker nicht, der extra eine Sonnenbrille trägt. Und zum Glück scheint heute die Sonne.

»Uhrenvergleich. Wir müssen gleichzeitig zuschlagen.«

Alle Uhren stimmen überein. Meine hatte ich schon vor dem Verlassen des Hauses überprüft, aber sicher ist sicher. Wir wollen verhindern, dass eine Zielperson eine andere eventuell warnen kann. Wir wissen schließlich nicht, ob sie untereinander Kontakt haben. Es ist ja noch nicht einmal sicher, dass sie alle Sirenen sind. Für uns alle wird das ein ziemlicher Blindflug, was mir ganz und gar nicht behagt, aber besser ist als abzuwarten. Diesmal können wir in die Offensive gehen.

»Ich habe jedem von euch eine Katze zugeteilt«, erinnert uns Ryker. »Lennox, Griffon, wenn ihr Hilfe braucht, reibt ihr der Katze den Kopf. Wenn ihr aus irgendeinem Grund das Ziel nicht töten könnt, streicht ihr über ihren Schwanz.«

»Und was tun wir, wenn wir die Katze nur ein bisschen streicheln wollen?«, witzelt Griffon.

»Berührt besser nicht ihren Bauch. Das haben sie nicht so gerne.«

Ich hebe die Hand. »Ich schon. Du kannst mir jederzeit über den Bauch streicheln.«

Rykers leuchtend gelbe Augen sprühen Feuer, als er mich hungrig ansieht. »Später«, meint er heiser. »Später«.

Mir wird sofort ganz heiß. Auf dieses Versprechen werde ich zurückkommen. Aber jetzt sind erst einmal die Sirenen dran.

Ein kleiner gefleckter Kater kommt über den Platz gelaufen und miaut laut, als er uns erreicht. Er reibt sich an Rykers Beinen, wobei sein Schwanz kaum bis zu dessen Knie reicht.

»Was sagt sie?«, will Griffon wissen.

»Er«, korrigiere ich seufzend. »Das ist doch wohl offensichtlich, oder?«

»Nö, für mich nicht. Das ist einfach eine Katze. Der zeigt ja seine guten Stücke nicht gerade besonders deutlich, oder?«

»Griffon, halte dich mit negativen Kommentaren über meine Katzen zurück«, knurrt Ryker. »Er hat gerade mit den Katzen gesprochen, die an den vier Zielorten warten. Wir haben Glück, an allen Adressen wohnt tatsächlich jemand. Wir wissen natürlich nicht, ob es sich dabei um die Zielpersonen handelt, aber das sieht vielversprechend aus.«

Ich beuge mich hinunter und kraule den kleinen Kater zwischen den Ohren. Er schnurrt dankbar, bevor er davonläuft. Ich richte mich wieder auf, vergewissere mich, dass meine Messer da sind, wo sie sein sollten und lächele meine Männer an.

»Auf, auf zum fröhlichen Jagen.«

٥ ٥ ٥ ٥ ٥ ٥

Es dauert fast eine halbe Stunde, bis ich das Haus erreiche. Es steht so weit vom Zentrum entfernt, dass es beinahe außerhalb der Stadt liegt. Und es ist auch kein Haus, sondern eine richtige Villa. Könnte glatt ein Hotel sein, mit Dutzenden von Zimmern und einem riesigen Gartengelände drumherum. Eine Reihe junger Birken führt zum Haupteingang. Kann man noch nicht als Allee bezeichnen, wird aber irgendwann eine werden. Natürlich nähere ich mich dem Haus nicht auf diesem Weg. Ich halte mich im Schatten, bin dankbar für das Gebüsch und die Bäume ums Haus herum. Keine Spur von Rykers Katzen, aber ich bin sicher, sie werden sich melden, wenn es etwas Wichtiges zu berichten gibt.

Nachdem ich einen großen Busch gefunden habe, der sich gut als Versteck eignet und im Gegensatz zu vielen anderen keine Dornen hat, schließe ich die Augen und konzentriere mich auf meine Sinne.

Dreizehn Leute. Verdammt. Und die meisten von ihnen scheinen im selben Raum im Erdgeschoss zu sein. Das macht die Sache nicht einfacher. Ich kann ja nicht warten, bis es dunkel wird und sie sich vielleicht zum Schlafengehen in ihre Zimmer verteilen. Nein, mir bleibt weniger als eine halbe Stunde, um unerkannt mein Ziel zu erreichen. Und ich muss auch einen Fluchtweg für den Rückzug finden. Früher habe ich auf diesen Punkt nicht so viel Wert gelegt, aber jetzt habe ich eine Familie und kann mir solche Sorglosigkeit nicht mehr leisten. Ich muss rechtzeitig zurück sein, um die Babys zu füttern. Da bleibt keine Zeit, mich einfach zu verstecken und abzuwarten.

Ich bleibe an diesem Ort, bis ich alle eingehenden Informationen gespeichert habe. Drei Leute befinden sich abseits der Gruppe. Zwei von ihnen riechen selbst auf diese Entfernung nach Essen, ich vermute also, dass sie Dienstboten oder Köche sind. Nur eine Person ist im ersten Stockwerk, ganz alleine. Ich wünschte, das wäre mein Ziel. Es ist eine Frau, könnte also hinkommen, aber ich bezweifle, dass ich so viel Glück habe. Es gibt nur einen Weg, das herauszufinden – im Haus selbst.

Meine Zielperson heißt Rosalind Tailor. Keine Ahnung, wer das ist, aber sie muss reich sein. Herr

MacFay hat ihre Adresse auswendig gewusst, was darauf hindeutet, dass sie vermögend und auch sonst wichtig ist. Wäre gut gewesen, ihn nach weiteren Einzelheiten fragen zu können, aber dazu fehlte die Zeit. Vielleicht gehört das Haus ihr, vielleicht ihrer Familie. Egal, sie muss jedenfalls in zwanzig Minuten sterben.

Ich renne so schnell ich kann über den Rasen auf zwei weiße Terrassentüren zu. Sie sind nicht verschlossen, und ich schleiche unbemerkt ins Haus. Das war der leichte Teil. Die anderen sind am hinteren Ende des Landhauses, aber eine Person bewegt sich auf mich zu. Ich atme tief ein. Ein Mensch. Männlich. Keiner von den Essens-Leuten. Vielleicht auf dem Weg zur Toilette.

Ich wähle irgendein Zimmer zu meiner rechten und schlüpfe hinein, bevor der Mann in Sichtweite ist. Die Tür quietscht leise, aber das dürfte für Nicht-Wandler aus dieser Entfernung nicht hörbar sein.

Ein Blick genügt um festzustellen, dass dies eine Besenkammer ist. Nett. Gut, eigentlich größer als eine Kammer. So groß wie mein Schlafzimmer, aber hier lagern lediglich Putzmittel. Pure Verschwendung. Es riecht nach Staub vermischt mit dem stechenden Geruch von Bleichmitteln. Hier werde ich wohl nichts Nützliches finden.

Ich warte und lausche auf die Schritte des Mannes. Er geht weiter den Flur entlang und bleibt direkt vor meiner Tür stehen. Er riecht wie ein Mensch, aber wieso denke ich gerade, er könnte wissen, dass ich hier bin? Ich bin den beiden Überwachungskameras bewusst ausgewichen und habe im Gang keine gesehen.

Er steht dort einen Moment lang und ich mache mich schon zum Angriff bereit, aber dann öffnet er die Terrassentür und verlässt das Haus. Puh. Nicht, dass ich mich gescheut hätte, ihn zu töten, aber anderes ist wichtiger. Sobald meine Zielperson erledigt ist, kann ich mich um die Übrigen kümmern. Ich bleibe an Ort und Stelle, während der Mann sich vom Gebäude weg in die umliegenden Gärten bewegt. Vielleicht will er eine rauchen oder ein bisschen frische Luft schnappen. Egal, jetzt kann ich jedenfalls weitergehen.

Als ich etwa die Hälfte des Gangs hinter mir gelassen habe, bleibe ich stehen und atme wieder tief durch. Jetzt ist der Abstand zu den Bewohnern dicht genug, um unterscheiden zu können, wer zu den Sirenen gehört und wer nicht. Und heute ist mein Glückstag. Neun Sirenen in einem Zimmer. Bingo. Das wird lustig. Andererseits ist meine Zielperson so allerdings schwieriger herauszufiltern. Die Frau im ersten Stock riecht nach Mensch, ist es also wahrscheinlich nicht. Dennoch werde ich sie mir zuerst vornehmen. So sehr mich ein Kampf mit einem ganzen Raum voll Leuten auch lockt, bleibt mir doch noch etwas Zeit bis zum Angriff. Ich sehe auf die Uhr. Noch zwölf Minuten.

Die Treppen sind mit Teppichen ausgelegt, ähnlich wie im Haus der Delaneys. Das ist bei vornehmen Leuten wohl so. Gut für mich, weil es Geräusche verschluckt, aber ich werde unsere Treppe trotzdem nicht so auskleiden lassen. Ist doch nur Materialverschwendung, aber genau das spielt hier wohl keine Rolle. Diese Leute sind steinreich und wollen das auch zeigen.

Der erste Stock unterscheidet sich stark vom Erdgeschoss. Statt eines dunklen Gangs, von dem zu beiden Seiten die Zimmer abgehen, gibt es um den Treppenabsatz einen großen offenen Raum voller Statuen und Schaukästen. Erinnert mich an ein Museum, obwohl wir uns ja in einem Privathaus und keinem öffentlichen Gebäude befinden. Hier gehen nur zwei Türen ab. Die Frau befindet sich links von mir, aber ich kann nicht widerstehen und schaue mir zunächst einige der Ausstellungsstücke an. In all den Jahren, in denen ich in fremde Häuser eingebrochen bin, habe ich so etwas noch nicht gesehen. Klar, gab es da oft teure Gemälde und ab und zu eine Plastik, aber nichts Vergleichbares. Hier stehen mindestens dreißig Schaukästen auf einer Fläche, die größer ist als mein Haus. Echt abgefahren.

Das nächstgelegene Ausstellungsstück ist eine einzelne dunkelbraune Haarlocke. *Der Wolf von Horton.* Ein Wolfs-Wandler? Das Vitrinenglas ist zu dick, als dass ich etwas riechen könnte. Aber egal, das ist merkwürdig. Wieso kommt jemand auf die Idee, ein paar Haare in einem Schaukasten auszustellen? Also, das sind einfach nur Haare. Wenn's wenigstens ein Schwanz oder eine Pfote oder ein großes Fellstück wäre – aber ein Haarbüschel?

Der nächste Kasten ist interessanter. Ein

Messingkelch mit einer hellblauen Flüssigkeit. Erinnert mich an ein Gift, aber auch hier habe ich keine Duftmarke. Das Bronzeschild darunter ist ein bisschen rostig, aber ich kann die Worte gerade so lesen. *Der Trunk, der Graf Fortingham getötet hat, Gift von Fays Lippen.*

Kein Gift, das mir bekannt wäre. Da muss ich nachschauen, klingt jedenfalls vielversprechend. Von Graf Fortingham habe ich auch noch nie gehört. Er ruhe in Frieden, wer immer er war. Aber schon seltsam, hier ein Gift auszustellen, das jemanden umgebracht hat. Und die nächsten Ausstellungsstücke sind nicht weniger sonderbar. Die Klauen eines Bären-Wandlers, das vergilbte Stück vom Leintuch eines Sektenführers und eine Holzpfeife mit der Inschrift *Der Rattenfänger von Hameln, Vater der Sirenen.* Dies ist der sauberste Kasten, dem offensichtlich am meisten Aufmerksamkeit gewidmet wird.

Jetzt wird's interessant. Vater der Sirenen. Dazu muss ich Griffon befragen. Aber das ist der Beweis, dass hier Sirenen wohnen.

Ich sehe auf die Uhr. Jetzt ist Eile geboten. Ich beachte die übrigen Schaukästen nicht weiter – kann das ja tun, wenn die Leute alle tot sind – und gehe leise auf die Tür zu, hinter der die Menschenfrau auf mich wartet. Ich gehe nicht auf Zehenspitzen – da könnte ich leicht das Gleichgewicht verlieren. So etwas machen die Leute nur in Büchern. In der Realität bleiben Mörder lieber mit beiden Fußsohlen fest auf dem Boden stehen.

Aus der Nähe kann ich jetzt hören, wie ein

Federhalter über Papier kratzt. Sie schreibt, ist also abgelenkt. Ich muss schnell sein, damit sie nicht anfängt zu schreien, aber wenn mich nicht alles täuscht, sitzt sie ganz in der Nähe der Tür.

Ich atme tief durch, konzentriere mich und schiebe alle anderen Gedanken beiseite. Jetzt darf ich wieder der Killer sein, auf den ich mein ganzes Leben lang vorbereitet wurde.

Die Frau hat keine Chance auf Gegenwehr. Mit einer einzigen fließenden Bewegung stehe ich hinter ihr und lege ihr eine Hand auf den Mund und halte ihr mit der anderen meine Klinge an die Kehle. Sie ist Anfang dreißig, hat die Haare zu einer Frisur hochgesteckt, die an einen Verkehrskegel erinnert, trägt eine dicke Brille, die aber wohl nur Show ist. Sie sitzt an einem Schreibtisch voller Akten und Bücher. Vielleicht ist sie so eine Art Sekretärin oder Assistentin. Das Büro ist riesig, hat schöne große Fenster mit Blick auf den Garten. Hier würde ich auch gerne meinen Bürokram erledigen. Ist doch um einiges weitläufiger als mein kleines stickiges Arbeitszimmer.

»Schhhhhh, nicht schreien, sonst schneide ich dir die Kehle durch«, zische ich. »Ich nehme jetzt meine Hand weg und werde dir ein paar Fragen stellen. Wenn du einen Laut von dir gibst, bist du tot, verstanden?«

Sie nickt, soweit das mit einem Messer am Hals möglich ist.

»Gut. Ich will das nicht bereuen müssen.«

Das ist nur so dahingesagt. Es würde mir nichts ausmachen, sie umzubringen. Arroganz und Reichtum quellen ihr aus allen Poren. Das goldene Armband um ihr Handgelenk muss so viel wert sein, wie viele Leute im Jahr verdienen. Ihr teures Parfüm juckt mich in der Nase. Und wieso hat sie sich zentimeterdick das Make-up ins ansonsten recht hübsche Gesicht geschmiert? Am liebsten würde ich einen Lappen nehmen und es ihr abwischen, damit ich sehen kann, wie sie darunter aussieht.

Ich ziehe langsam meine Hand von ihrem Mund weg. Igitt, die ist jetzt voller rotem Lippenstift. Blut wäre mir lieber.

»Wie heißt du? Arbeitest oder wohnst du hier?«, flüstere ich und hoffe, sie tut es mir nach und dämpft ihre Stimme. Ich möchte ihr doch nicht die Kehle durchschneiden, bevor ich Antworten erhalten habe.

»Marianne. Und ich wohne hier. Das ist das Haus meiner Eltern.«

Ihrer Eltern? Aber sie ist ein Mensch.

»Rosalinde Tailor ist deine Mutter?«

Sie nickt, die Augen aufgerissen, Tränen schimmern in ihnen. Erbärmlich.

»Aber Moment mal... bist du adoptiert?«

»Woher weißt du das? Das weiß keiner«, flüstert sie. Ich glaube, noch weiter kann sie ihre Augen nicht aufreißen.

»Du bist keine Sirene. Die anderen schon, stimmt's?«

Sie spitzt die Lippen, als müsse sie überlegen, was sie antworten soll. Aha, der Moment, in dem mein Opfer beschließt, mutig zu sein. Ich lasse das Messer in meiner Hand spielen, wirbele es herum, so dass sich das Licht auf der gut geschärften Klinge bricht.

»Sag schon, oder ich muss ein Exempel an dir statuieren.«

»Ja«, schluchzt sie unter Tränen. »Meine Mutter ist eine, mein Vater ist ein Mensch. Wieso weißt du das mit den Sirenen?«

»Gehören sie zu den Fangs?«, frage ich.

Gut, jetzt treten ihr die Augen beinahe aus den Höhlen. Dummes Mädchen. Sie sollte mittlerweile bemerkt haben, dass ich mehr weiß als normale Leute.

»Bist du hier um sie zu töten?«, flüstert sie, von Schluchzern unterbrochen.

»Wen?«

»Die Fangs! Sie sind unten bei Mama und verhandeln mit ihr. Sie hat mich weggeschickt, weil sie nicht will, dass ich ...«

»Moment mal, sie gehört nicht zu den Fangs? Aber sie macht Geschäfte mit ihnen?«

»Keine Geschäfte. Jedenfalls nicht freiwillig. Sie zwingen sie, für sie zu arbeiten, aber sie will das nicht. Mama ist nicht wie andere Sirenen, das musst du mir glauben.«

Ich hasse es, wenn man diesen Satz verwendet. Ich muss gar nichts glauben, von niemandem. Ich kann sehr gut selbst entscheiden.

»Sind alle da unten Mitglieder der Fangs?«

»Alle außer meinen Eltern, ja. Sie kommen immer mit einer ganzen Gruppe. Ich glaube, sie vertrauen uns nicht besonders. Mama versucht immer, sie von mir und Papa fern zu halten. Die verstehen nicht, warum sie einen Menschen geheiratet hat.«

Meine Gedanken rasen. Die Dinge liegen ganz anders als ich dachte. Vielleicht sollte ich Rosalinde erst einmal nicht töten. Wenn sie nicht freiwillig für die Fangs arbeitet und eher auf Seiten der Menschen steht, könnte sie uns noch nützlich sein.

Ich sehe wieder auf die Uhr. Noch fünf Minuten. Ich muss mich beeilen.

»Wie sieht deine Mutter aus?«, frage ich.

»Willst du sie umbringen?«

»Nein, ich muss das wissen, damit ich sie *nicht* umbringe.« Ich seufze. »Beeil dich.«

»Graue Haare mit ein paar schwarzen Strähnen. Sie trägt ein grünes Kleid und eine diamantene Halskette. Sie hat normalerweise eine grüne Krokodilleder-Handtasche, passend zu ihrem Kleid. Und sie trägt eine Brille, fast so wie meine. Papa...«

»Dein Vater ist draußen im Garten. Er ist nicht bei den anderen.«

Ich nehme an, dass er es war. Er war der einzige Menschenmann, der nicht nach Essen roch; wenn er also nicht selbst gekocht hat, muss er der Vater sein. Hoffentlich bleibt er draußen und ist aus dem Weg, bis ich fertig bin.

Ich fessele sie schnell mit etwas Paketband von ihrem Schreibtisch, fixiere sie an ihrem Stuhl. Sie quietscht, als ich ihr Klebeband über den Mund lege.

»Sei still«, zische ich. »Du willst sie doch nicht alarmieren.«

»Hmmpfffpffff.«

Ich seufze und entferne das Band, so dass sie reden kann.

»Aber das sind Sirenen! Sie können dir ihren Willen aufzwingen. Du hast gegen sie keine Chance.«

Ich grinse sie an und klebe das Band wieder an Ort und Stelle.

»Du hast keine Ahnung, meine Liebe. Wart's ab.«

KAPITEL 16

Ich hasse diese Anti-Sirenen-Technik. Davon bekomme ich Kopfschmerzen. Ich weiß nicht, wie genau sie funktioniert, aber sie arbeitet wohl mit irgendwelchen Funkwellen und stört so die Fähigkeit der Sirenen, andere mit ihrem Gesang zu beeinflussen. Also mich im Moment. Und dafür lohnt es sich, die Unannehmlichkeiten in Kauf zu nehmen, aber ich werde das Gerät sofort nach getaner Arbeit abschalten. Die kleine schwarze Box hängt fest an meinem Gürtel, und ich schiebe sie nach hinten auf meinen Rücken, damit sie aus dem Weg ist. Würden die Sirenen ihre Funktion erkennen, könnten sie versuchen, sie zu zerstören. Aber diese tragbare Technik ist noch so neu, dass sie ihnen unbekannt sein dürfte. Ich würde die Box sogar außerhalb des Zimmers deponieren, wenn mir ihre Reichweite bekannt wäre.

Danach muss ich Benjamin beim nächsten Treffen fragen.

Noch eine Minute. Die Tür, die vom Flur in den großen Speisesaal führt, steht offen; ich halte mich also gegen die Wand gepresst, um nicht gesehen zu werden, bin aber bereit, jederzeit hineinzustürmen. Ich ziehe ein paar Giftpfeile aus meinem Kragen. Auf diese Weise werde ich eher mit neun Leuten fertig. Ich gehe davon aus, dass die Dame des Hauses mich auch attackieren wird, weil sie ja nicht wissen kann, dass ich ihr nichts Böses will – jedenfalls noch nicht.

Ich zähle die Sekunden und blende dabei das Geplapper auf der anderen Seite der Wand aus. An drei weiteren Orten der Stadt werden meine Männer gerade dasselbe tun. Ich atme den Sirenengestank ein, der aus dem Zimmer strömt. Es wird mir eine Genugtuung sein, sie umzubringen, zumal sie alle zu den Fangs gehören. Ich muss an Zuhause denken und wie sie dort die Kinder vergiftet haben. Da gibt es kein Zögern. Sie werden sterben. Keine Gnade.

Die beiden Menschen haben sich aus dem Zimmer entfernt, sind wahrscheinlich in die Küche gegangen. Hoffentlich bleiben sie dort; sie sollen mir nicht in die Quere kommen. Neun Sirenen befinden sich in dem Raum.

Noch zwanzig Sekunden. Ich halte vier Giftpfeile in der Hand, werde aber wohl nur zwei oder drei werfen können bevor sie erkennen, was vor sich geht. Ich bin in letzter Zeit etwas aus der Übung geraten. Gut, aber das bedeutet immer noch, dass drei Leute außer Gefecht gesetzt sein werden und nur sechs weiter kampfbereit sind. Wenn es sich um normale Sirenen handelt, werden sie nicht sehr kampferprobt sein, es dürfte also nicht allzu schwer sein, auch wenn sie mir zahlenmäßig überlegen sind.

Fünf. Vier. Drei. Zwei. Eins. Tod.

Ich trete auf die Türschwelle und werfe meine Pfeile. Der erste trifft einen älteren Mann im Nacken. Er hebt seine Hand in einem schwachen Versucht, ihn herauszuziehen, bricht dann aber zusammen, bevor er den Pfeil überhaupt berühren kann. Der zweite streift die Wange einer Frau. Hoffentlich wurde dabei genug Gift übertragen. Der dritte dringt einem großen Mann tief in die Kehle. Gut so. Ich hatte keine Zeit, meine Ziele auszusuchen, sonst hätte ich die drei kräftigsten Personen im Raum gewählt. So habe ich rein reflexhaft gehandelt und einfach auf die naheliegendsten Ziele geworfen. Bis ich den vierten Pfeil auf einen langen dünnen Mann mit Zylinder werfe, haben die Sirenen begriffen, was vor sich geht. Eine sehr dicke Frau schiebt den Mann zur Seite, aber mein Pfeil trifft ihn dennoch in die Brust. Sein Hemd ist aus feiner Seide und bietet keinerlei Schutz. Das Gift dringt ungehindert in seine Blutbahn ein, und innerhalb einer Sekunde liegt er am Boden. Die Dicke schreit und starrt mich an. Sie öffnet den Mund und beginnt zu singen, aber ich beachte sie nicht weiter. Sie stellt nicht die größte Bedrohung dar, wo mich mein Anti-Sirenen-Gerät ja vor ihrem Zauber schützt.

Zwei Männer kommen auf mich zugerannt, beide

sehen kräftig genug für einen richtigen Kampf aus. Ich lasse es nicht darauf ankommen. Ich ziehe das leichtere Wurfmesser hervor und schleudere es auf den linken Angreifer. Es trifft ihn an der Kehle und er wankt rückwärts, die Hände um die blutende Wunde gefasst. Da wirft sich schon der andere Mann auf mich und ich habe gerade noch Zeit, die größere Klinge zu ziehen. Er versucht, mir die Beine wegzutreten, hat aber keine Übung darin. Ich bekomme seinen Fuß zu fassen und bringe ihn aus dem Gleichgewicht. Er stolpert, fällt, und ich sitze auf seiner Brust und schlitze ihm die Kehle auf, noch bevor er schreien kann.

Drei Frauen haben im Hintergrund angefangen zu singen, eine davon ist Rosalinde Tailor. Sie steht bei den Sirenen der Fangs, aber sie weiß sicher noch nicht, dass ich nicht hier bin, um sie zu töten. Jedenfalls höchstwahrscheinlich, ich kann meine Meinung immer noch ändern.

Ein sonderbar kitzelndes Gefühl läuft mir über den Rücken, aber das Gerät an meinem Gürtel schein zu funktionieren. Die Gesichter der Frauen sind vor Anstrengung ganz verzerrt, aber ich wende mich lieber den verbleibenden potentiellen Angreifern zu.

Da ist eine Frau mit hoch erhobenem Stuhl in den Händen. Sie ist es, die der Pfeil nur gestreift hat. Im Ernst jetzt? Sie wirft den Stuhl nach mir, aber ich rolle mich nach rechts ab, und er landet auf einer der Leichen am Boden. Ts, ts, so geht man doch nicht mit Toten um! Ich werfe mich auf sie, aber noch bevor ich in ihr Fleisch schneiden kann, erklingt ein so durchdringendes Geräusch, dass ich mir am liebsten die Ohren zuhalten würde. Nur jahrelanges Training lässt mich diesen Reflex beherrschen. Mir gelingt es, meine Klinge an den Hals der Frau zu setzen und sie damit bewegungsunfähig zu machen, dann drehe ich mich nach dem furchtbaren Geräusch um. Eine der drei Frauen produziert es. Sie stößt in eine silberne Pfeife. Glaubt sie, mich auf diese Weise aufhalten zu können?

Dann höre ich von draußen ein Geräusch und erstarre. Raschelndes Laub, schwere Pfoten im Gras. Sie hat Hilfe herbeigerufen. Scheiße.

Ohne hinzuschauen schlitze ich der Frau unter mir die Kehle auf und werfe das blutige Messer dann auf die Frau mit der Pfeife. Es trifft sie im linken Auge, genau wie beabsichtigt, bohrt sich durch die Augenhöhle in ihr Gehirn. Sie starrt mich mit dem unverletzten Auge an, und fällt dann langsam, wie in Zeitlupe, rückwärts auf den Tisch. Sie verheddert sich beim Fallen im Tischtuch und zieht Teller und Tassen mit hinunter. Ich erfreue mich am Klang des zerbrechenden Porzellans. Das erinnert mich daran, dass dies ja nicht nur Arbeit ist, sondern auch Spaß machen soll.

Die beiden verbliebenen Frauen haben offensichtlich Angst, hören aber nicht mit dem Singen auf. Rosalinde scheint besonders darauf erpicht zu sein, mich mit ihrem Zauber zu überwältigen. Der Druck auf mein Rückgrat verstärkt sich. Ich weiß nicht, wie viel länger die Anti-Sirenen-Technik noch funktionieren wird. Und jetzt kommen auch noch neue Angreifer. In wenigen Sekunden werden sie hier sein. Zeit also, mir diese Frauen vorzunehmen. Ich springe auf, beachte die Leichen zu meinen Füßen nicht weiter, und werfe mich auf die Frau links von Rosalinde. Sie ist jung, ungefähr in meinem Alter, hat aber kalte Augen und die Lippen voller Verachtung gespitzt. Manchmal zögere ich, bevor ich gleichaltrige Frauen töte, aber nicht heute. Ich ziehe ihr mein Messer durch die Kehle, aber bevor ich tief genug schneiden kann, greift etwas nach meinem Handgelenk. Ich schaue hinab und erwarte, dort eine Hand zu sehen, aber da ist nichts. Verdammte Sirenen.

Rosalinde fährt fort zu singen, klingt jetzt zuversichtlicher, beinahe triumphierend, und mir wird klar, dass sie es war. Sie hat meine Verteidigung durchbrochen, und ich habe es nicht einmal bemerkt. Wie hat sie das geschafft? Es war ihnen nicht möglich, als sie noch zu dritt waren, aber jetzt kann sie es alleine. Ich greife nach der Box an meinem Gürtel, ziehe meine Hand aber schnell zurück, als etwas Scharfkantiges in meinen Finger schneidet. Verdammt nochmal. Sie ist beschädigt. Das erklärt alles.

Die Frau unter mir bäumt sich auf, versucht mich abzuwerfen, aber ich bin stärker, auch wenn mir ein Arm nicht länger gehorcht. Zum Glück hat Rosalinde mich noch nicht vollständig unter Kontrolle, und meine andere Hand ist frei. Ich ziehe ein zweites Messer aus seiner Hülle und stoße es der Frau ins Herz. Das ist nicht so befriedigend wie jemandem die Kehle durchzuschneiden – ich sehe nun mal wie ein typischer

Killer gerne Blut spritzen -, aber das Knirschen hört sich auch gut an.

Jetzt ist nur Rosalinde übrig. Und dann mindestens fünf Mutanten-Wandler, die gleich hier sein werden.

»Ich bin nicht hier, um Sie zu töten«, rufe ich. »Hören Sie auf! Ich bin nur hinter den Fangs her.«

Ihre Augenbrauen schnellen nach oben, aber sie singt weiter. Verdammtes Weib. Ich habe keine Zeit für Spielchen.

Hinter mir sind Schritte zu hören, und ein Mann stürzt ins Zimmer und hat ein Steakmesser in der Hand. Das ist einer der Menschen.

Ächz, den will ich nicht auch noch umbringen. Er ist doch nur ein unschuldiger Koch.

Zum Glück – nun ja, wie man's nimmt – bricht in diesem Augenblick der erste Wolf durch eines der Fenster, die Scherben fliegen. Sie regnen auf den Boden, aber ich konzentriere mich ganz auf den Mutanten. Er sieht kaum noch wie ein Wolf aus. Seine Schnauze ist zu breit, seine Reißzähne glitzern aus einem Maul hervor, das mehr Zähne beherbergt, als irgendein Tier haben sollte. Seine Vorderbeine sind länger als seine Hinterbeine, aber an allen Pfoten sitzen scharfe Krallen, die wahrscheinlich Fleisch wie Butter durchschneiden können. Und das ist nicht der einzige. Ein zweiter springt durch das offene Fenster, und draußen sind noch drei weitere. Scheiße aber auch.

Das einzig Positive ist, dass Rosalinde mit dem Singen aufhört und der Mensch flüchtet und dabei wie am Spieß schreit.

Zeit, sich Verstärkung zu holen. Ich stoße einen scharfen Pfiff aus und alarmiere damit alle Katzen in der Umgebung. Zumindest einer von Rykers Spionen müsste in der Nähe sein. Dann wandle ich mich, schneller als je zuvor, und gerade noch rechtzeitig. Der Wolfsmutant blutet aus vielen kleineren Schnittwunden, lässt sich davon aber nicht aufhalten. Er wirft sich knurrend auf mich.

Ich lasse alle Gedanken fahren und handele nur noch instinktiv. Ich wehre seine Attacken ab, weiche den Krallen aus, beiße ihn sogar ein oder zwei Mal, aber er ist größer als ich und nicht allein. Die anderen Wölfe umkreisen uns, zwicken mich in die Waden, wollen sich am Kampf beteiligen. Mein Gegenspieler versucht irgendwie, sie zurückzuhalten, als wolle er die Sache allein erledigen. Ist mir recht.

Ich mache ein Täuschungsmanöver nach links, wodurch er seine rechte Seite freigeben muss. Meine Klauen zerfetzen seine Haut, graben sich in sein Fleisch, aber er dreht sich, und ein brennender Schmerz fährt durch mein linkes Hinterbein. Er hält es mit seinen Kiefern umklammert und beginnt, seinen Kopf zu schütteln, was mich aus dem Gleichgewicht bringt. Ich heule vor Schmerzen und gebe meinen Angriff auf seine rechte Flanke auf. Ich will ihn nur noch abschütteln, versuche, ihn irgendwie mit Krallen und Zähnen zu erreichen, aber er ist stärker. Scheiße. Ich leide Qualen und verliere allmählich die Kontrolle. Zielloses Kämpfen führt zu nichts.

Ich brauche mehr Kraft. Das habe ich früher doch

auch schon geschafft. Ich bin auf Kraftreserven gestoßen, von denen ich nicht wusste, dass ich sie besaß. Aber wie komme ich da ran?

Noch mehr Schmerzen durchfahren mich, diesmal kommen sie von meinem Schwanz. Ich drehe mich gerade noch rechtzeitig um und sehe, wie einer der anderen Wölfe ein Stück aus meinem Schwanz reißt. Das sieht so unwirklich aus. Der Schmerz ist ganz real, aber ich verstehe einen Moment lang nicht, wieso ein Teil meines Schwanzes in seinem Maul hängt, warum es nicht mehr Teil meines Körpers ist.

Das Blut strömt aus der Wunde.

Der hat mir doch tatsächlich ein Stück Schwanz abgebissen!

Ich sehe rot.

Drei Wölfe liegen tot am Boden, als endlich Hilfe eintrifft. Ich bin auch kaum noch bei Bewusstsein. Ich sehe alles verschwommen, kann aber gerade noch Lennox erkennen, wie er durch die Luft fliegt und auf einem der verbliebenen Mutanten landet.

Ich habe volles Vertrauen, dass er mit den Beiden fertig wird. Sie sind beide verletzt, auch wenn ich nicht mehr weiß, wie schwer. Ich bin blutverschmiert, mit meinem eigenen und dem der Gegner. Riecht wundervoll, aber ich bin selbst zum Abschlecken zu müde. Ich lasse mich zu Boden sinken und rolle mich zusammen, versuche aber wach zu bleiben. Ich will Lennox ja helfen, wirklich, aber ich kann nicht mehr. Ich habe keine Kraft mehr und blute ja auch aus der Wunde am Schwanz und sonst wo. Auf meinem Bauch klafft ein tiefer Schnitt, wo einer der Mutanten versucht hat, mich aufzureißen.

Die Zeit vergeht. Es fließt Blut. Langsam heile ich, aber nicht überall.

»Wie konntest du dich nur mit fünf Mutanten auf einmal anlegen?!«

Lennox hat wieder seine menschliche Gestalt angenommen und kniet neben mir. Ich hatte ihn gar nicht bemerkt. Mir geht's wirklich schlecht. Und dabei war ich so zuversichtlich, dass ich das alles alleine schaffen könnte. Was ja auch der Fall war, bis diese Mutanten kamen. Die waren größer und aggressiver als die im Wald. Jene stellten kein großes Problem dar, im Gegensatz zu denen von heute.

Ich miaue leise als Antwort auf Lennox Frage.

»Kannst du dich wandeln?«

Ich rolle mich langsam auf und schaue auf meinen Schwanz. Das untere Ende fehlt. Ob das nachwächst? Ich habe noch nie ein Körperteil verloren, das ist also schwer zu sagen.

»Scheiße«, sagt Lennox und pfeift durch die Zähne. »Sie haben dir den Schwanz abgebissen.«

Ich verdrehe die Augen – Schnellmerker!

»Vielleicht solltest du mit dem Wandeln noch warten. Wer weiß, welcher Körperteil dir sonst als Mensch fehlt.«

Daran hatte ich noch gar nicht gedacht. Natürlich habe ich als Mensch keinen Katzenschwanz, wird mir also etwas anderes fehlen? Ein paar Finger? Ein Ohr? Die Brüste? Verdammt, jetzt hat er mir doch ein bisschen Angst eingejagt. Oder mehr als ein bisschen, wenn ich das auch nie zugeben würde.

»Ich hatte meine Zielperson in ein paar Sekunden erledigt«, fährt er fort. »Er hat Gift geschluckt, bevor ich ihn befragen konnte. Ich habe ihn in seinem Haus zurückgelassen und wollte dann zu dir gehen, weil der Ort am nächsten lag. Gut, dass ich es getan habe. Als die Katze kam, um mich zu holen, habe ich das Schlimmste befürchtet.«

Hinter mir miaut es. Ich spüre die hinter mir stehende Katze kaum. Alle Empfindungen sind abgestumpft, als habe man eine dicke Decke über mich geworfen. Ich will schlafen, weiß aber, dass das keine gute Idee ist. Ich muss noch so viel erledigen. Rosalinde befragen. Wo ist sie? Wurde sie getötet?

»Rühr dich nicht, bis du geheilt bist«, mahnt Lennox, aber ich kümmere mich nicht darum. Ich drehe mich zu der Stelle um, an der ich Rosalinde zuletzt gesehen habe, wo sie gegen die Wand gepresst dastand. Da ist sie nicht mehr. Klar doch, wäre ja auch zu einfach gewesen.

»Katze, such die Sirene und ihre menschliche Tochter«, befehle ich dem Kätzchen hinter mir. Ich kann ihren Geruch nicht aufnehmen, weiß nicht, wer es ist. »Sie dürfen das Haus nicht verlassen.«

Die Katze miaut und rennt davon.

»Soll ich hinter ihr hergehen?«, fragt Lennox. Ich

nicke, dann lasse ich meinen Kopf wieder zu Boden sinken. Ich bin so müde.

Vielleicht ist ein Nickerchen doch ganz angebracht.

Ich lasse die Dunkelheit von mir Besitz ergreifen, die vorübergehend alle Sorgen über fehlende Schwanzstücke und verlorengegangene Sirenen zudeckt.

KAPITEL 17

Meine Brüste sind noch da. Ohren und Finger auch. Ich lasse meine Hände von Kopf bis Fuß über meinen Körper gleiten auf der Suche nach eventuell verlorengegangenen Teilen.

»Alles dran«, berichte ich dann den Männern.

»Dem Mann im Mond sei Dank«, seufzt Lennox erleichtert. »Mal sehen, ob bei der nächsten Wandlung auch dein Katzenschwanz nachgewachsen ist.«

Wir befinden uns alle im Wohnzimmer der Tailor Villa. Lennox und Griffon haben die Leichen zur Seite geschafft, nur der blutgetränkte Teppich zeugt weiter von unserem Kampf. Ryker und seine Katzen haben die gesamte Familie Tailor gefunden und sie zu uns gebracht. Die Tochter, deren Namen ich immer noch nicht kenne, ist von allen die Ruhigste, was mich etwas überrascht. Um den Mund herum ist sie noch ganz rot von den Spuren des Klebebands.

Ihr Vater, der Menschenmann, sitzt auf einem Stuhl und ist sehr blass. Seine Frau steht hinter ihm, hat ihm die Hände auf die Schultern gelegt, wohl um selbst einen Halt zu haben und ihm einen zu geben. Sie ist blutverschmiert, genauso wie die Männer und ich. Wir werden uns gründlich duschen müssen, bevor wir das Haus verlassen, sonst wird es da draußen einen Aufstand geben.

Griffon reicht mir ein Glas Wasser. »Austrinken. Du hast viel Blut verloren.«

»Mir geht's gut.«

»Du bist leichenblass. Trink. Ich bin dein Arzt, also hast du meinen Anordnungen Folge zu leisten.«

Ich schneide eine Grimasse, schütte das Wasser dann aber wie befohlen in mich hinein. Fühlt sich gut an, den Blutgeschmack wegzuspülen. Das Blut meiner Feinde schmeckt mir zwar hin und wieder sehr gut, aber jetzt will ich mich auf wichtigere Dinge konzentrieren.

»Wieso hast du deine Zielperson am Leben gelassen?«, fragt Ryker und setzt sich neben mich auf den Fußboden. Er streichelt sanft meine Haare. Am liebsten würde ich schnurren, aber das käme jetzt nicht so gut vor unseren Gefangenen. Denn das sind sie ja wohl. Jedenfalls bis wir mehr wissen.

»Weil sie vielleicht nicht freiwillig für die Fangs gearbeitet hat«, sage ich mit heiserer Stimme. »Ich wollte erst Genaueres wissen, bevor ich darüber entscheide, ob sie getötet werden soll.«

Mir ist klar, dass die Tailors mich hören können,

auch wenn sie nicht über ein ausgeprägt feines Gehör verfügen. Der Mann zieht hörbar den Atem ein, aber die beiden Frauen bleiben still.

»Gut, dann lass uns das herausfinden«, sagt Griffon und klatscht in die Hände. »Ich muss noch andere Dinge erledigen, zum Beispiel mich um meine Gefährtin kümmern und darauf achten, dass sie es angesichts ihrer Verletzungen nicht übertreibt.«

Ich knurre ihn an. »Deiner Gefährtin geht's gut. Hilf mir hoch.«

»Von wegen. Du bleibst da liegen, bis ich dir sage, du kannst aufstehen. Du befindest dich noch im Heilungsprozess. Und jetzt trink noch mehr Wasser.«

»Wasser ist ja wohl keine Medizin.«

Er zieht die Augenbrauen hoch. »Nicht? Oh Gott, das heißt ja, dass meine ganze medizinische Ausbildung für die Katz war.«

Ich muss über seine Mätzchen lachen. Er ist so süß, wenn er versucht, mich aufzuheitern. Obwohl das im Moment gar nicht nötig ist. Mir geht es gut – ich hatte meinen Jagderfolg, meine Brüste sind noch an Ort und Stelle, und ich werde jetzt eine Sirene intensiv befragen.

»Wenn ich schon nicht aufstehen darf, dann lass die Leute da wenigstens näher rankommen«, fordere ich. »Ist nicht so einfach, vom Boden aus bedrohlich zu wirken.«

»Das Blut an deinen Kleidern lässt dich bedrohlich genug erscheinen«, flüstert Lennox. »Soll ich ihnen ein bisschen Angst machen?«

»Nee, die haben doch gerade erst einen Kampf mit

Mutanten-Wandlern erlebt. Ich glaube, die haben genug Angst.«

Der Menschenmann stöhnt, als wolle er mir zustimmen. Er zittert, und das Einzige, was ihn daran hindert, komplett auszuflippen, ist wohl der feste Griff seiner Frau an seinen Schultern.

Griffon bringt mir die beiden Frauen und ignoriert dabei geflissentlich den Mann. Er befiehlt ihnen, sich auf den Boden zu setzen, was sie mit ziemlicher Sicherheit noch nie zuvor getan haben. Rosalindes hübsches Kleid ist an vielen Stellen zerrissen und mit verschiedenen Körperflüssigkeiten befleckt. Hauptsächlich Blut, aber da ist bestimmt auch anderes dabei. Ihre Tochter hat am wenigsten abbekommen und sieht auch von allen dreien am zuversichtlichsten aus. Das überrascht mich ein wenig, wenn ich ihre anfängliche Neigung zur Hysterie bedenke.

Ich wende mich an Rosalinde. »Ich heiße Kat und bin eine Feindin der Fangs. Wenn es stimmt, was mir Ihre Tochter erzählt hat, sind Sie das auch.«

»Feindin«, stammelt sie. »Nein, keine Feindin.«

»Mama«, unterbricht sie ihre Tochter. »Von denen hat keiner überlebt und kann zuhören. Du kannst die Wahrheit sagen.«

Rosalinde schaut mir direkt in die Augen, und in diesem Blick sehe ich etwas von der Stärke, die sie sonst hinter hübschen Kleidern und höflichem Getue verbirgt. Sie war schließlich diejenige, die weitergesungen hat, sage ich mir. Sie stand da und kämpfte ihren Kampf weiter, als alle anderen schon tot waren. Sie könnte eine gute Verbündete sein.

»Du kannst uns vertrauen«, sagt Griffon plötzlich. Klar doch, er ist ja selbst ein Siron. Ihm vertrauen sie vielleicht eher als mir. »Ich gehöre nicht zu den Fangs, obwohl ich wie du ein Siron bin. Einige von uns haben ihre Familien verlassen, aus Protest gegen das, was vor sich ging. Du bist nicht die Einzige, die daran nicht teilhaben will.«

Rosalinde sieht ihn einen Augenblick lang an und seufzt dann. »Ja, ich bin nicht gerade mit ihnen befreundet. Mein ganzes Leben lang habe ich versucht, vor meinem kulturellen Erbe davonzulaufen. Ich habe gegen den Willen meines Vaters einen Menschen geheiratet. Zuerst haben sie mich deshalb verbannt, jeden Kontakt abgebrochen, aber ich habe mein Glück gemacht, mir selbst etwas aufgebaut. Als sie dann sahen, wie erfolgreich ich war, kamen sie und wollten mich zurückhaben. Sie wollten von dem Einfluss, den ich mir erarbeitet habe, profitieren, von dem Vertrauen, dass ich in der menschlichen Gemeinde genoss. Als ich mich weigerte, haben sie mich und meine Familie bedroht.«

»Die Fangs oder normale Sirenen?«, werfe ich ein.

Sie lacht freudlos. »Es gibt kaum noch Sirenen, die nicht zu den Fangs gehören. Sie lassen Widerspruch nicht zu. Ich bin nicht stolz darauf, dass ich ihren Drohungen nachgegeben habe, werde mich dafür aber auch nicht entschuldigen. Sie haben meine Familie bedroht, ich musste das also tun.«

»Das verstehen wir«, sagt Griffon sanft. »Wir haben schließlich gesehen, was sie anrichten.«

»Habt ihr?«. Sie lacht wieder. »Ich bezweifle, dass ihr das ganze Ausmaß ihrer Pläne kennt, sonst hättet ihr sie nicht alle getötet. Ihre Rache wird fürchterlich sein.«

Ihr Mann stöhnt vom anderen Ende des Raumes, wo er noch immer neben dem umgestürzten Tisch sitzt. Rosalinde wendet sich zu ihm um und lächelt angespannt. »Keine Angst, Liebling, ich werde nicht zulassen, dass jemand dir oder Jeannette etwas antut.«

Jetzt weiß ich also endlich ihren Namen. Sie starrt ihre Mutter an, als sei sie verärgert. Hmm. Merkwürdig.

»Ich brauche deinen Schutz nicht. Habe ich das in den vergangenen Wochen nicht bewiesen?«

Rosalindes Gesichtsausdruck wird milder. »Doch, das hast du. Aber vielleicht solltest du nicht darüber reden, sonst bist du in noch größerer Gefahr?«

»Wieso?«, frage ich. »Was hast du gemacht?«

Jeannette sieht mich an, ihre ganze Haltung hat sich verändert. Da ist nicht mehr die ängstliche, unreife Frau. Stattdessen sind ihre Augen zu Diamanten geworden, noch etwas unpoliert, aber bereit, alles zu durchschneiden, was sich ihr in den Weg stellt; und ihre Körperhaltung zeigt Selbstvertrauen und Stärke. Interessant. Eine Schauspielerin also.

»Ich habe Mitglieder der Fangs getötet«, verkündet sie, was ihre Mutter mit einem Stöhnen beantwortet. »Ich habe sie getötet, wie sie auch Menschen getötet haben. Und wie sie auch meinen Vater mit dem Tod bedroht haben.«

Im Geiste fügen sich bei mir gerade verschiedene Puzzle-Teile zu einem Bild zusammen. »Und dann hast du die Münzen der Fangs auf den Leichen platziert als Warnung an andere Fang-Mitglieder.«

Ein Anflug von Überraschung huscht über ihr Gesicht, bevor sie wieder ihre Maske aufsetzt. »Ja. Du weißt davon?«

»Man hat mich gebeten, die Morde zu untersuchen. Mein Kunde dachte, es sei das Werk der Fangs gewesen statt umgekehrt.«

»Und du hast das nicht erkannt?«, fragt sie mit verächtlichem Lächeln.

»Ich hab noch nicht einmal die Leichen gesehen«, fauche ich zurück. »Ich hatte keine Ahnung, dass es sich um Sirenen handelte. Und dann war ich ein bisschen abgelenkt, weil ich ein paar Mutanten-Wandler in eurem Wohnzimmer töten musste, falls du das nicht bemerkt haben solltest.«

»Die gar nicht erst hergekommen wären, wenn du nicht erschienen wärst«, sagt Rosalinde. »Ich habe sie noch nie in Aktion gesehen. Ich hatte Gerüchte gehört, dass es da scheußliche Wesen geben sollte, die stärker wären als alle anderen; aber ich dachte, das seien eben nur, nun ja, Gerüchte eben, die uns kirre machen sollten.« Ihr Blick wird etwas sanfter. »Bist du verletzt?«

»Wird schon wieder.« Das ist mir peinlich. Will vor diesen Leuten keine Verwundbarkeit zeigen. Besonders nicht vor Jeannette. Einem Menschen, der FÜNF Fangs getötet hat. Lächerlich. Und ich muss zugeben, sie hat mich mit ihrer Vorstellung des hysterisch-dummen

Mädchens vorhin absolut überzeugt. Wahrscheinlich hatte sie jahrelange Übung darin, wo sie doch von Sirenen umgeben war, die Menschen eher als eine Art Viehzeug betrachteten.

»Wie hast du das geschafft?«, frage ich sie. »Wieso haben sie dich nicht bezirzt?«

Sie grinst überlegen. »Ich bin immun. Ich wurde taub geboren und habe erst nach einer Operation mein Gehör entwickeln können. Das hat mich wohl gegen die Sirenengesänge immunisiert. Die meisten von ihnen wissen das nicht, sonst wäre ich wohl schon längst tot. Die Fangs sind ein bisschen sorglos geworden. Sie wissen, dass sie kurz vorm Ziel stehen, und sie achten nicht mehr so sehr darauf, nicht in Erscheinung zu treten. Da so viele von ihnen bei uns ein und aus gingen, konnte ich in Ruhe auswählen, wen ich als nächstes umbringen würde.«

»Jeannette«, rügt Rosalinde ihre Tochter. »Du solltest so nicht reden. Ich will nicht, dass du als Mörderin betrachtet wirst.«

»Dafür ist es ein bisschen spät, Mutter. Ich bin eine Mörderin und stolz darauf.«

»Keine Mörderin«, korrigiere ich. »Eine Attentäterin. Und da ist nichts dabei. Du befindest dich in guter Gesellschaft.«

Lennox hebt die Hand. »Attentäter.«

Griffon tut es ihm nach und grinst dabei frech. Ryker zuckt mit den Schultern, sagt aber nichts. Er hat getötet, heute auch, aber er betrachtet sich nicht als

Killer. In seiner Weltsicht verhält er sich nur wie eine normale Katze, als die er ja geboren wurde, jagt seine Beute und tötet sie dabei.

Rosalinde ist offenbar schockiert, aber Jeannette lächelt. »Ich habe noch nie Attentäter getroffen.«

Ich lache. »Die meisten Leute treffen sie auch nur einmal im Leben, kurz bevor es endet. Aber jetzt, wo wir wissen, dass ihr nicht zu den Fangs gehört, habt ihr von uns nichts zu befürchten. Im Gegenteil, ihr werdet uns helfen, sie zu vernichten.«

»Werden wir?«, fragt Rosalinde trocken. »Ich glaube kaum. Wie gesagt, sie haben meine Familie bedroht. Nach dem heutigen Tag werden wir noch mehr unter Beobachtung stehen. Ich kann behaupten, dass wir wie durch ein Wunder entkommen sind, dass ihr dachtet, wir seien tot, aber bin mir nicht sicher, dass sie das glauben werden.«

»Und genau deshalb müssen wir kämpfen«, betont ihre Tochter leidenschaftlich. »Dieses Affentheater muss aufhören. Ich habe es satt, um sie herumzuscharwenzeln und so zu tun, als sei ich dumm und hätte keine Ahnung von Sirenen-Angelegenheiten. Ich bin bereit, mich für das zu rächen, was sie dir angetan haben.«

Ich sehe Rosalinde fragend an. »Was haben sie dir angetan?«

Die Frau antwortet nicht, also schaue ich wieder zu Jeannette. Sie weicht mir aus, ist sich bewusst, dass sie zu weit gegangen ist.

Zu meiner Überraschung ergreift Herr Tailor das Wort. Ich hatte ihn total vergessen.

»Sie haben dafür gesorgt, dass wir unser Kind verloren haben. Sie haben gesungen, bis es tot war. Sagten, ein Sirenen-Menschen-Mischling habe kein Recht zu leben.«

Griffon schnappt hörbar nach Luft. »Sie haben was getan?«

Jeannette sieht aus, als würde sie am liebsten eine der Leichen erneut angreifen. »Sie standen im Kreis um sie herum. Sangen ihre gespenstischen Lieder. Sie haben den Fötus abgetötet. Ich hätte einen Bruder bekommen, und sie haben ihn umgebracht.«

Mir läuft ein Schauer über den Rücken. Schlimm genug, dass die Fangs damals bei uns zu Hause Wandler-Kinder umgebracht haben, aber das haben sie über Mittler getan. Sie haben sich nie selbst die Hände schmutzig gemacht. Und jetzt haben sie einen der Ihren getötet, einen Siron? Zum Teufel mit ihnen. Es wird Zeit, ihnen ein für alle Mal den Garaus zu machen.

»Ihr wisst, was sie bei der Konferenz vorhaben?«, frage ich.

Beide Frauen nicken.

»Wir werden sie stoppen, bevor sie dazu eine Gelegenheit haben. Ich habe heute acht Fangs getötet. Noch weit mehr gehen auf das Konto meiner Gefährten. Die Sirenen werden jetzt alarmiert sein, aber das soll uns nicht aufhalten. Rosalinde, du wirst mir die Namen und Adressen geben. Und dann gehen wir auf die Jagd. Bis die Politiker sich treffen, wird es keine Fangs mehr geben, die den Menschen ein Halsband umlegen könnten.«

Rosalinde schnaubt verächtlich. »Selbst wenn ich dir die Namensliste geben würde, hättet ihr doch keine Chance. Seht euch doch an. Du bist verletzt. Deine Männer sind auch nicht mehr in bestem Zustand. Die Fangs, die ihr heute hier getötet habt, gehörten nicht gerade zur ersten Garde. Die Bosse haben alle Begleitschutz. Das sind keine leichten Ziele, und sie werden euch töten, bevor ihr auch nur in ihre Nähe kommt.« Sie deutet auf die kleine schwarze Schachtel, die zerbrochen neben mir liegt. »Anti-Sirenen-Technik? Sie arbeiten schon an einer Abwehrmaßnahme. Sie werden ihre Bodyguards schon angewiesen haben, die Geräte zu zerstören, damit sie euch dann einen nach dem anderen erledigen können. Ihr habt keine Chance. Nein, ihr solltet besser aus der Stadt verschwinden. Nur so könnt ihr überleben.«

»Mama«, will Jeannette protestieren, aber Rosalinde bedeutet ihr zu schweigen.

»Jeannette, das ist kein Spiel. Ich habe zugesehen, wie du diesen harmlosen Fangs nachgestellt hast, eben weil sie harmlos waren. Und du glaubtest doch nicht wirklich, dass du dort draußen alleine warst, oder? Ich habe dir immer jemanden hinterher geschickt, der im Notfall eingreifen konnte. Dein netter kleiner Attentäter-Traum endet hiermit. Wir gehen, und wenn du weißt, was gut für dich ist, Kat, dann tust du das auch.«

Ich schüttele den Kopf. Das akzeptiere ich nicht. Ich

brauche sie als Verbündete. Sie kann uns die Namen geben, die wir sonst mühsam und zeitaufwendig herausfinden müssten. Wir könnten jedes Haus der heute getöteten Fang-Mitglieder durchsuchen, aber dazu fehlt uns die Zeit. Wir brauchen Rosalinde Tailor, auch wenn ich mich ungern auf eine Sirene verlasse.

»Du wirst uns helfen«, befehle ich, meine Stimme messerscharf. »Weil du Rache willst. Das kann ich dir ansehen. Sieh dich um. Sieh dir die Toten an. Sie alle können dich nicht länger gegen deinen Willen zu irgendetwas zwingen. Sie sind Geschichte. Wieso lässt du es zu, dass sie dich aus deinem Heim vertreiben? Du hast dir eine Existenz aufgebaut, hast du uns erzählt. Lass das nicht alles zurück. Kämpfe und sorge dafür, dass es keinen mehr gibt, der dir oder deiner Familie schaden kann.«

»Sie hat recht«, springt mir Griffon bei, viel sanfter als ich das je könnte. »Selbst wenn ihr flieht, wird man euch irgendwann finden. Ihr seid an einen gewissen Lebensstandard gewöhnt. Wenn ihr so weiterleben wollt, würdet ihr Aufmerksamkeit erregen. Und glaubst du wirklich, dass ein Leben auf der Flucht so angenehm wäre? Immer über die Schulter schauen zu müssen, immer bereit, seine Sachen zu packen und weiterzuziehen? Glaub mir, ich weiß, wovon ich rede. Das frisst einen innerlich auf. Das willst du nicht wirklich.«

»Ihr habt keine Chance«, wiederholt sie, klingt aber nicht mehr ganz so sicher. »Wie viele seid ihr?«

Lennox lächelt, sein Wolf kommt einen Moment

lang zum Vorschein. Seine Augen wechseln die Farbe, seine ganze Aura verändert sich und lässt das Raubtier in ihm durchscheinen. »Es gibt ein ganzes Wolfsrudel, das nur darauf wartet, von mir Anweisungen zu erhalten. Wir haben Mörder, Diebe, Giftmischer. Wir sind nicht allein.«

»Wolfsrudel?«, fragt Jeannette. »Wolfs-Wandler? Und ein ganzes Rudel?« Mit merkwürdig gierigem Gesichtsausdruck mustert sie ihn von Kopf bis Fuß. »Sehen die alle wie du aus?«

»Der da gehört mir«, fauche ich. »Und jetzt sagt uns, wo wir die Anführer der Fangs finden. Und vor allem, wo sich Lord Delaney versteckt. Mit dem habe ich noch eine Rechnung zu begleichen.«

Rosalinde sieht mir direkt in die Augen, als suche sie dort nach etwas. Nach einer halben Ewigkeit nickt sie schließlich. »Ich mache die Liste. Ich kenne nicht jeden Fang in Attenburg, aber ich habe Nachforschungen angestellt und kann euch nähere Angaben zu ungefähr einem Dutzend Personen machen.« Sie sieht sich im Zimmer um. »Nach Abzug einiger Leute, die ihr hier getötet habt.«

»Ich helfe dabei«, meldet sich Jeannette. »Vielleicht kenne ich einige, die Mutter nicht kennt. Ich habe schließlich meine eigene Abschussliste zusammengestellt.«

Draußen miaut es, angsterfüllt und alarmierend. Ryker springt auf, und ich würde es ihm gerne gleich tun, wenn ich die Kraft dazu hätte. Verdammter Körper. Heile jetzt, du Mistkerl. Von mir aus vergiss den

Katzenschwanz, wenn ich dafür jetzt aufstehen und das Übel bekämpfen kann, von dem uns die Katze berichten will.

Ryker wendet sich mit ernstem Gesicht zu uns um. »Es brennt. Jemand hat unser Haus angezündet.«

KAPITEL 18

Wir rennen so schnell wir können. Lennox und Ryker haben sich gewandelt und sind losgelaufen, während Griffon bei mir geblieben ist. Jede Bewegung tut mir weh, aber die reine Verzweiflung treibt mich vorwärts.

Mein Haus brennt. Sind meine Babys in Sicherheit? Meine Schwestern? Lilly? Bethany? Die Katzenkinder?

Ich darf gar nicht daran denken, was alles geschehen sein könnte. Nein, ich verdränge die Angst und renne. Ich rempele andere Leute an, und mir ist es egal, dass wir Aufmerksamkeit erregen. Ich muss nach Hause.

Als wir endlich um die Ecke in unsere Straße einbiegen, liegt Brandgeruch in der Luft. Eine Rauchfahne steigt aus dem Haus am Ende der Straße auf. Sieht schlimm aus. Das gesamte Gebäude brennt. Flammen schlagen aus den Fenstern bis hoch ins

Dachgeschoss. Menschen haben einen Ring um das Haus gebildet, beobachten es und rufen. Wir drängen uns durch die Menge, kommen aber nicht weit. Brennende Holzbalken sind herabgefallen und blockieren den Eingang. Funken fliegen durch die Luft, landen auf meiner Kleidung und meiner Haut, hinterlassen dort Spuren. Ich achte nicht darauf.

»Lilly!«, schreie ich aus voller Kehle. »Caitlin!«

»Hier sind wir!«

Lillys Stimme kommt von rechts, hinter einer Gruppe neugieriger Menschen hervor. Ich sprinte zu ihr hinüber, ohne Rücksicht auf meine schmerzenden Gliedmaßen. Lilly liegt am Boden, ihr Gesicht rußgeschwärzt. Sie hält Donna und Bella in ihren Armen. Die Zwillinge sind wach, weinen aber nicht. Das macht mir Sorgen. Sie müssten doch verängstigt sein, oder? Haben sie zu viel Rauch eingeatmet?

»Wo sind die anderen?«, fragt Griffon hinter mir.

»Benjamin ist hinten und versucht, allen nach draußen zu helfen. Ich habe Lennox und Ryker zu ihm geschickt, um ihn zu unterstützen. Caitlin hat Leander. Sophie ist auch bei ihr. Ich hab sie weggeschickt, um ein Telefon zu suchen und Hilfe zu holen. Aber inzwischen wird wohl einer der Menschen die Feuerwehr alarmiert haben.«

Ja, wo ist eigentlich die Feuerwehr? Wie kann es sein, dass wir schneller waren und durch die halbe Stadt gelaufen sind, bevor von denen Hilfe kam? Verdammte Menschenbande. Die würden uns gerne ausräuchern.

»Was ist mit Bethany?«

»Weiß ich nicht.« Lilly hustet. »Ist alles so schnell gegangen. Sie haben irgendwas durch die Fenster geworfen. Es gab Explosionen. Ich bin dann schnell ins Kinderzimmer gerannt und hab mir die Babys geschnappt. Ich habe versucht, sie alle zu tragen, bis Caitlin kam und mir geholfen hat.«

»Alle Babys?« Ich bekomme gleich einen hysterischen Anfall. »Was ist mit Shani? Du hast sie nicht erwähnt! Was ist mir ihr?«

»Sie war bei Bethany bevor das alles passiert ist. Sie waren in der Küche, glaube ich…«

Ich sehe zum Küchenfenster. Dicker schwarzer Rauch quillt aus der zerborstenen Fensterscheibe, vermischt mit rot züngelnden Flammen.

Mir ist, als bliebe mein Herz stehen. Mein Baby. Meine wunderbare kleine Shani.

Griffon legt mir eine Hand auf die Schulter. »Wir werden sie finden. Es geht ihr bestimmt gut. Kannst du sie erspüren?«

»Nein, der Rauch blockiert alles.« Mir treten die Tränen in die Augen. »Ich kann sie nicht riechen.«

»Lass uns nach hinten gehen, vielleicht sind sie auf der Rückseite.«

Er kniet sich neben Lilly und küsst die Zwillinge auf die Stirn. »Wir kommen zurück.«

Ich tue es ihm nach, umarme meine Kinder, atme ihren Duft ein.

»Schhhh, bleibt bei Tante Lilly. Wir sind gleich wieder da. Seid schön ruhig.«

Es bricht mir fast das Herz, sie so zurückzulassen. Geht gegen jeglichen mütterlichen Instinkt, aber ich muss mich noch um die anderen Babys kümmern. Leander ist bei Caitlin bestimmt in guter Obhut, obwohl ich ihn in diesem Moment liebend gerne selbst im Arm halten würde. Es wird mir schwerfallen zu glauben, dass es ihm wirklich gut geht, bis ich ihn nicht selbst sehen kann.

Ich folge Griffin um das Haus herum, weiche dabei glühenden Holzstücken aus. Dachziegel haben sich gelöst und fallen krachend wie Geschosse um uns herum auf den Boden. Einer erwischt mich am Ellenbogen, aber ich laufe weiter. Mir tut sowieso alles weh. Jeder einzelne Muskel jault auf vor Schmerzen. Nur die Angst um meine kleine Tochter hält mich aufrecht. Ist schon ein Wunder, was Liebe bewirken kann.

Wir klettern über die Gartenmauer, um das Haus von hinten zu erreichen. Dort sieht es noch schlimmer aus. Das Dach scheint kurz vor dem Einsturz zu stehen, und aus jedem einzelnen Fenster schlagen die Flammen. Ryker, Lennox und Benjamin stehen dicht nebeneinander an der steinernen Hofeinfassung. Zu ihren Füßen haben sich einige Katzen versammelt, aber es sind bei weitem nicht alle, die bei uns im Haus leben. Ryker hält ein Katzenjunges im Arm, dessen Fell zur Hälfte verbrannt ist. Es miaut leise, die Verbrennungen scheinen zum Glück nur oberflächlich zu sein. Benjamin ist von Kopf bis Fuß mit Ruß und Asche bedeckt. Rote Blasen haben sich auf seinen Armen gebildet, wo er den Flammen wohl zu nahe gekommen ist.

»Wie sieht's aus?«, frage ich und bemühe mich um rationales Auftreten.

Ryker sieht zu mir auf, Tränen stehen ihm in den Augen. Verdammt. Ich habe ihn noch nie weinen sehen.

»Pumpkin ist reingelaufen, um die Jungen zu retten«, krächzt er. Seine Angst klingt aus jeder Silbe. »Ich hab versucht, ihn aufzuhalten, aber er war schneller. Solch ein Idiot, in ein brennendes Gebäude zu rennen...«

»Du hast doch auch versucht, ihm hinterher zu laufen«, erklärt Lennox ruhig. »Und das hättest du auch getan, wenn ich dich nicht zu Boden geworfen hätte. Tot kannst du weder für deinen Sohn noch sonst jemanden etwas tun.«

Ich nehme Ryker in den Arm und drücke ihn so fest, wie das möglich ist, ohne das Katzenbaby zu zerquetschen. Er riecht angesengt, wie wahrscheinlich wir alle mittlerweile. Ich finde keine Worte. Gibt es für Pumpkin noch Hoffnung? Er ist klein, aber das ganze Haus steht in Flammen. Ich weiß nicht, wie er da noch lebend rauskommen kann, geschweige denn Katzen retten. Einige von ihnen waren auch vorher schon verletzt, deshalb hat er sich ja um sie gekümmert. Er ist wirklich zum Mini-Ryker geworden, sammelt Katzen ein und fügt sie seinem eigenen kleinen Clan hinzu.

»Er wird es schaffen«, flüstere ich und hoffe nur, dass ich einigermaßen überzeugend klinge. »Er ist stark und klug. Er wird den Weg nach draußen finden.«

Ryker antwortet nicht. Er drückt nur sein Gesicht in meine Schulter und vergräbt seinen Kopf in meinen Haaren. Er will sich vor der Realität verstecken. Ich verstehe schon.

»Benjamin, hast du Shani gesehen?«, fragt Griffon drängend. »Lilly hat gesagt, dass Bethany sie hatte.«

»Ich weiß nicht«, hustet Benjamin. »Ich habe sie vor einer halben Stunde in der Küche gesehen, aber vielleicht war sie schon woanders, als das Feuer ausbrach. Bethany war gerade dabei, Shani die Zubereitung von einfachen Giften beizubringen.«

Zu jeder anderen Zeit wäre ich beim Gedanken daran, wie Bethany einem Baby das Giftmischen erklärt, in lautes Gelächter ausgebrochen – aber nicht jetzt. Das hebe ich mir für hinterher auf, wenn alles wieder OK ist.

Ryker steht immer noch dicht an mich gedrückt, und ich strecke meine Hände aus. Griffon und Lennox ergreifen sie, ohne dass ich etwas sagen muss. Ich ziehe sie dichter an uns heran, und so stehen wir in einer Traube, wärmen uns gegenseitig gegen die eisige Kälte in unserem Innern, auch wenn um uns herum weiter die Flammen wütend knistern und krachen. Eines meiner Babys wird vermisst. Ich müsste etwas tun, aber was? Es drängt mich, in das brennende Haus zu rennen, aber der Verstand sagt nein. Und meine Männer würden das nie zulassen. Nein, es kann ja auch sein, dass es ihr gutgeht. Bethany hat sie vielleicht in Sicherheit gebracht. Wenn sich nur der Rauch verziehen würde – dann könnte ich meine Sinne nach ihr ausfahren.

Ich hätte nie gedacht, dass Feuer so viel Krach machen kann. Da ist ein sonderbares Brüllen und Zermalmen, wie bei einem Raubtier, das seine Beute verschlingt. Weitere Dachziegel krachen auf den Boden. Um uns herum liegen überall Glasscherben. Wenn ich eine dichterische Ader hätte, würde ich sie mit den Splittern meines gebrochenen Herzens vergleichen. Aber die habe ich nicht. Ich bin nur eine Mutter, die mit jeder Faser, mit allem, was in ihr ist hofft, dass ihr Kind am Leben ist.

»Was sollen wir tun?«, flüstere ich.

»Wir fragen die Menschen«, schlägt Lennox vor. »Vielleicht haben sie Bethany und Shani gesehen. Im Moment ist es doch vollkommen egal, ob wir ihre Aufmerksamkeit auf Shanis pelzige Haut lenken. Wir stehen sowieso schon im Blickpunkt der ganzen Straße, des gesamten Stadtviertels.

Aus der Ferne klingt eine Sirene. Die Feuerwehr, endlich! Bis sie hier sind, wird das Haus in Schutt und Asche liegen.

Wieder kracht es im Haus. Es steht kurz vor dem Einsturz. Dann eine Stimme, ein Mann. Hä?

»Hilfe!«

Ich erkenne die Stimme nicht, aber das ist nicht von Bedeutung. Er ist in der Nähe, er muss sich direkt hinter der brennenden Hintertür befinden. Ich wechsle einen Blick mit den Männern. Keine Chance, dass wir hier nicht eingreifen.

Griffon reißt sich das Hemd herunter und windet es sich um die Hände, bevor er auf das Haus zustürmt. Lennox tut es ihm nach, und gemeinsam schaffen sie es, die Tür zu öffnen. Sie zerbricht in brennende Einzelteile. Jetzt, wo wir ins Innere schauen können, verlässt mich der Mut. Alles steht in Flammen.

»Hallo?«, rufe ich. »Wo bist du?«

Keine Antwort. Aber dann höre ich ein Baby schreien. Diesen Ruf würde ich unter Tausenden erkennen. Es ist Shani. Ihre Stimme ist etwas höher als die ihrer Geschwister. Griffon sagt immer, sie wird mal ein Sopran sein, die anderen dagegen eher Alt von der Stimmlage her. Ist im Moment gerade nicht wichtig. Sie lebt. In einem brennenden Gebäude, von uns durch ein Flammenmeer getrennt. Könnte etwas noch schlimmer sein?

Wieder ein Krachen. Dann erscheint eine Gestalt hinter den Flammen. Der Rauch treibt mir die Tränen in die Augen, ich kann nicht viel erkennen, aber es ist definitiv ein Mann.

Wir brauchen Wasser, um die Flammen zu ersticken, aber die Feuerwehr ist noch zu weit entfernt. Wieso schleppen die Menschen keine Wassereimer herbei? Wieso hilft uns eigentlich keiner?

»Ich werde etwas versuchen. Hoffentlich gelingt es«, verkündet Griffon und streckt seine Hände aus, als wolle er das Gebäude umarmen. Dann öffnet er den Mund und beginnt zu singen. Es ist eine ruhige, sanfte Melodie, so gar nicht im Einklang mit dem Inferno vor unseren Augen. Sie gleitet über mich hinweg, spült etwas von meinen Ängsten fort. Das will ich gar nicht. Ich schiebe sie zur Seite und wie immer ist Griffons Zauberkraft nicht stark genug, mich völlig in seinen Bann zu schlagen. Ich drehe mich um und sehe die anderen an. Die drei Männer lächeln alle. Benjamin sieht benommen aus. Das überrascht mich nicht, er ist ja nur ein Mensch.

Griffon hebt die Stimme, sein Gesang wird kräftiger, zwingender. Er hat es erst auf die sanfte Tour probiert, jetzt wechselt er in Kampf-Modus. Die Flammen im Eingang erzittern. Zunächst bin ich mir nicht sicher, ob das nur der Wind ist; aber nein, sie reagieren auf die Musik. Wow. Ich wusste nicht, dass er so etwas kann. Nach seinem überraschten Gesichtsausdruck zu urteilen, war ihm das auch nicht bewusst.

Durch den Anfangserfolg ermutigt, fährt er fort, die Flammen niederzusingen. Sie wehren sich, wollen sich dem Lied des Sirons nicht beugen, aber er ist stärker. Mit jeder Sekunde werden sie kleiner, bis nur noch Funken und schwelende Asche übrigbleiben. Griffon geht weiter und attackiert jetzt die Flammen, die uns noch von dem Mann trennen. Ihm steht der Schweiß auf der Stirn, er mischt sich mit der Asche auf seiner Haut und zieht schlammige Spuren. Ich wünschte, ich könnte ihm irgendwie Kraft übertragen – aber mir bleibt ja selbst kaum noch Energie.

»Kat!« Ich wirbele herum und sehe, wie Bethany über die Mauer klettert. Außer einigen Kratzern hat sie nichts abbekommen. Und Shani ist nicht bei ihr. Wut steigt in mir auf. So sehr ich mich freue, dass sie in

Sicherheit ist – mein Kind ist noch da drinnen, in einem brennenden Haus, weil sie es nicht rechtzeitig rausgeschafft hat. Ich hatte meinen Freunden die Sicherheit meiner Kinder anvertraut.

»Draußen gab es ein Geräusch, und ich wollte nur nachsehen«, keucht sie, ist sich offenbar bewusst, dass ich kurz davor bin, sie zur Schnecke zu machen. »Ich habe Shani in der Küche gelassen; ich wollte sie doch nicht in Gefahr bringen, falls da draußen noch mehr Mutanten herumliefen. Gerade als ich aus dem Haus trat, explodierte alles. Es tut mir so leid, ich habe versucht, sie rauszuholen, aber ich wurde zurückgeworfen und war bewusstlos, und als ich wieder zu mir kam...«

Sie lässt die Schulter hängen und sieht so verloren und schuldbewusst aus, dass mein Ärger verfliegt.

»Jemand hat sie gefunden«, erkläre ich und wende mich wieder der Gestalt im Rauch zu. »Griffon versucht gerade, die Flammen zurückzudrängen, damit die Beiden raus können.«

Als die Flammen endlich niedrig genug sind, dass wir den Mann einigermaßen erkennen können, schwankt Griffon schon deutlich. Lennox stellt sich ihm an die Seite, stützt ihn, während ich versuche, trotz der Schmerzen auf den Beinen zu bleiben. Ryker hat noch nichts gesagt, sich nicht bewegt. Er ist vor Kummer ganz starr. Wenn ich ihm doch nur helfen könnte! Wenn wir doch nur Pumpkins Miauen und Shanis Baby-Geschrei hören könnten!

Griffons Stimme wird leiser, hat aber immer noch

die beabsichtigte Wirkung. Die Flammen ziehen sich zurück, geben einen Weg zwischen uns und dem Mann frei. Er stolpert vorwärts, hält etwas an die Brust gedrückt. Sein Gesicht ist noch nicht zu erkennen, jetzt, wo die Flammen das Zimmer nicht mehr erleuchten. Er hat in der anderen Hand einen Korb, es sieht aber so aus, als könne er ihn nicht länger festhalten. Der arme Kerl muss furchtbar viel Rauch eingeatmet haben. Ein Wunder, dass er überhaupt noch aufrecht stehen kann.

Ich warte nicht länger. Ich renne hinein, bis ich ihm gegenüberstehe. Wortlos strecke ich meine Hände aus, und er gibt mir das Bündel, das er an sich gedrückt hielt. Shani war in ein nasses Handtuch gewickelt, das allerdings mittlerweile fast trocken ist. Sie blinzelt mich mit großen Augen an, dann lächelt sie. Es geht ihr gut. Ich quietsche, ja, wirklich, ich quietsche! Und küsse sie, drücke sie so fest an mich, wie es geht, ohne sie umzubringen. Einen Moment lang ist die Welt wieder in Ordnung. Bis der Mann neben uns gurgelnd einatmet und dann auf die Knie sinkt.

Gut, also die Welt ist noch nicht wieder ganz in Ordnung.

Ich nehme den Korb, werde von kläglichem Miauen begrüßt. Er hat also nicht nur meine Tochter gerettet, sondern auch noch die Katzenjungen. Wer ist der mysteriöse Retter? Ich habe ihn mir nicht einmal genau angesehen. Hatte zu viel mit Shani zu tun und ob es ihr gutging.

Ich will ihm meine Schulter anbieten, damit er sich anlehnen kann, aber jetzt tritt Ryker vor und starrt den jungen Mann an. Und ich starre jetzt auch, denn der Mann – also eher ein Junge – sieht so vertraut aus. Als wäre er Rykers kleiner Bruder.

»Du musst rauskommen, Griffon kann nicht mehr!«, ruft Lennox von draußen. Ryker greift sich den Jungen und stützt ihn beim Gehen, während ich Shani und die Katzen in Sicherheit bringe. Sobald wir draußen sind, hört Griffon auf zu singen. Er ringt nach Atem, setzt sich dann hin, ist blass und schweißgebadet. Lächelt mich aber trotzdem an, um mir zu zeigen, dass ich mir keine Sorgen um ihn machen muss.

Ich fingere an Shani herum, zähle ihre Finger und Zehen, um sicherzugehen, dass noch alles an ihr dran ist und ihr Fellchen nicht versengt wurde. Abgesehen von einigen Rußflecken auf der Haut scheint es ihr ausgezeichnet zu gehen. Ein Wunder. Sie lächelt mich an, als sei nichts geschehen und wickelt dann ihre kleine Faust um meinen Finger. Ich streichele ihr den Kopf und genieße einfach, sie so im Arm zu halten. Die Kätzchen miauen neben mir im Korb, es hört sich aber nicht an, als würden sie leiden, also überlasse ich sie für den Moment sich selbst. Später werde ich ihnen ein bisschen Katzenminze geben, gegen die Nachwirkungen des Schocks. Ich schaue auf das brennende Haus. Wohl doch nicht. Unser Vorrat an Katzenminze ist futsch, alles andere auch. Unser Zuhause hat sich buchstäblich in Rauch aufgelöst und brennt noch immer. Auf der anderen Seite ist jetzt fließendes Wasser zu hören, die Feuerwehr ist anscheinend eingetroffen. Zu spät. Da gibt's nichts mehr zu retten. Aber wir sind zumindest am Leben. Nur unser Zuhause hat's erwischt.

»Pumpkin«, sagt Ryker und holt mich damit in die Gegenwart zurück, wo ich ihn und den jungen Mann nicht mehr beachtet habe.

Ich brauche einen Moment, bis ich die Tragweite dieses Worts erfasst habe. Mit offenem Mund starre ich den Jungen an. Dunkelgraues Haar. Haut so schwarz wie mein Pantherfell. Gelbe Augen.

Rykers Augen.

Dieser Junge ist Pumpkin. Aus dem Katzenjungen ist ein junger Mann geworden.

Wir geben wohl einen jämmerlichen Anblick ab, als wir durch die Straßen von Attenburg ziehen. Wir nutzen denselben Wagen, mit dem wir vor einem Monat angekommen sind, nur dass ich diesmal nicht blute und vier Neugeborene an der Brust habe. Wir haben die Babys und die Katzenkinder auf dem Karren untergebracht. Da wir die Pferde verkauft haben, ziehen und schieben wir nun selbst. Keiner von uns hat noch große Kraftreserven, aber Griffon geht es am schlechtesten. Sein Gesicht ist aschfahl, und er hält sich am Wagen zur Stütze fest. Wir haben ihm angeboten, sich auch auf den Wagen zu setzen, aber er wollte davon nichts wissen. Dazu ist er zu stolz, auch kurz vor dem Umfallen.

Ryker und Pumpkin gehen Seite an Seite, Pumpkin hustet alle paar Schritte. Er hat zu viel Rauch eingeatmet, aber im Moment können wir nichts weiter tun. Ich werfe ihnen immer einen Blick zu, wenn ich nicht gerade meine Babys anstarre, dankbar, dass sie überlebt haben. Pumpkin ist fast so groß wie Ryker, hat aber nicht dieselbe Muskelmasse. Er sieht aus wie ein Fünfzehn- oder Sechzehnjähriger, ein Alter, in dem Arme und Beine der Jungen zu lang im Verhältnis zum übrigen Körper zu sein scheinen. Er ist schlaksig, aber dadurch nicht weniger attraktiv. Die meisten Mädchen im Teenageralter würden wohl kaum ein Date mit ihm ausschlagen.

Ich habe noch nicht mit ihm gesprochen, habe Ryker Zeit gegeben, sich mit seinem Sohn zu unterhalten. Das fällt mir nicht leicht; ich kann meine Neugier kaum noch zügeln. Der Katzenjunge, mit dem alles begann, ohne den ich Ryker nie kennengelernt hätte, hat gerade die Wandlung zum Menschen vollzogen. Wir hatten uns immer gefragt, ob er das irgendwann könnte, aber es brauchte wieder diesen Augenblick auf Leben und Tod, damit die Wandlung möglich wurde. Genau wie bei seinem Vater. Die beiden sehen sich so ähnlich, dass ich mir kaum vorstellen kann, wie wohl ihre Mutter ausgesehen hat. Vielleicht sind Wandler-Gene die dominanten über normale Katzen-Gene.

Die Leute starren uns an, aber das ignoriere ich. Wir haben jetzt keine Wahl und müssen ins Zentrum der Stadt. Unser Heim gibt es nicht mehr, wir brauchen einen Unterschlupf. Die Sirenen haben unser Haus abgefackelt, und egal, ob es die Fangs waren oder andere, sie versuchen vielleicht bald wieder, uns zu töten, und im Moment ist keiner von uns kampfbereit. Bei mir schreitet der Heilungsprozess langsam voran, die Schmerzen lassen nach, aber ich könnte meine Familie sicher nicht erfolgreich gegen mehrere Feinde verteidigen. Wir brauchen Hilfe, auch wenn es wehtut, das zuzugeben. Lady Lara ist unsere einzige Hoffnung. Sie wird uns bestimmt Zuflucht gewähren, auch wenn das im Rathaus zu einigem Aufsehen führen wird.

Caitlin hat versucht, uns telefonisch anzumelden, ist aber nicht bis zur Bürgermeisterin persönlich vorgedrungen. Als sie die Feuerwehr rief, sagte man ihr, unser Haus stünde auf der Schwarzen Liste, was auch immer das bedeuten mag. Sie brauchte furchtbar lange, sie zum Einsatz zu überreden. Ich werde mir denjenigen, der heute dort zuständig war, später vornehmen. Von wegen auf der Schwarzen Liste. Dahinter stecken bestimmt Delaney oder andere Sirenen. Sie wollten verhindern, dass man unser Haus und seine Bewohner noch retten konnte. Ich weiß nicht, ob sie davon ausgegangen sind, dass wir alle darin sein würden. Egal, sie werden sterben, langsam und qualvoll.

Sophie kommt an meine Seite und nimmt meine Hand. »Ich freue mich darauf, sie kennenzulernen.«

»Wen?«

»Die Bürgermeisterin. Ich habe sie noch nie getroffen, aber du hast so viel von ihr erzählt.«

Ich zwinge mich, sie anzulächeln. »Du magst sie bestimmt. Sie hat normalerweise auch immer Kekse im Büro. Du bekommst sicher welche.«

»Schoko-Kekse?«

»Normalerweise Zitrone. Obwohl ich wünschte, sie hätte welche mit Katzenminze. Die könnte ich jetzt gut gebrauchen.«

Sophie nickt geflissentlich. »Ich auch. Bethany sollte wieder welche backen.«

»Hab ich da was von Katzenminze-Keksen gehört?«, ruft Lilly von hinten. »Die sind ungesund!«

Ich sehe Sophie an und verdrehe betont die Augen. »Sie hat einfach keine Ahnung.«

»Hast du ihr je gesagt, sie soll Katzenminze mal probieren?«

»Ja, und sie mochte sie nicht. Hat gesagt, die würde nach Petersilie schmecken.«

Sophie wirft Lilly einen verächtlichen Blick zu. »Das stimmt einfach nicht.«

»Bin absolut deiner Meinung. Wie fühlst du dich?«

»Mir geht's gut. Wir sind rausgekommen, bevor das Feuer zu schlimm wurde. Ist der Mann da wirklich Pumpkin?«

Ich nicke. »Ja. Wenn du näher an ihn herangehst, wirst du merken, dass er wie Pumpkin riecht, auch wenn er nicht mehr so aussieht.«

Meine Schwester zieht einen Flunsch. »Ich dachte, er wäre kleiner.«

»Ich auch. Für so eine kleine Katze ist er ein ziemlich großer Mensch.«

»Weißt du, ob er sich zurückwandeln kann?«

»Ich hoff's. Das werden wir sehen. Jetzt lass ihm erst einmal Zeit mit seinem Vater. Die haben sicher viel zu besprechen. Willst du rauf auf den Wagen?«

Sie starrt mich an. »Ich bin doch kein Baby mehr. Vielleicht solltest du lieber da oben sitzen.«

Ich seufze. »Ja, vielleicht. Sag's keinem weiter, aber ich bin total fertig.«

»Mach ich nicht«, flüstert sie ernst. »Du kannst mir vertrauen.«

»Das weiß ich. Und ich bin froh, dass du hier bei mir bist. Die nächsten Wochen werden ziemlich hart, aber wir haben schon Schlimmeres gemeinsam überstanden. Mach dir also keine Sorgen, wir schaffen das.«

Das rede ich sowohl ihr als auch mir ein. Es tut gut, diese Worte zu hören, auch wenn ich sie selbst ausspreche. Wir schaffen das. Das ist alternativlos.

. ° ° ° ° ° °

Ich lasse die anderen draußen warten und gehe allein ins Rathaus hinein. Ich will doch den Mann am Empfang nicht zu sehr verunsichern. Aber er ist gar nicht da. Stattdessen herrscht hier das reinste Chaos. Polizeibeamte schwärmen durch die Eingangshalle, sehen ernst und besorgt aus. Einer von ihnen, ein junger Mann, kaum der Pubertät entwachsen, hält mich an.

»Tut mir leid, Sie dürfen hier nicht rein.«

»Ich bin hier, um die Bürgermeisterin zu sprechen. Ich bin ihr Bodyguard.«

Er sieht mich zweifelnd an. »Sie sehen nicht wie einer aus.«

Stimmt, mit dem ganzen Blut und Ruß auf mir, biete ich sicher einen erbärmlichen Anblick. Nicht mein stärkster Auftritt, das muss ich ihm zugestehen.

»Wo waren Sie denn vor zwei Stunden?«, fragt er mich, und seine Stimme klingt plötzlich deutlich harscher.

»Warum?«

Er greift meinen Arm. »Ich bringe Sie zu meinem Vorgesetzten.«

Für so etwas habe ich jetzt keine Zeit. Ich nehme seine Hand, drehe sie um und stoße ihm gleichzeitig die Beine weg. Er fällt mit einem überraschten Schrei zu Boden. Ja, mein Junge, deine hübsche Uniform flößt mir wenig Respekt ein.

Ich renne auf den Fahrstuhl zu, weiche dabei Polizisten aus, die versuchen, mich aufzuhalten. Einem schlage ich die Faust ins Gesicht, als er in dem Moment den Fahrstuhl betreten will, wo sich die Türen gerade schließen. Mit dem Knie halte ich den Knopf für die Türsperre gedrückt, während ich mit den Fingern die geheime Kombination eingebe, die mir die Kontrolle über den Aufzug gibt. Zum Glück kennen die Polizisten sie nicht und haben sie nicht außer Kraft gesetzt. Sobald sich der Fahrstuhl nach oben bewegt, lehne ich mich gegen die Wand und gebe mich meiner Erschöpfung hin. Nur einen Moment lang, in dem ich nicht die Maske ständiger Stärke tragen muss. Wenn ich könnte, würde ich mich auf dem Boden zusammenrollen und tagelang schlafen. Kann ich aber nicht.

Sobald sich die Türen des Fahrstuhls öffnen, schiebe ich meine Müdigkeit wieder beiseite. Menschen rennen die Flure auf und ab, Angestellte genauso wie Polizeibeamte. So langsam habe ich ein schlechtes Gefühl dabei.

»Judy!«, rufe ich, als ich ein vertrautes Gesicht sehe. »Was zum Teufel ist hier los?«

Sie ist eine von Lady Laras Assistentinnen und hat mich zwar erst ein- oder zweimal gesehen, erkennt mich aber sofort wieder.

»Die Bürgermeisterin ist weg«, sagt sie atemlos. »Sie ist verschwunden.«

Ich starre sie an. Ich brauche einen Moment, bis in meinem Kopf angekommen ist, was sie gerade gesagt hat. »Weg? Also plötzlich in Urlaub gefahren? Oder entführt worden?«

»Das wissen wir nicht, aber es sieht so aus, als sei sie nicht freiwillig gegangen. In ihrem Büro gibt es Spuren eines Kampfes. Die Polizei sieht sich das gerade an.«

Sie will mich anfassen, besinnt sich dann aber eines besseren und verschränkt die Arme vor der Brust. »Können Sie nach ihr suchen? Ich glaube, Ihnen gelingt es eher, sie zu finden, als der Polizei.«

Hmm. »Wieso glauben Sie das?«

Judy tritt näher an mich heran und senkt die

Stimme. »Weil ich nicht glaube, dass sie von *Menschen* entführt wurde.«

Aha. Sie weiß also von den Sirenen. Lady Lara hat demnach genug Vertrauen in sie, um mit ihr darüber zu reden.

Ich seufze und gehe ins Büro, sie wird mir schon folgen. »Erzählen Sie mir alles, was Sie wissen.«

* * * * *

Judy findet im Erdgeschoss ein leeres Zimmer für uns und lässt meine Familie durch eine Hintertür herein, unbemerkt von den überall herum wuselnden Polizisten. Die erinnern mich an Ameisen, laufen auf unergründlichen Routen hin und her, ob mit oder ohne Ziel. Vielleicht wollen sie tatsächlich nur geschäftig aussehen, haben in Wirklichkeit aber keine Ahnung, was sie da tun. Sollte Lady Lara von Sirenen entführt worden sein – und danach sieht es aus – werden sie kaum etwas unternehmen können.

Ich sitze auf dem bequemsten Stuhl, den ich finden konnte und gebe Shani die Brust, die so gierig saugt, dass ich schmerzhaft zusammenzucke. Die Männer stehen mit den anderen Babys Schlange, damit alle ihr Mittagessen bekommen können. Oder ist es schon das Abendessen? Ich habe jegliches Zeitgefühl verloren. Das Verschwinden von Lady Lara hat mir allerdings den nötigen Adrenalinschub gegeben, um weiter durchzuhalten.

Pumpkin und Sophie stehen mit den Katzenkindern

in einer Ecke und säubern sie mit nassen Handtüchern. Ich habe mit Pumpkin noch immer nicht sprechen können. Das ärgert mich, die Schuld daran trägt diese verrückte Welt, die mir momentan andere Prioritäten aufdrängt.

Die anderen haben sich hingesetzt und sehen so erschöpft aus, wie ich mich fühle.

»Benjamin, wo ist das Reh?«, fragt Caitlin leise, fast flüsternd. Ich verstehe, warum. In dem Zimmer ist es fast gespenstisch still, Shanis Saugen ist das einzige Geräusch. Selbst die anderen Babys verhalten sich still. Vielleicht spüren sie, dass sich etwas verändert hat.

»Sie ist rausgelaufen, bevor das Feuer sich ausgebreitet hat«, flüstert er zurück. »Draußen war sie nicht, also ist sie wohl davongelaufen. Hoffentlich kommt sie zurück.«

Meine Schwester legt ihm einen Arm um die hängenden Schultern. »Da bin ich mir sicher, sie liebt dich doch auch.«

Shani macht ihr Bäuerchen, ein Zeichen, dass sie satt ist. Ich schaue auf sie herab, dieses kleine Wunder mit den großen unschuldigen Augen und der pelzigen Haut. Ich habe vier Babys während eines Kampfes im Nirgendwo geboren. Das hier ist doch gar nichts dagegen.

Ich gebe Shani an Lennox weiter und übernehme Leander. Er schläft, saugt sich aber sofort fest, als ich ihm die Brust gebe. Er hält seine Augen geschlossen, während er trinkt. Einfach süß.

»Lasst uns mal die nächsten Schritte planen«, sage

ich laut. »Wir haben nicht die Zuflucht gefunden, die wir erhofft hatten, und unsere einzige Chance auf Hilfe liegt darin, Lady Lara zu finden. Es steht wohl außer Frage, wer sie entführt hat – die Fangs. Ich weiß nicht, warum sie das getan haben, statt auf den Kongress zu warten, aber so ist es halt. Wir müssen sie befreien. Gleichzeitig müssen wir die Fangs weiterverfolgen. M.I.A.U.-Team – ihr wisst es noch nicht, aber die Zielperson, die ich heute töten sollte, entpuppte sich als eine Feindin der Fangs. Sie wird uns eine Liste mit Namen aller Fangs in der Stadt geben. Ich werde sie anrufen, sobald ich mit Stillen fertig bin. Lennox, würdest du bitte Herrn Moon anrufen und ihm sagen, dass wir seine Wölfe brauchen, um die nicht zu mächtigen Sirenen auszuschalten. Bethany – «

Plötzlich fällt mir etwas ein, als ich unsere Giftmischerin ansehe. »Die MacFays! Sind sie aus dem Haus entkommen?«

Ihre Augen weiten sich vor Schreck. »Ich hab gar nicht an sie gedacht«, flüstert sie. »Ich hab nicht...«

»Das hat keiner von uns«, sagt Benjamin und berührt sie am Arm. »Anderes war in dem Moment wichtiger. Soll ich zurückgehen und mich nach ihnen umsehen?«

Was er meint ist wohl, nachsehen, ob sie zu Asche verbrannt sind. Ich nicke. »Mach das und sieh auch nach, ob noch irgendetwas von unseren Sachen zu retten ist. Ich bezweifle das, aber so sind wir auf der sicheren Seite. Lilly, Sophie, Caitlin, ihr bleibt bitte hier und kümmert euch um die Kinder. Ihr werdet unsere zentrale Anlaufstelle sein. Wir werden uns höchstwahrscheinlich aufteilen, um so viele Fangs wie möglich zu erreichen, und werden euch immer anrufen, wenn es Neuigkeiten gibt. Ihr könnt die Nachrichten dann an die anderen weitergeben. Gut so?«

Caitlin schüttelt den Kopf. »Nein, nicht gut. Ich werde mit kämpfen. Ich werde nicht wie ein kleines Kind hier herumsitzen. Du weißt genau, dass ich kämpfen kann. Ich habe es schließlich von klein auf gelernt, genau wie du.«

»Aber...«

»Lass sie«, sagt Lennox und legt mir seine Hand auf die Schulter. »Sie hat Recht. Wir brauchen jeden, der kämpfen kann.«

»Ich will auch mitkommen!«, meldet sich Sophie. »Ich kann...«

»Nein«, knurre ich sie an. »Du bestimmt nicht. Caitlin ist erwachsen und kann selbst entscheiden, ob sie ihr Leben aufs Spiel setzen will. Du nicht. Wir brauchen dich hier als Anlaufstelle. Lilly braucht dich auch.«

»Das stimmt«, pflichtet mir Lilly ernsthaft bei. »Ich kann das ohne dich nicht schaffen, Sophie.«

Bevor meiner kleinen Schwester noch weitere Einwände einfallen, fahre ich fort. »Bethany, willst du kämpfen oder hierbleiben?«

»Weder noch. Ich werde einkaufen gehen. Wir brauchen Medizin und Essen. Ihr werdet wohl kaum unverletzt zurückkommen, ich muss also vorbereitet sein. Ich werde mit Judy alles absprechen. Vielleicht hole ich in der Apotheke auch noch ein paar Zutaten für Gifte. Nichts Besonderes, aber auf die Weise sind wir vorbereitet, falls die Sirenen nochmal ins Rathaus zurückkommen.«

»Gut. Griffon, vielleicht solltest du Tante Rose anrufen. Wenn das hier schiefgeht, müssen wir Attenburg bestimmt für eine Weile verlassen. Vielleicht kennt sie einen Ort, an dem wir bleiben könnten.«

»Ich bin sicher, Herr Moon würde uns auch in der Unterkunft seines Rudels unterbringen«, wirft Lennox ein.

»Ja, aber ich stehe lieber in der Schuld von Familienmitgliedern als von Fremden mit undurchsichtigen Absichten. Es ist gut, Herrn Moon als Verbündeten zu haben, aber ich glaube nicht, dass unsere Pläne ansonsten deckungsgleich sind.«

Ich wende mich an Pumpkin. »Wirst du bei den Katzenjungen bleiben?«

Er nickt. »Mach ich.«

Sogar seine Stimme ähnelt der von Ryker. Er klingt noch etwas unsicher, als sei er etwas verwirrt, warum er plötzlich wie ein Mensch sprechen kann, findet sich aber erstaunlich gut damit zurecht.

Ryker nimmt mir Leander vom Schoß und reicht mir Bella. »Ich werde die Katzen in Alarmbereitschaft setzen. Außerdem wissen sie mittlerweile von dem Feuer und ich will nicht, dass sie sich Sorgen machen. Falls nötig, können wir sie bitten, in der Nähe der Sirenen-Häuser Ablenkungsmanöver zu starten, damit die Bewohner beschäftigt sind, bis wir sie töten können.«

»Gut. Weiß jetzt jeder, was er zu tun hat?«

Allgemeines Kopfnicken und verbale Bestätigungen. Während die Männer den Raum verlassen, füttere ich erst Bella, dann Donna und mache dabei im Geiste Pläne. Ich habe noch keinen Beweis, bin mir aber sicher, dass Delaney hinter dem Brandanschlag steckt. Wir hätten gleich nach meiner Rückkehr von der Entführung umziehen sollen. Denn er wusste nun, wo wir wohnten. Wir haben zwar Sicherheitsvorkehrungen getroffen, aber die waren eindeutig nicht ausreichend gegen Sprengstoff oder was immer er verwendet hat, um das Haus in Brand zu setzen. Es war fahrlässig von uns, in diesem Haus zu bleiben. Aber wir hatten schließlich andere Probleme. Mir ging's nicht gut, die Babys brauchten ein stabiles Zuhause. Na ja, so was in der Art.

Nachdem Donna fertig ist, lege ich sie vorsichtig auf eine Decke zu den anderen und gehe hoch in Lady Laras Büro. Dort zirkulieren immer noch ein paar Polizisten, aber weniger als zuvor. Judy muss ihnen erklärt haben, dass ich hier bin um zu helfen, denn diesmal hält mich niemand auf. Sie werfen mir komische Blicke zu, aber keiner stellt blöde Fragen.

Als ich ihr Büro betrete, schlägt mir sofort der Geruch von Sirenen entgegen. Es müssen mehrere gewesen sein, sonst wäre der Gestank nicht so stark.

»Raus«, herrsche ich die beiden Polizistinnen an, die gerade in Lady Laras Schreibtischschubladen wühlen.

»Wie kommen Sie dazu....«

»Raus hier«, fauche ich sie an und blecke die Zähne. Sie treffen die richtige Entscheidung und verlassen fluchtartig das Zimmer. Wahrscheinlich holen sie Verstärkung, aber das ist mir gleichgültig. Ich schließe die Augen und konzentriere mich ganz auf meinen Geruchssinn. Je länger ich das tue, umso klarer zeichnet sich ein Bild ab. Die Sirenen sind durch die Tür eingedrungen, blieben am Schreibtisch stehen, und mindestens einer hat die hölzerne Oberfläche berührt. Dann sind sie wieder rausgegangen, aber nicht alle auf einmal. Eine der Sirenen ist durchs Büro gelaufen, hat Schubläden aufgezogen und linker Hand das Regal berührt. Sie müssen etwas gesucht haben.

Ich öffne wieder die Augen. Der lederne Schreibtischstuhl wurde umgestoßen, aber ich kann an ihm keine Geruchsspuren von Sirenen erkennen. Lady Lara muss das selbst getan haben. Das ist das einzige Anzeichen eines Kampfes. Wahrscheinlich haben sie sie mit ihrem Sirenenzauber überwältigt, nicht mit physischer Gewalt. Hätten sie richtig gekämpft, gäbe es Spuren von Laras Schweiß und Adrenalin in der Luft, aber die fehlen.

Ich ziehe einen Stuhl an den Türrahmen und stelle mich darauf, um an die Anti-Sirenen-Box heranzukommen, die dort oben befestigt ist. Sie ist in einer Uhr verborgen, aber das reichte offensichtlich als Versteck nicht aus. Man hat sie ausgeschaltet. Ich rieche an der Uhr. Sie wurde von keiner Sirene berührt. Von einem Menschen. Was bedeutet, dass ein Siron jemanden bezirzt haben muss, damit der hier hineingeht und die Anti-Sirenen-Technik abstellt. Theoretisch sollte diese Box jede Einflussnahme einer Sirene auf einen Menschen unmöglich machen, aber wir konnten nie testen, ob dies bei wirklich mächtigen Sirenen auch funktionieren würde. Griffon hat sich geweigert, einen Menschen entsprechend zu manipulieren. Jetzt wünschte ich, er hätte es getan. Anscheinend war es nach wie vor möglich.

Ich gehe zurück zum Schreibtisch und stelle den Stuhl wieder hin. Er ist immer noch so bequem, wie ich ihn in Erinnerung habe. Ich hole einen Notizblock aus einer Schublade und mache mich bereit, Rosalinde Tailor anzurufen, als mir ein sonderbarer Fleck auf der glänzend polierten Oberfläche des Schreibtischs auffällt. Es ist eine gekrümmt Linie, die in einem Tintenfleck endet. Ich mache das Licht an und besehe ihn mir genauer. *D-e-l.* Ist das nur meine Einbildung oder der Anfang von *Delaney*? Vielleicht hat Lady Lara versucht, eine Botschaft zu hinterlassen, als sie entführt wurde. Ich wäre sowieso zu Delaney gegangen, aber jetzt bin ich überzeugter denn je, dass er hiermit etwas zu tun hat.

Nach zweimaligem Klingeln beantwortet Rosalinde das Telefon.

»Hast du die Namen für mich?«, frage ich ohne Umschweife. Ich hab's schließlich eilig.

»Ja. Und Jeannette ist verschwunden. Ich fürchte, sie ist hinter ihnen her.«

Ich seufze. Nicht noch jemand, der sich in Luft

aufgelöst hat! »Bist du sicher, dass sie freiwillig gegangen ist?«

»Ja, ihre Waffen sind auch verschwunden. Sie denkt, ich weiß nichts davon, aber da irrt sie sich.«

»Gut, vielleicht treffen wir uns auf der Jagd. Wie viele Adressen hast du?«

Sie diktiert sie mir. Ein paar Namen kenne ich. Die Anschriften sind über die ganze Stadt verteilt, wenn auch eher in den reicheren Vierteln zu finden. Warum können nicht alle Sirenen in einem großen Block wohnen, damit man sie auf einen Schlag vernichten kann? Wenigstens den kleinen Gefallen könnten sie mir tun.

Der letzte Name auf der Liste ist Lord Delaney. Ich atme scharf ein. Sie hat seine Adresse. Ich muss nicht einmal andere Sirenen befragen. Ich kann einfach einen nach dem anderen erledigen.

»Bist du sicher, dass er da noch wohnt?«, frage ich und schreibe seine Adresse auf einen gesonderten Zettel.

»Ja, ich weiß, dass er in der Stadt zwei Wohnorte hat, und der eine wurde angegriffen. Deine Arbeit, vermute ich?«

»Höchstwahrscheinlich. Ich habe seine Frau getötet.«

Rosalinde schnauft. »Ich habe Gerüchte gehört, dass sie tot sei, aber Lord Delaney hat immer wieder versichert, ihr gehe es nur nicht so gut. Sie war nur ein Sirenen-Menschen-Mischling, aber das wussten natürlich die wenigsten. Delaney hätte jeden umgebracht, der das zu sagen wagte. Das verstieß ja schließlich gegen seine sämtlichen Prinzipien.«

»Sag uns Bescheid, wenn irgendwelche Fangs bei euch auftauchen. Wir sind im Rathaus.«

Ich gebe ihr die Telefonnummer und lege auf. Die Sirenen-Jagd ist eröffnet.

Ich habe die Adressliste in mehrere Teile zerrissen und verteile sie unter den Männern und Caitlin. Lennox bekommt einen extra großen Zettel, denn er wird einen Teil davon an die Moon-Truppe weitergeben. Delaneys Adresse steckt in meiner Tasche. Ich habe den anderen noch nicht gesagt, dass ich weiß, wo er wohnt. Den werde ich mir alleine vorknöpfen. Ja, das geht gegen alles, was sie versucht haben, mir beizubringen - dass sie genauso Rache nehmen wollen wie ich -, aber ich kann nicht aus meiner Haut heraus. Er gehört mir, und ich teile meine Beute nicht mit anderen.

»Sollten wir nicht zusammenbleiben?«, fragt Griffon, als er seine Liste durchliest. »Es wird nicht so schnell gehen, aber es wäre sicherer. Keiner von uns ist in guter körperlicher Verfassung. Das ist gefährlich, Kat.«

Er sieht etwas besser aus, ist aber immer noch sehr blass. Mir ist auch nicht wohl bei dem Gedanken, ihn in die nächste Schlacht zu schicken, aber zum Ausruhen haben wir keine Zeit.

»Gut, dann nimm dir Ryker als Partner. Lennox kann mit Herrn Moon zusammenarbeiten. Ach ja, haben die noch Anti-Sirenen-Geräte übrig?«

Lennox schüttelt den Kopf. »Die paar brauchen sie selbst.«

»Und alle Geräte, die hier im Rathaus installiert waren, wurden zerstört«, sagt Ryker düster. »Die Tür zum Lagerraum wurde nicht aufgebrochen, also muss jemand einen Schlüssel gehabt haben.«

Ich nicke. »Derselbe, der das Anti-Sirenen-Gerät in Lady Laras Uhr ausgeschaltet hat. Wer immer es war, ist entweder bestochen worden oder wurde von Sirenenzauber manipuliert. Wir müssen schnell sein. Die Zielpersonen töten, bevor sie richtig merken, dass wir da sind.«

»Ich halte das immer noch nicht für eine gute Idee«, murrt Griffon. »Lennox sollte mit dir gehen.«

»Ich schaffe das alleine«, fauche ich aggressiver als beabsichtigt. »Mir geht's viel besser.«

»Hier geht's nicht nur um deine Verletzung. Je mehr, desto sicherer. Hör endlich auf, den einsamen Wolf zu spielen und arbeite im Team.«

Nein. Delaney gehört mir. »Das werden wir später ausdiskutieren. Wir können ja eine neue Intervention daraus machen, Thema ‚Wie mache ich aus Kat einen Team Player‘. Viel Glück damit. Ist mir egal, was ihr macht und wen ihr euch als Partner nehmt, aber ich bin dann mal weg. Ruft Lilly an, wenn ihr ein Ziel erledigt habt. Sie führt die Liste.«

Mit einem letzten Blick auf meine Babys stürme ich aus dem Zimmer. Ich brauche frische Luft. Frisches Blut. Und vor allem – Delaneys Kopf.

* * *

Das Haus, in dem er sich angeblich aufhält, ist ein hohes, schmales Reihenhaus in einem der reichsten Viertel von Attenburg. Die Fassade ist frisch gestrichen, und den glänzenden Fensterscheiben sieht man an, dass sie mindestens einmal die Woche geputzt werden. Ich weiß gar nicht mehr, wann wir zuletzt Fenster geputzt haben... was nun auch wirklich egal ist. Unser Haus steht schließlich nicht mehr. Wegen dieses Scheißkerls, der hier in Glanz und Gloria lebt und darüber nachdenkt, wie er die Weltherrschaft an sich reißen kann. Nur über meine Leiche. Ich warte an einer Straßenecke, außer Sichtweite des Hauses, und konzentriere mich auf meine Sinne. Ich bin müde und kann nicht so viele Informationen herausfiltern wie mir lieb wäre, aber es genügt. Das Haus ist voller Leute. Ich kann mindestens acht verschiedene Stimmen ausmachen, aber Nebengeräusche lassen darauf schließen, dass da noch mehr sind. Die Luft an der Eingangstür riecht nach Sirenen, jedenfalls größtenteils; aber da ist auch eine Spur von Wolfs-Mutanten. Auch das noch.

Delaney hat seine Truppen zusammengezogen. Er weiß, dass ich hinter ihm her bin. Vielleicht hat er die Bürgermeisterin nur deshalb entführt, um mich hierher zu locken. Aber egal. Selbst wenn das hier eine Falle ist, werde ich trotzdem hineingehen und ihm seinen stinkenden Schwanz abschneiden. Er wird nie wieder jemandem Schaden zufügen. Erst dann ist meine Familie in Sicherheit. Das ist jedes Risiko wert.

Ich gehe um die Ecke herum, weg von der Hauptstraße, und schleiche auf einem Pfad vorwärts, der auf der Rückseite der Reihenhäuser entlangführt. Die meisten von ihnen haben hinten einen Garten, nur auf Delaneys Grundstück steht stattdessen ein Schuppen. Wahrscheinlich hebt er dort seine Folterwerkzeuge auf. Wer weiß.

Ein Mann bewacht die Hintertür, stämmig und mit Sicherheit ein Mutant. Wahrscheinlich einer von der Sorte, denen man erst den Kopf abschneiden muss, damit sie sterben. Normalerweise messe ich mich ganz gern mit ihnen, aber heute habe ich keine Zeit dafür und will auch nicht unnötig Aufmerksamkeit erregen. Und zum Vordereingang gehe ich ganz bestimmt nicht hinein – also ab aufs Dach.

Delaneys Dach ist neueren Datums als das seiner Nachbarn. Auf jeder Seite befindet sich ein kürzlich eingebautes Dachfenster mit Doppelverglasung. Vielleicht sollten wir dieses Haus übernehmen, wenn ich ihn erst umgebracht habe. Er hat mir meines genommen, das wäre nur fair. Andererseits brauche ich einen größeren Garten und mehr Privatsphäre. Ich könnte das hier aber abbrennen. Heiße Rache.

Klar, die Fenster sind verschlossen. Ist heute nicht mein Glückstag, so viel ist sicher. Ich lausche auf Geräusche unter mir, aber niemand scheint auf dem Dachboden zu sein. Ich habe kein Werkzeug dabei, wandle also nur meine rechte Hand und benutze meine Krallen, um den Plastikfensterrahmen aufzuschlitzen. Da hättest du besser in etwas Solideres investiert, Dummkopf. Es dauert eine Weile, und ich breche mir beinahe eine Kralle ab, aber dann bin ich drinnen, und kauere auf dem Boden, bereit zum Kampf. Ich habe nur noch die Waffen, die mir vom Einbruch in Rosalinde Tailors Haus geblieben sind; einige meiner Wurfmesser habe ich dort zurückgelassen, vor lauter Eile, nach Hause zu kommen. Die Ausgangslage ist also nicht ideal, es muss aber genügen. Ich habe noch einen Giftpfeil in meinem Kragen. Der könnte sich als nützlich erweisen.

Eine enge Wendeltreppe führt vom Dachboden hinunter. Das darunter befindliche Zimmer ist ebenfalls leer. Die meisten Geräusche kommen von ganz unten, obwohl ich auch drei Herzschläge im Stockwerk direkt unter mir ausmachen kann. Die dazugehörigen Personen sind aber wohl kaum Wandler; deren Herzen schlagen langsamer als die der Sirenen.

Ich schleiche die Treppe hinunter, wieder in einen leeren Raum. Da ist nicht einmal ein Regal. Vielleicht wird dieses Haus nicht oft bewohnt. Delaney und seine

Familie hatten ihre Familiensitze in Parseldon und in der Villa von Attenburg, wer weiß also, wozu er das dritte Haus braucht. Vielleicht nur, um seinen Reichtum zu demonstrieren. Jemand steht vor der Tür und atmet schwer. Ich ziehe ein Messer aus der Scheide an meinem Gürtel und mache mich bereit. Sobald ich denjenigen vor der Tür getötet habe, gibt es kein Zurück mehr und keine Atempause für mich. Bin ich dazu wirklich in der Lage?

Ich sehe schnell an mir hinab. Es gibt immer noch Stellen, die wehtun, besonders an der Schulter, wo mich ein Mutant gebissen hat, aber alles in allem ist alles so weit geheilt, dass ich wieder kämpfen kann. Ich werde allerdings nicht so schnell sein wie gewohnt, das muss ich bedenken. Und ich sollte mich besser nicht wandeln. Wer weiß, in welchem Zustand ich dann wäre. Vielleicht fehlt mir immer noch der Schwanz und ich würde aus der Wunde bluten. Das bleibt ein andermal auszuprobieren. Mit oder ohne Schwanz, Delaney muss heute sterben.

Ich atme tief ein, stoße dann die Tür auf und greife mir die Person, die davor steht, ziehe sie rückwärts herein. Es ist eine Frau, klein und untersetzt, aber kräftig. Ein Kämpfer. Ich ziehe ihr mein Messer durch die Kehle. Sie gibt noch einen komisch quiekenden Laut von sich, der durch den leeren Flur hallt. So viel zum Überraschungseffekt. Ich ziehe sie ins Zimmer, außer Sichtweite, kann aber nichts gegen die Blutspritzer am weißen Türrahmen tun.

»Hilfe!«, tönt es plötzlich links von mir.

Lady Lara.

Ich sprinte den Flur entlang, wobei meine geschärften Sinne mir sagen, dass dort zwei Leute auf mich warten, und stürze in das Zimmer an seinem Ende.

Das ist nun doch mein Glückstag. Delaney und Lady Lara im selben Raum. Der Siron lümmelt sich auf einem roten Sofa, die Beine über dessen Armlehne geschwungen. Lady Lara dagegen steht in der Mitte des Zimmers, steif wie ein Brett, und hält ein Schwert in der Hand. Wirklich ein mittelalterliches Schwert, das wahrscheinlich zu der Ritterrüstung in der Ecke gehört. Auch dieser Raum ist beinahe leer, mit Ausnahme des Sofas, der Ritterrüstung und eines Wappens an der Wand. Delaney sollte mal ein Wörtchen mit seinem Innenarchitekten reden.

»Lady Lara«, spreche ich sie an. »Wie schön, dass du Delaney hier für mich festgehalten hast. Ich habe mit ihm noch ein Hühnchen zu rupfen.«

Obwohl ich ihn bisher nur zweimal gesehen habe – als er mich zur eigenen Entführung gezwungen hat und dann als er gegen mich kämpfte kurz vor der Geburt der Babys -, haben sich seine scharfen Gesichtszüge doch tief in mein Gedächtnis eingeprägt. In seinen Augen schimmert die Boshaftigkeit. Er versucht erst gar nicht, seinen Hass auf mich zu verbergen. Nun gut, das kann ich auch. Ich starre ihn nieder und fletsche die Zähne, lasse dabei meine Eckzähne einen Moment lang größer werden.

Der Siron lacht leise, ein Geräusch so kalt wie spitze

Eiszapfen. »Ich auch, mein Kätzchen, ich dich auch. Wie ich sehe, hast du das Feuer überlebt. Wie schade.«

»Lara, stell dich hinter mich«, sage ich ihr. »Wir hauen ab, sobald ich mit ihm fertig bin.«

»Das wird sie nicht tun, du dummes Mädchen«. Seine Augen beginnen zu glühen, und die Bürgermeisterin wendet den Kopf und sieht mich direkt an. Ihr Blick ist leer, die Augen glasig. Er hat sie unter seiner Kontrolle. Das kommt nicht überraschend, aber ich hatte mir etwas anderes erhofft.

»Hör mit den Spielchen auf und kämpfe wie ein Mann«, fordere ich Delaney heraus. »Oder ist das alles, was du kannst, andere zu Marionetten machen und die Fäden ziehen?«

Er bleibt entspannt auf dem Sofa liegen, offensichtlich unbeeindruckt von den Waffen in meiner Hand.

»Ich kann so viel mehr, als du dir überhaupt vorstellen kannst. Aber jetzt kämpfe mal schön. Ich will sehen, wie du deine geliebte Bürgermeisterin umbringst. Hatte schon lange keine so gute Unterhaltung mehr – und leider habe ich ja auch verpasst, wie du meine Frau getötet hast.«

»Es macht dir nichts aus, dass sie tot ist?«, frage ich, hauptsächlich als Ablenkungsmanöver. Ich will mit Lady Lara nicht kämpfen müssen. Wie kann ich sie seiner Kontrolle entziehen, ohne sie zu verletzen?

»Oh doch. Es wird schwer sein, meinen Verbündeten das zu erklären. Sie denken immer noch, dass sie krank ist, sie werden also hoffentlich nicht allzu überrascht sein, wenn sie letztendlich an ihrer Krankheit stirbt. Ich sollte dir allerdings dankbar sein, dass du sie erledigt hast. Das hat mir die Mühe erspart, es selbst zu tun. Sie war mir seit Jahren ein Dorn im Auge. Ohne sie hättest du nicht schwanger werden müssen. Das war schließlich ihre Idee.«

»Bist du der Vater?«, platzt es aus mir heraus. »Sind das deine Kinder?«

Er starrt mich an und lacht dann. »Wie bist du süß, kleines Kätzchen. Warum um alles in der Welt würde ich meinen kostbaren Samen an jemanden wie dich verschwenden? Meine Frau und ich hatten ein Kind, und es stellte sich heraus, dass es verrückt war. Davon brauchten wir nicht noch mehr. Nein, wir haben dich einem Experiment unterzogen, das aber viel zu kompliziert ist, als dass du es verstehen würdest.«

»Wer ist der Vater?«, wiederhole ich kalt. Es geht mir dermaßen gegen den Strich, dass er mehr weiß als ich. Er hält mir die Antwort hin wie die berühmte Karotte, und die einzige Möglichkeit, sie zu erreichen, führt über ihn.

»Du wirst schon noch darauf kommen, mit der Zeit. Aber nein, das geht ja nicht. In ein paar Minuten wirst du schließlich tot sein. Also sollte ich es dir vielleicht doch sagen. Soll ich?«

»Tu's«, knurre ich.

»Es gibt keinen Vater. Wir haben deine Gene gesplittet, ein bisschen mit ihnen herumgespielt, einfach um zu sehen, was passiert. Wir haben nicht damit gerechnet, dass alle vier Eizellen überleben würden. Das sind Missgeburten, sonst nichts. Und jetzt verschwende nicht länger meine Zeit, sondern kämpfe. Dazu habe ich dich schließlich hierher gerufen.«

Lady Lara stöhnt und hebt ihr Schwert an. Sie hält es nicht richtig, könnte aber zweifellos erheblichen Schaden damit anrichten. Ich muss sie entwaffnen, bevor sie sich oder mich verletzen kann.

Ich stecke die Messer zurück in die Scheide, um ihr nicht durch Zufall wehzutun. Dann tänzele ich um sie herum, um sie von hinten zu erwischen. Aber sie ist schnell. Ich weiß nicht, ob das Delaneys Einfluss zu verdanken ist oder ob sie von Natur aus Kämpfereigenschaften hat. Ihre Fußarbeit ist jedenfalls tadellos. Sie schwingt das Schwert in weitem Bogen, und ich muss immer wieder zurückspringen, um der Klinge auszuweichen. Die Schneide glitzert in der durch das Fenster hereinströmenden Abendsonne und warnt mich, dass sie frisch geschärft worden ist.

»Lara, du kannst da raus«, knurre ich. »Du schaffst das. Bekämpfe ihn, nicht mich.«

Delaney lacht. »Dafür ist sie viel zu weit weggetreten. Nachdem wir all diese schöne Technik ausgeschaltet hatten, ließ sie sich leichter überwältigen als gedacht. Willst du hören, was sie über dich denkt? Ich kann sie dazu bringen, es dir zu sagen.«

Das reicht jetzt. Mit einer einzigen fließenden Bewegung ziehe ich einen Dolch und werfe ihn auf ihn. Der Dolch ist dafür eigentlich nicht gemacht, aber er fliegt ruhig, geradewegs in Richtung Herz.

Bis er plötzlich in der Luft stehenbleibt. Er schwebt

nur Zentimeter von Delaneys Brust entfernt. Ich starre ihn an, kann meinen Augen kaum trauen. Hat der wirklich gerade mit seinen Sirenenkräften ein Messer im Flug angehalten?

Ein schneidender Schmerz durchfährt meinen rechten Arm. Verdammt. Ich habe mich ablenken lassen. Blut überzieht jetzt das Schwert der Bürgermeisterin, wo es in meinen Arm gedrungen ist. Es ist eine tiefe Wunde. Ich beuge den Arm. Der Großen Himmelskatze sei Dank, sie hat keine Sehne erwischt. Der Schnitt wird mich nicht allzu sehr stören. Ich mache ein paar Schritte nach hinten, bis ich fast an der Tür bin, um außer Reichweite dieses vermaledeiten Schwerts zu sein.

Sie kommt näher, schwingt es erneut. Diesmal ducke ich mich, tauche unter ihrem Schwertarm hindurch auf Delaney zu. Die einzige Art, sie zu befreien, ist Delaneys Tod. Ich greife nach dem Messer, das noch immer in der Luft schwebt und will es dem Siron ins Herz stoßen, aber sobald ich es berühre, zerfällt es zu Staub. Silberne Körnchen regnen auf den Boden. Ich starre das an, was einmal mein Messer war. Verdammter Mist. Das dürfte eigentlich nicht möglich sein.

Aus den Augenwinkeln bemerke ich eine Bewegung und rolle mich sofort zur Seite, entgehe so dem Todeskuss des Schwertes. Lady Lara scheint im Umgang mit der Waffe geschickter zu werden. Ich muss das hier möglichst schnell beenden. Es widerstrebt mir, aber ich muss sie bewusstlos schlagen. Delaney wird sie nicht mehr kontrollieren können, wenn sie nicht bei Bewusstsein ist. Hoffe ich. Ich beginne an allem zu zweifeln, was ich über Sirenenkräfte zu wissen glaubte. Ich wusste, dass er Macht hatte, aber nicht, wie groß sie tatsächlich sein würde. Und mein Messer werde ich später noch betrauern. Es gehörte zu meinen Lieblingswaffen. Noch etwas, was er mir genommen hat.

Ich stehe ihr gegenüber, täusche eine Bewegung nach rechts vor, der sie folgt, drehe mich aber schnell um. Ich schlage ihr meine Faust aufs Kinn, genau wie beabsichtigt. Ihr Kopf fliegt nach hinten, das Gehirn darin dürfte leicht erschüttert sein, jedenfalls flattern ihre Augenlider, und sie bricht zusammen. Ich fange sie auf, bevor sie den Boden berührt und lege sie sanft nieder. Sie soll beim Aufwachen nicht überall blaue Flecke haben. Sie wird so oder so äußerst verwirrt sein.

Mir bleiben nur ein paar Minuten, bis sie wieder zu sich kommen wird, vielleicht sogar weniger, also muss ich die Zeit nutzen. Ich ziehe den noch verbliebenen größeren Dolch und ein kleineres Messer, das ich im Stiefel stecken hatte, und konzentriere mich auf Delaney. Er scheint überrascht, hatte aber bisher noch nicht den Anstand, von der Couch aufzustehen. Er zieht lediglich eine Pfeife aus der Brusttasche und ruft Unterstützung herbei. Der Klang lässt mich zusammenzucken, aber ich lasse mich dadurch nicht ablenken. Dies ist meine einzige Chance. Statt ihn anzuspringen nähere ich mich ihm vorsichtiger, falls er noch so einen Messer-zerstörenden-Zauber draufhaben sollte. Erst einen halben Meter vor ihm gehe ich zum Angriff über und schwinge meine Klingen.

Plötzlich wird alles um mich herum schwarz, und ich muss mitten in der Bewegung innehalten. Nein, das darf nicht sein. Wieder einer seiner Tricks. Ich steche dahin, wo er gerade gesessen hat, treffe aber nur Luft. Ich schwinge die Messer herum, haue und steche, aber obwohl ich ihn immer noch vor mir riechen und hören kann, ist er nicht mehr da. Was macht er? Hat er sich in meinen Kopf geschlichen? So muss es sein. Ich habe keine Anti-Sirenen-Technik an mir, aber dies hier fühlt sich kein bisschen an wie bei Griffon. Bei ihm wusste ich, dass er versuchte, mich zu manipulieren, das sagte mir ein kleines Stimmchen im Hinterkopf. Aber diese Stimme fehlt mir jetzt. Auch ohne meinen Gesichtssinn habe ich immer noch das Gefühl, mich auf meine Sinne verlassen zu können, was aber offenbar nicht der Fall ist.

Delaney hat sich in ein Gespenst verwandelt, aber die Mutanten, die gerade die Treppe heraufgestürmt kommen, werden wohl kaum so gestaltlos sein. Ihr einziges Ziel wird sein, mich zu töten, und ich stehe hier blind herum. Das geht gar nicht.

»Delaney!«, rufe ich. »Sei nicht so feige und zeig dich.«

»Hier bin ich«, flüstert er mir ins rechte Ohr. Ich wirbele herum und steche dahin, wo ich ihn vermute, wo er aber natürlich nicht ist. Ich weiß nicht, ob er mit meinen Sinneseindrücken spielt und mir falsche Informationen füttert oder ob er sich irgendwie unverwundbar gemacht hat. Egal, ich habe ein Problem.

Lady Lara stöhnt just in dem Moment, als der erste Mutant ins Zimmer stürmt. Kein Wolf, sondern ein Mann. Nicht gut.

Bei den Mutanten scheinen meine Sinne zumindest keine Fehlinformationen zu liefern. Ich höre ihren Herzschlag, rieche ihren widerlich süßlichen Geruch, der an verfaulende Äpfel erinnert, fühle den Luftzug, den ihre Bewegungen verursachen. Und ich greife an. Die Verzweiflung gibt mir neue Kraft, Ärger lässt mich durchhalten. Ich muss sie töten, bevor ich mir Delaney vornehmen kann. Er darf mir einfach nicht wieder entkommen.

Diese Mutanten sind so riesig, dass sie relativ leicht zu bekämpfen sind. Meine Messer kleben voll Blut und ich steche und steche, treffe jedes Mal Fleisch oder Knochen. Eine neue Kampftechnik, aber ich bin überraschend gut darin. Klar, ihnen gelingt von Zeit zu Zeit ein Treffer, aber ich bin beweglich genug, um auszuweichen und ernsthaften Verletzungen zu entgehen. Mein Arm blutet allerdings immer noch aus der Wunde, die mir Lady Lara zugefügt hat. Zum Glück ist das Zimmer so leer, dass ich keine Angst haben muss, irgendwo gegen Möbel zu stoßen. Das einzige Hindernis ist die Bürgermeisterin, aber sie stöhnt oft genug, und so weiß ich, wo sie ist. Sie scheint Schmerzen zu haben. Hoffentlich habe ich ihr nicht den Kiefer gebrochen. Faustschläge auf die Kinnspitze sind die beste Art, einen Gegner bewusstlos zu machen, tragen – wie alle Arten körperlicher Gewalt – aber natürlich das Risiko, Schaden anzurichten.

Stechen. Schwingen. Stechen. Ausweichen. Und noch einmal. Dieser Rhythmus wird nur unterbrochen, als einer von ihnen zu Boden geht. Ich weiß nicht, ob ich ihm jetzt den Kopf abtrennen müsste, aber das würde zu lange dauern. Willkürlich auf meine Feinde einzustechen ist auch ohne Sicht ziemlich einfach, aber einen Nacken zu finden und einem einzelnen den Kopf abzuschneiden ist es nicht.

Zwei weitere Mutanten betreten den Raum und umkreisen mich, versuchen mich zusammen mit den anderen zu umzingeln. Ich tänzele zurück, um die Wand im Rücken zu haben und wenigstens etwas vor plötzlichen Attacken geschützt zu sein. Einer der Neuankömmlinge ist fruchtbar schnell. Er schlägt mir eines meiner Messer aus der Hand, noch bevor ich seinen Angriff abwehren kann. Scheiße. Wie soll ich das Messer wiederfinden, ohne wie ein Idiot auf dem Boden nach ihm herumzutasten?

Ich fühle den Lufthauch kurz bevor er zuschlägt und kann ihm ausweichen, aber nur ganz knapp. Seine

Waffe schneidet ein Stück von meinem Ohrläppchen ab, und eine Haarsträhne segelt langsam zu Boden. Gut, ich wollte sowieso zum Friseur. Positiv denken. Es ist noch nichts verloren.

Während ich so mit den Mutanten kämpfe, ist mir auch klar, dass ich versuchen sollte, Delaneys Einfluss auf meine Gedanken zu brechen. Aber wie etwas bekämpfen, das man nicht einmal fühlen kann? Es gibt nichts, was ich willentlich zurückdrängen könnte. Meine mentalen Schranken scheinen intakt zu sein. Ich habe keine Ahnung, wie er das schafft, was es nur noch schlimmer macht. Dies ist ein Übergriff, gegen den ich nichts unternehmen kann. Aber es muss doch etwas geben. Ich weigere mich aufzugeben. Mir ist klar, dass ich den Mutanten nicht endlos standhalten kann. Von denen warten unten noch mehr. Sobald ich einen erledigt habe, wird er von einem neuen ersetzt. Ich kann dies nur durch Delaneys Tod beenden.

Was unmöglich ist.

Ich knurre, und dieser Laut erinnert mich an eine verbleibende Möglichkeit, die ich noch nicht genutzt habe. Ich kann mich wandeln. Ich glaube nicht, dass es eine gute Idee ist, siehe Schwanz-Problem, aber vielleicht besser als hier weiter blind um mich zu schlagen.

Ich hole tief Atem, springe so weit wie möglich zurück um mir eine Sekunde Auszeit zu verschaffen und wandle mich. Tut furchtbar weh. Jeder Knochen ächzt unter dem Druck, aber zum Glück dauert es nicht lange. Gerade als mich einer der Mutanten erreicht, öffne ich mein Maul und reiße ihm die Kehle heraus. Und ja, ich kann wieder sehen.

Verdammt nochmal – ja! Ich kann wieder sehen. Und fühle mich stärker denn je.

Ich fauche die Mutanten an und warne sie damit, dass die Zeit der Spielchen vorbei ist. Und dann greife ich an.

Die Welt wird zu einem Wirbelsturm aus Blut und Tod. Ich bin wild, nur noch von Instinkten geleitet. Meine Gegner haben keine Chance. Ich beiße, reiße, fauche, und wenn einer von ihnen zu Boden geht, schnurre ich sogar ein bisschen. Wir scheinen uns in endlosem Todestanz zu drehen – bis eine kalte Stimme den Rhythmus unterbricht.

»Hör auf oder sie stirbt.«

Ich werfe den Wolf, den ich gerade zwischen den Zähnen hatte, zur Seite – und bemerke erst jetzt, dass ich es nicht nur mit Männern, sondern mittlerweile auch Wölfen zu tun hatte – und starre Delaney an. Er ist endlich wieder aufgetaucht und hält Lady Lara ein Messer an die Kehle. Kein beliebiges Messer. Die Klinge, die ich zu Staub zerfallen sah. Unmöglich. Und doch ist es so. Will ich das Risiko eingehen, dass dies auch nur eine Illusion sein könnte? Nein, das kann ich nicht. Ich bezweifle nicht, dass er die Bürgermeisterin umbringen würde, wenn er sich dazu gezwungen sieht. Für ihn ist sie nur ein Pfand. Wenn er sie nicht mehr kontrollieren kann, wird er das nächste Opfer nehmen. Menschen sind für ihn austauschbar.

Aber nicht für mich. Sie jedenfalls nicht. Lady Lara ist für mich etwas Besonderes.

Ich knurre Delaney an und zeige ihm meine Zähne.

»Was ist denn mit deinem Schwanz passiert«, lästert er.

Da muss ich nun doch hinschauen. Während des Kampfes hatte ich keine Zeit dazu, aber jetzt, wo die Mutanten still stehen und weitere Befehle ihres Herrn abwarten, werfe ich einen Blick darauf.

Ich unterdrücke ein Stöhnen. Der halbe Schwanz ist weg. Er blutet nicht mehr, und neues Fell ist über die Wunde gewachsen, aber der Anblick ist deshalb nicht weniger traurig. Ein Panther mit einem halben Schwanz? Erbärmlich.

»Jetzt gib schon auf und lass dich töten. Dann lasse ich sie am Leben.«

Ich schnaube verächtlich, soweit das einer Großkatze möglich ist.

»Stellst du dein Leben über ihres?«

Nein. Aber ich will, dass er weder mich noch sie tötet. Wir werden hier lebendig herauskommen.

»Lass es ihn tun«, flüstert Lady Lara mit schmerzverzerrtem Gesicht. Sie ist wieder bei sich, aber er muss irgendetwas anderes mit ihr anstellen. Entweder das, oder die Schmerzen kommen noch von dem Schlag. Ich fühle mich schuldig. Aber es musste sein.

Ich brülle und zeige ihr damit, was ich von der Idee halte.

»Wieso kämpfst du weiter dagegen an?«, fragt

Delaney nun mit honigsüßer statt eiskalter Stimme. »Warum gibst du nicht einfach auf? Ich bin besser als du. Du wirst nie gewinnen. Ich bin stärker als du, und du weißt es. Du bist unsere Schöpfung. Wir hätten nie zugelassen, dass unsere Kreaturen mächtiger würden als wir.«

Es sollte mich nicht überraschen, dass die Fangs an den Experimenten der Meute beteiligt waren. Schließlich hatte er Sophie. Aber dass er mich eine Kreatur nennt, tut ihm keinen Gefallen. Ich knurre ihn zähnefletschend an, so laut ich kann. Zu meiner Genugtuung macht er einen Schritt zurück, bis er sich wieder fängt. Das ist der reine Instinkt. Ich bin ein Raubtier, und er ist die Beute, egal wie sehr er etwas anderes behauptet.

Ich spiele in Gedanken meine Möglichkeiten durch. Ihre Zahl ist sehr begrenzt. Und die meisten enden mit Lady Laras Tod. Aber das darf nicht geschehen. Ich wäre der schlechteste Bodyguard der Welt, wenn ich das in meinem Beisein zuließe. Schlimm genug, dass sie entführt wurde.

»Lass ihn mich töten, und töte du ihn dann«, sagt Lady Lara und unterbricht meinen Gedankengang. Von wegen.

»Tu's nicht«, antwortet Delaney und starrt auf sie nieder. »Ich will Kat tot sehen, nicht dich. Gut, dich auch, wenn du darauf bestehst. Aber wir verhandeln hier nicht. Du machst, was ich sage.«

Lady Lara schaut mir direkt in die Augen und hebt langsam die Hand, legt sie auf den Messerknauf und bedeckt Delaneys knöchrige Finger mit ihren. Sie windet sich ein wenig, gerade so viel, dass ihr Körper sich nach rechts dreht. Sie deckt nicht länger Delaneys gesamten Körper. Das Messer zeigt jetzt mit seiner Spitze auf den Siron, aber er hat ihre Absicht noch nicht erkannt. Ich weiß, was sie vorhat. Es ist sehr mutig, und trotzdem hasse ich sie dafür.

»Danke, Kat«, flüstert sie mit einem letzten Blick auf mich, dann führt sie Delaneys Hand mit einer letzten Kraftanstrengung, schiebt das Messer über ihre eigene Kehle und weiter auf Delaneys Brust zu. Es durchdringt lediglich sein Hemd, bevor er es stoppt, aber ich liege schon in der Luft, fliege auf ihn zu, und dann schlägt meine Pfote auf die Hand, die das Messer hält und treibt es tief in seine Brust.

Er sieht mich überrascht an, dann auf das Messer in seiner Brust. Und wieder mich. Sein Gesichtsausdruck zeigt keinerlei Schmerzen, nur Überraschung.

Da ich als Panther keine opponierbaren Daumen habe – man vermisst sie immer erst, wenn man sie nicht hat – angle ich mit der Pfote nach dem Messer und versuche, es zu drehen. Funktioniert nicht, verursacht ihm aber genug Schmerzen, dass ich einigermaßen zufrieden bin. Sein Tod nähert sich viel zu schnell. Ich bin nicht dazu gekommen, ihm ein paar lebenswichtige Körperteile abzuschneiden, ganz zu schweigen von Folter und eingehender Befragung.

Zu meiner Erleichterung bleiben die Mutanten wo sie sind, beobachten lediglich, wie ihr Anführer stirbt. Er sinkt zu Boden, bis er neben Lady Laras leblosem

Körper kniet. Ich stoße ihn mit dem Fuß von ihr weg. Er verdient es nicht, auch nur in ihrer Nähe zu sein.

Er schreit schmerzerfüllt auf, als er nach vorne kippt und sich das Messer noch weiter in den Körper treibt. Und dann ist es vorbei. Ein unbedeutender Moment mit einem letzten Atemzug und einem letzten Herzschlag. Total unbefriedigend. Ich knurre ihn an, aber er ist erledigt.

Uaaaah. Das war viel zu schmerzlos. Ich wünschte, ich könnte ihn wiederbeleben und den Vorgang wiederholen. Er hätte es verdient.

Ich starre die Mutanten an, fordere sie heraus. Wenn ich schon Delaneys Tod nicht wiederholen kann, soll mir ihrer genügen. Aber sie kommen nicht auf mich zugerannt, wie von mir erhofft. Stattdessen drehen sie sich um und rennen weg.

Ich schnaube und sehe ihnen nach, höre, wie sie die Treppe hinunter laufen und das Haus verlassen. Gerade so, als hätten sie nur auf Delaneys Geheiß gekämpft. Jetzt, wo er nicht mehr da ist, bin ich ihnen völlig egal, auch wenn ich einige der Ihren umgebracht habe. Deren Körper liegen auf dem Boden verstreut. Wieder einmal bin ich von Leichen umgeben. Das wird wohl zur Gewohnheit.

Im Erdgeschoss sind noch ein paar der Sirenen vor Ort geblieben. Wohl nicht schlau genug, die Flucht anzutreten. Ich reibe meine Nase sanft an Lady Laras blasser Wange und verabschiede mich so von ihr. Trauern werde ich später. Jetzt gilt es, noch weiteren Sirenen den Garaus zu machen.

Ich komme als letzte wieder im Rathaus an. Lilly wartet im Eingangsbereich, sitzt im Schneidersitz an der Rezeption. Als sie mich sieht, springt sie auf und kommt auf mich zugelaufen. Sie sieht mich nur kurz an und breitet dann die Arme aus. Ich lasse mich von ihr umfassen, bin aber zu benommen, um ihre Umarmung zu erwidern.

»Ist er tot?«, flüstert sie.

»Ja«. Und ich fühle wieder nicht die geringste Befriedigung bei diesem Wort. Ja, er ist tot, aber um welchen Preis?

»Gut. Ich wusste, dass du hinter ihm her sein würdest. Ich wollte dir schon die Männer schicken, aber jetzt bist du ja hier. Und wie du aussiehst! Total verdreckt!«

Sie lacht und streicht mir über den Rücken. »Keine Angst, wir werden dich schon sauber kriegen. Die Assistentin der Bürgermeisterin hat uns Essen organisiert, Massen davon. Deine Kerle hauen schon mächtig rein.«

Ich nicke, im Innern zu ausgebrannt, um zu antworten. Ich will mich nur noch in einer Ecke zusammenrollen und schlafen. Alles andere vergessen. Und dann meine Babys knuddeln und an nichts anderes mehr denken müssen.

»Was ist denn los? Das ist doch nicht nur die Erschöpfung. Hast du die Bürgermeisterin gefunden?«

Ich winde mich aus ihrer Umarmung und sehe sie nur groß an.

Lilly hält die Luft an und schlägt die Hände über den Mund. »Ist sie tot?«

Ich nicke nur.

»Delaney?«

Statt einer Antwort gehe ich durch die Eingangshalle, beachte die Polizisten und Angestellten dort nicht weiter, die mich misstrauisch beäugen. Ich brauche jetzt meine Familie.

Erst jetzt, wo ich wieder von meinen Gefährten umgeben bin, beginne ich etwas zu fühlen. Die Benommenheit weicht unendlicher Trauer. Sie streicheln mir übers Haar, während die Tränen meine Wangen hinablaufen und sich dort mit Blut und Ruß vermengen. Ich verstecke meine Tränen nicht. Ich lasse sie einfach fließen. In diesem Kreis sehe ich mich nicht länger gezwungen, meine Verwundbarkeit zu verbergen. Und hätte im Moment auch gar nicht mehr die Kraft, eine Maske aufzusetzen.

Irgendwie landen wir schließlich alle in der Dusche. Sie ist für uns vier nicht groß genug, aber sie wechseln sich ab und waschen mich, bürsten mein Haar, entfernen sogar das Blut unter meinen Fingernägeln. Ich lasse alles über mich ergehen. Ich bin nicht ganz da. Sie erzählen mir, wie erfolgreich ihre Jagd war, dass sie fast alle Fangs auf der Liste getötet haben, dass wir jetzt in Sicherheit sind. Ich sollte froh sein. Feiern wollen.

Wir haben uns eine Feier redlich verdient. Endlich, endlich sind wir frei. Müssen nicht mehr ständig über die Schulter schauen. Uns Sorgen machen. Wir können ein neues Leben beginnen. Delaney ist tot, und von den Fangs sind nicht mehr viele übrig.

Griffon hüllt mich in ein weiches Badetuch und zieht mich an seine Brust.

»Wir sind für dich da. Wir werden immer für dich da sein.«

Ich schaue zu ihm auf. In seine grasgrünen Augen, die mich immer an eine Wiese an einem Sommertag erinnern. Sie glühen vor Liebe, Sorge. Ich kann nicht anders, fasse sein Gesicht mit einer Hand und ziehe es zu mir herunter, bis sich unsere Lippen berühren.

Etwas in mir durchbricht die Taubheit. Wie Sonnenstrahlen die Wolken. Ich küsse ihn, als würde ich ertrinken, lasse ihn mich ins Leben zurückholen. Er schlingt seine Arme um meine Taille, zieht mich an sich, hält mich fest. Die anderen kommen dazu, ich bin von allen Seiten umringt. Ihre Berührungen löschen die letzten Reste meiner inneren Lähmung, ich kann wieder atmen. Ich küsse sie einen nach dem anderen, schmecke das Leben neu.

Ja, wir leben.

Wir sind zusammen.

Und dies ist erst der Anfang.

»Happy Birthday!«

Die Worte klingen durch den Garten, jeder schreit sie heraus. Diese Familie ist nicht gerade bekannt dafür, dass sie besonders leise ist.

Leander klatscht aufgeregt in die Hände, hat seinen Schwanz um meinen Hals gewunden. Er ist schwer geworden, beinahe zu schwer, um noch längere Zeit getragen zu werden, aber ich liebe ihn zu sehr, als dass ich ihn absetzen würde. Vor einiger Zeit konnte ich noch zwei oder mehr meiner Kinder gleichzeitig tragen, aber das ist nun vorbei, auch wenn sie noch so jammern. Sie wachsen einfach zu schnell, viel schneller als Menschenbabys. Manchmal wünschte ich, es würde langsamer gehen, damit ich jeden Tag ihrer Kindheit länger genießen kann, aber dann sehe ich auch wieder die Vorteile für uns Eltern, wenn sie den Windeln schneller als andere Kinder entwachsen. Sie benutzen jetzt alle das Töpfchen, und Donna geht sogar schon auf die normale Toilette, sehr zum Ärger ihrer Zwillingsschwester. Bella zieht es vor, sich bedienen zu lassen, und das schließt die Reinigung ihres Töpfchens ein. Diese kleine Diva wird noch mein Tod sein.

Lilly lässt sich neben mir in einen Stuhl fallen und grinst mich an. »Tolle Party, nicht?«

Sie will offensichtlich ein paar Komplimente hören. Es war schließlich ihre Idee. Sie hat zusammen mit Caitlin die größte Party arrangiert, auf der ich je gewesen bin. Es hat sich einmal mehr gezeigt, wie groß unsere Familie ist, und wenn man uns alle an einem Ort versammelt, sprengt das schnell den normalen Rahmen. Zum Glück hat unser neues Haus einen großen Garten. Lilly hat einen Pavillon aufgestellt und darunter das Buffet regensicher arrangiert, aber das Wetter könnte nicht schöner sein. Die Sonne geht allmählich unter und taucht den umliegenden Wald in warmes Licht.

»Das hast du gut gemacht«, gebe ich zu. »Die Kinder finden's toll.«

Leander lacht zufrieden und klatscht wie zur Bestätigung in die Hände. Er spricht nicht viel, obwohl er das eigentlich schon könnte. Ganz im Gegensatz zu seinen Schwestern, deren Mundwerk selten still steht.

»Tante Rose will ihnen beibringen, wie man Pfannkuchen macht«, sagt Lilly lachend. »Ich hab ihr gesagt, sie seien dafür noch ein bisschen klein, aber sie meinte, die Kinder müssten rechtzeitig lernen, ihr Essen selbst zu machen, wenn ihre Eltern beruflich unterwegs sind. Sie scheint davon auszugehen, dass dieses Glückliche-Familie-alle-zu-Hause bald vorbei sein wird.«

»Keine Ahnung, wie sie darauf kommt«, murmele ich. »Ich bin doch die perfekte Hausfrau.«

Lilly kichert. »Klar doch. Glaub nicht, dass ich von deinem kleinen Ausflug vergangene Woche nichts weiß. Pumpkin hat dich in der Stadt gesehen. Du hättest wenigstens kurz vorbeischauen können.«

»Ich wollte keine Ermahnungen hören. Du weißt ja, dass es die Männer waren, die auf einem Jahr ohne Töten bestanden haben.« Ich seufze. »Es fällt mir immer schwerer. Ich vermisse es, Lilly. Ist doch ein Teil von mir. Ich bin nun mal nicht dafür geschaffen, den ganzen Tag zu Hause zu sitzen und mit den Kleinen zu spielen. Sie werden sowieso immer selbständiger und werden sicher bald selbst ihr erstes Opfer töten wollen.«

»Kat, sie sind heute genau ein Jahr alt geworden. Sie werden vorläufig gar nichts umbringen. Vielleicht mal eine Maus, höchstens, und das kann ich mir auch nur schwer vorstellen. Sie sind im Wandeln ja nicht gerade gut.«

Ach ja. Sie musste ja diesen wunden Punkt berühren. Sie haben sich zwar alle schon einmal gewandelt, waren als Katzenkinder aber total hilflos. Fast wie Neugeborene. Alles andere als bereit, zu jagen und Mäuse zu töten. Ist schon merkwürdig, wie unterschiedlich ihre Entwicklung als Menschen gegenüber der in Katzengestalt verläuft. Aber auch nach einem Jahr haben wir noch keine Informationen über Wandler-Babys gefunden. Wir werden schlicht abwarten müsse. Ich bin schließlich ein Freund von Überraschungen.

»Tante Rose hat auch gesagt, wir sollen sie besuchen kommen. Jetzt, wo Griffons Schwester ausgezogen ist, hat sie mehr Platz im Haus. Ich wette, die Zwillinge fänden das auch ganz toll.«

»Ich bezweifle nur, dass sie genug Platz hat für vier Erwachsene und vier Kinder«, sage ich lächelnd. »Aber ich werde mich trotzdem für die Einladung bedanken.«

»Du hast dich wirklich verändert«, mein Lilly bedächtig. »Als ich dich das erste Mal getroffen habe, hättest du niemandem für irgendetwas gedankt.«

Ich zucke die Schultern, fühle mich nicht so ganz wohl bei dieser Aussage. Bin ich dabei, meine Glaubwürdigkeit als Killer zu verlieren? Nur, weil ich eine Weile niemanden umgebracht habe, bedeutet das noch lange nicht, dass ich ein Normalo geworden bin. Und auch wenn ich ein paar Manieren gelernt habe – was heißt das schon! Ich bin immer noch ich.

»Mama, Shani hat mich gebissen!« Bella kommt angerannt und springt mir auf den Schoß, beachtet nicht weiter, dass ihr Bruder schon an mir hängt. Kinder! Sind immer sich selbst die nächsten.

Leander knurrt seine Schwester an und wickelt mir seinen Schwanz noch enger um den Hals. Mir ist klar, dass er das nicht will, aber so langsam drückt er mir die Luft ab.

»Und was hast du gemacht, bevor Shani dich

gebissen hat?«, frage ich Bella und sehe sie scharf an. Ich glaube keine Sekunde, dass sie das Unschuldslamm ist. Sie sieht zwar wie ein Engel mit etwas zu groß geratenen Eckzähnen aus, aber im Innern ist sie ein kleiner Teufel, wie sie alle.

»Sie hat sich das letzte Stück Schokoladenkuchen genommen!«, ruft Shani und kommt auch uns zu gerannt. »Mama, ich wollte auch Schokoladenkuchen.«

»Ich auch. Wer hat den denn aufgegessen?«

Bella zeigt auf die Männer. Griffons Lippen sind noch vom Kakao dunkel gefärbt. Verräter.

»Wir werden Caitlin zwingen, uns noch einen zu backen, OK? Nur für uns Mädchen.«

Leander knurrt erneut. »Gut, auch für dich. Und wenn uns Lilly besucht, bekommt sie natürlich auch ein Stück.«

»Das weiß ich zu schätzen«, gluckst Lilly. »Keine Sorge, ich werde euch bald besuchen. Nachdem wir M.I.A.U. wieder auf die Beine gestellt haben, gibt es bald etwas weniger zu tun. Benjamin hat übrigens auch alle Rechnungen erledigt. Vielleicht solltest du ihm eine Gehaltserhöhung geben. Das Futter für sein Reh muss einiges kosten.”

»Mehr Geld? Hältst du mich etwa für eine nette Chefin?«

»Die beste. Jetzt gib mir mal meinen kleinen Neffen und hol dir Kuchen, solange noch welcher da ist. Eine Party ist keine richtige Party, wenn man sich nicht mit Kuchen vollstopft.«

Ich reiche ihr Leander und gehe zum Buffet

hinüber, gefolgt von meinen Mädchen. Ich suche den Garten nach Donna ab und sehe sie mit den Zwillingen bei Sophie sitzen. Anscheinend will sie Teil der Cool Kids sein. Sophie hat gerade ihre erste Bekanntschaft mit Ivy und Vier gemacht, und sie sind auf Anhieb Freunde geworden. Ich hatte die Beiden gestern noch ermahnt, nichts über Sophies fehlendes Auge zu sagen, aber das wäre gar nicht nötig gewesen. Der Aufenthalt bei Tante Rose hat den Zwillingen gutgetan. Sie machen einen jüngeren, sorglosen Eindruck. Hoffentlich werden sie weiter ihre Kindheit nachholen können, wie das bei Sophie gelungen ist. Caitlin sitzt in der Nähe und sieht ihren jüngeren Geschwistern zu. Pumpkin sitzt schwatzend an ihrer Seite. Ich könnte mich konzentrieren und hören, worüber sie reden, will aber nicht in ihre Privatsphäre eindringen. Die beiden Teenager sind sich nähergekommen – einfach süß. Junge Liebe in ihrer schönsten Form.

»Kat, wir haben dir ein paar Trüffeln aufgehoben!«. Lennox winkt mit einer Zellophantüte. Lecker. Ich bin sofort bei ihm.

»Sind sie mit Katzenminze gefüllt?«

»Nein, aber vielleicht habe ich sogar ein paar Katzenminze-Kekse in meiner Tasche.« Er grinst. »Sie kosten je einen Kuss.«

»Das ist Erpressung!«

»Nein, nur ein Geschäft. Möchtest du einen?«

Er schlingt einen Arm um meine Taille und zieht mich an sich heran.

»Wie kann ich dem widerstehen, selbst zu diesem horrenden Preis.«

Er lacht und zieht einen Keks aus der Tasche. An den Rändern ist er schon zerkrümelt. Höchste Zeit, dass er im Bauch einer hungrigen Katze landet. Ich öffne den Mund weit, und er füttert mich, lacht, als ich ihm die Finger ablecke. Ich knabbere genüsslich meinen Keks und schnurre, als die Wirkung der Katzenminze einsetzt.

Ich möchte mich jetzt gern an etwas reiben. Der Drang, mich an einem Bein zu reiben wird so stark, dass ich mich auf den Boden fallenlasse und mich an Lennox' Bein drücke. Ich schmiege mich an ihn, rolle mich von einer Seite zur anderen, vergesse die Welt um mich herum. Das ist für eine Katze der beste Zustand, in dem sie sich befinden kann.

🐾

Stunden später, nachdem die Kinder zu Bett gegangen sind, bin ich mit den Männern allein. Wir sitzen unter einem großen, umgefallenen Baum im Garten und genießen die frische Nachtluft. Dieser Baum lag schon dort, als wir das Haus gekauft haben, und wir haben uns nie die Mühe gemacht, ihn beiseite räumen zu lassen. Er eignet sich hervorragend als Sitzgelegenheit, sogar für uns alle vier. Die Geräusche, die vom Wald herüberschallen, haben beruhigende Wirkung und erinnern mich wieder daran, dass wir hier unser eigenes kleines Paradies gefunden haben.

289

Ryker legt die Hand um meine Hüfte, und ich lehne mich an seine Schulter, müde von dem ganzen Feiern. Griffon gähnt, ihm geht's wohl ähnlich.

»Die Sterne sind heute Nacht wunderschön«, sagt Lennox ruhig und reckt seinen Nacken nach ihnen. »Es ist Neumond. Da sind sie immer am hellsten.«

Ryker zeigt auf ein Sternenbild rechts von uns. »Als ich noch dachte, ich sei eine Katze, nannten wir diese Konstellation das Große Schnurren. Wenn man die Sterne mit ein paar Linien verbindet, sehen sie so aus wie das Geräusch, das beim Schnurren entsteht.«

»Wie kann ein Sternenbild denn wie ein Schnurren aussehen?«, fragt Griffon und scheint genauso verwirrt wie ich. »Jetzt sag mir nicht, dass Katzen so eine Art Alphabet haben?«

»Wir sehen die Welt einfach anders als andere Lebewesen. Manchmal erscheinen Geräusche als Bilder.« Er zuckt mit den Schultern, als reiche das als Erklärung.

Ich starre den Himmel an und versuche, dort oben ein Schnurren zu erkennen. Ist zwar lächerlich, aber nicht das Sonderbarste, was ich in meinem Leben so getan habe.

»Ich glaube, da drüber ist ein Miau zu erkennen«, sage ich nach einer Weile und deute auf einen besonders hellen Stern. »Ja, ganz sicher ein Miau.«

Ryker stößt mir den Ellenbogen in die Rippen. »Ich hab das ernst gemeint.«

»Ich auch.« Ich lache. »Oder auch nicht.«

Wir sitzen still da, entspannt in der Gegenwart der

anderen unter dem funkelnden Nachthimmel, bis Lennox aufgeregt ruft,

»Seht mal, eine Sternschnuppe!«

Er hat recht. Und nicht nur eine. Ein ganzer Schwarm von Sternschnuppen malt Streifen in die Dunkelheit.

»Wünsch dir war«, flüstert mein Wolf.

Ich denke einen Moment lang nach, dann drehe ich mich um und lächele ihn an.

»Das brauche ich gar nicht. Das Leben ist gerade genauso, wie es sein soll.«

ENDE

Das war's. Kat hat ihren Frieden gefunden.
Wenn dir die Geschichte gefallen hat, nimm dir bitte einen
Moment Zeit und schreibe einen Kommentar.
Wenn du ein bisschen Katzenminze möchtest, abonniere
meinen Newsletter: skyemackinnon.de

Als kleine Überraschung habe ich einen kleinen Zusatz
geschrieben, der davon handelt, wie sich Pumpkin das erste
Mal gewandelt hat. Ihr könnt ihn kostenlos unter
skyemackinnon.de/pumpkin lesen!

Und falls du noch mehr sexy Gestaltwandler lesen willst,
schau dir meine neue Highland Shifters Trilogie an! Los geht
es mit Von Bären gerettet.

ANMERKUNG DER AUTORIN

LIEBE LESER,

Ich hoffe, euch hat dieses letzte Buch in der Killerkatzen-Serie gefallen. Es ist mir schwergefallen, es zu schreiben, war vielleicht das härteste von allen. Kat wollte einfach nicht zum Ende kommen. Sie hat sich ständig dagegen gewehrt. Sie hat nicht mehr mit mir geredet, hat getrotzt, einen Anfall bekommen. Es hat länger gedauert als geplant, bis ich sie unter Kontrolle hatte und sie mich das Ende ihrer Geschichte erzählen ließ.

Dabei hat mir meine eigene kleine Katze namens Sootie geholfen. Sie ist ganz schwarz, raffiniert, manipuliert mich laufend und hat scharfe Krallen- erinnert euch das an jemanden? Sie war meine Inspiration für viele der Katzen-Szenen in dem Buch. Sie hat auch einmal eine ganze Szene gelöscht, weil sie sich zum Mittagsschlaf auf mein Keyboard gelegt hat – wie gut, dass es ein Backup in der Cloud gab.

Auch wenn seit Veröffentlichung des ersten Teils von Miau erst anderthalb Jahre vergangen sind, fühlt es sich doch so an, als sei eine Ära zu Ende gegangen. Gut, das klingt zu dramatisch, aber trotzdem...Viele neue Leser haben durch die Killerkatzen auch meine anderen Bücher kennengelernt. Ihr habt eure Katzenbilder mit mir geteilt, Katzen gemalt, Namen vorgeschlagen, Kommentare geschickt, die Bücher weiterempfohlen, sogar Blog-Einträge dazu geschrieben. Ihr, liebe Leser, seid der Grund, warum es jetzt sieben Bücher an Stelle des einen ursprünglich geplanten gibt.

Also, ein großes Dankeschön. Wenn ihr *Krallen raus* gelesen habt, gehört ihr zu Kats Superfans, und ich umarme euch in Gedanken (mehr erlauben die Corona-Regeln derzeit ja auch nicht).

Ich bedanke mich ebenfalls bei meinen Beta- und Probe-Lesern. Und natürlich bei meinen Freunden in der WhatsApp-Gruppe, denen ich viel zu oft mit Textausschnitten auf den Geist gegangen bin. Nicht zu vergessen meine Assistentinnen aus Gegenwart und Vergangenheit, die auch Teil der Katzen-Reise wurden. Meine Familie soll ebenfalls nicht unerwähnt bleiben, die begonnen hat, diese Serie zu lesen (und nein, Mama, Kat hat sich nicht für einen der Männer entschieden, und das wird sie auch niemals tun, egal, wie sehr du mich darum bittest!).

Wie am Ende des Epilogs erwähnt, gibt es eine

Bonus-Geschichte über Pumpkin. Ich habe auch vor, irgendwann ein Buch über seine Erlebnisse zu schreiben, aber nicht sofort. Vielleicht gibt es aber eine Killerkatzen-Weihnachtsgeschichte – schaut mal vorbei, um Näheres zu erfahren. Natürlich gibt es in Kats Welt kein Weihnachten, aber sie haben andere Winterfeiern...so viel schon mal vorweg.

Jetzt wünsche ich euch allen erst einmal alles Gute in diesen merkwürdigen Zeiten. Danke, dass ihr Kats Geschichte gelesen habt.

Miau!

Skye MacKinnon

Oktober 2020 (falls ihr dies erst viele Jahre später lest, wenn die Covid-19-Pandemie hoffentlich nur noch eine ferne Erinnerung ist)